"Beatty apresenta uma encantadora e emocionante trama de mistério através dos olhos dourados e solitários de Serafina... Adultos e crianças seguirão, fascinados, nossa heroína, de um porão escuro para um mundo de justiça, autodescoberta e novas amizades."
Kirkus Reviews

Tradução
Maria Carmelita Dias

SERAFINA
E O CAJADO MALIGNO
LIVRO 2

valentina

Rio de Janeiro, 2021

1ª Edição

Copyright © 2016 *by* Robert Beatty

TÍTULO ORIGINAL
Serafina and the Twisted Staff

ILUSTRAÇÃO DE CAPA
Alexander Jansson

CAPA ORIGINAL
Maria Elias

ADAPTAÇÃO DE CAPA
Raul Fernandes

DIAGRAMAÇÃO
Kátia Regina Silva

Impresso no Brasil
Printed in Brazil
2021

CIP-BRASIL. CATALOGAÇÃO NA PUBLICAÇÃO
SINDICATO NACIONAL DOS EDITORES DE LIVROS, RJ
ALINE GRAZIELE BENITEZ — BIBLIOTECÁRIA — CRB-1/3129

Beatty, Robert
    Serafina e o cajado maligno/Robert Beatty; tradução Maria Carmelita Dias. – 1. ed. – Rio de Janeiro: Valentina, 2021.
    320p. ; 23 cm. (Serafina; 2)

Tradução de: Serafina and the twisted staff

ISBN 978-65-88490-14-3

1. Ficção norte-americana. I. Título. II. Série.

21-59839   CDD: 813

Índices para catálogo sistemático:
1. Ficção: Literatura norte-americana 813

Todos os livros da Editora Valentina estão em conformidade com
o novo Acordo Ortográfico da Língua Portuguesa.

Todos os direitos desta edição reservados à

EDITORA VALENTINA
Rua Santa Clara 50/1107 — Copacabana
Rio de Janeiro — 22041-012
Tel/Fax: (21) 3208-8777
www.editoravalentina.com.br

Este livro é dedicado a vocês, leitores, que ajudaram a divulgar
Serafina e a Capa Preta, possibilitando, assim,
a existência deste segundo livro.

E para Jennifer, Camille, Genvieve e Elizabeth:
minhas co-conspiradoras, co-criadoras e os amores da minha vida.

Mansão Biltmore
Asheville, Carolina do Norte
1899

*Três semanas após a derrota do
Homem da Capa Preta*

Serafina espreitou pela vegetação rasteira da floresta iluminada pelo luar. Andava furtivamente, rente ao chão, os olhos fixos em sua presa. Logo à frente, a apenas alguns metros de distância, uma espécie de ratazana roía um besouro que havia desenterrado. O coração de Serafina batia firme e forte, ao ritmo do seu rastejar lento e silencioso em direção ao animal. Os músculos estavam tensos, prontos para dar o bote. Porém, não tinha pressa. Contraindo os ombros para frente e para trás, a fim de ajustar ao máximo o ângulo de ataque, esperava pelo momento perfeito. Quando o roedor se curvou para pegar mais um besouro, ela saltou.

O rato vislumbrou o ataque com o canto do olho justo no momento em que Serafina deu o salto. Estava além da compreensão da menina o motivo por que tantos animais da floresta ficavam paralisados de pavor quando ela dava o bote. Se a morte, personificada em dentes e garras, saltasse sobre *ela* na escuridão, Serafina lutaria. Ou fugiria. Faria *alguma coisa*. Pequenas criaturas silvestres, como gambás, coelhos e esquilos, não eram conhecidos por terem o coração valente, mas... de que vale ficar paralisado diante de puro terror?

Serafina e o Cajado Maligno

Assim que se jogou sobre o roedor, ela o capturou mais rápido do que um balançar de bigode e o prendeu firme na mão. E agora, que já era tarde demais, o rato começou a se contorcer, tentando morder e arranhar, o corpo peludo se retorcendo feito uma cobra, o pequenino coração acelerado num ritmo assustador.

Finalmente, pensou ela, sentindo o *tum-tum-tum-tum* da batida do coração do rato em sua mão. *Finalmente começou a lutar.* Seu pulso estava acelerado e seus sentidos aguçados. Subitamente, sentiu-se capaz de detectar tudo na mata ao redor – o coaxar de uma pererreca se mexendo em um galho dez metros atrás, o piado agudo de uma galinhola solitária a distância e o vislumbre de morcegos atravessando o lindo céu iluminado pelas estrelas além das copas das árvores.

Era tudo uma questão de prática, claro, emboscar e atacar, caçar a presa e agarrá-la bem firme. Serafina não matava as criaturas selvagens que caçava, não tinha necessidade disso, mas – caramba! – elas não sabiam desse detalhe. Serafina representava o terror! Trazia a morte! Então, por que no último minuto do seu ataque as criaturas ficavam paralisadas? Por que não fugiam?

Serafina se sentou no chão da mata, as costas apoiadas em um velho carvalho, retorcido e coberto de líquen, e manteve o rato preso no colo.

Até que, lentamente, abriu a mão.

O roedor disparou para longe o mais rápido que conseguiu, mas ela o capturou novamente e o trouxe para o colo.

Apertou-o por muitos segundos e depois voltou a abrir a mão.

Dessa vez, a criatura não fugiu; permaneceu sentada na mão da menina, tremendo, ofegante, exausta e confusa demais para se mexer.

Serafina ergueu o roedor aterrorizado, inclinou a cabeça para encará-lo, e o examinou. O animal era diferente das cinzentas e asquerosas pragas de esgoto que ela estava acostumada a caçar no porão da Mansão Biltmore. Aquele roedor específico tinha uma cicatriz na orelha esquerda. Ele já havia se deparado com algumas encrencas. E, com os olhinhos escuros e o bigode trêmulo do focinho longo e pontudo, ali de pertinho mais parecia um camundongo gorducho e fofinho do que as monstrengas ratazanas graças às quais ela havia obtido seu título. Serafina quase conseguia imaginá-lo com um chapeuzinho na cabeça e um colete abotoado. Chegou até a sentir uma pontada de culpa por tê-lo capturado, mas também sabia que, se ele tentasse correr de novo, a mão certeira dela o seguraria antes mesmo que pensasse no assunto. Não era uma decisão. Era puro reflexo.

À medida que o pequeno roedor procurava recuperar o fôlego, seus olhos disparavam de um lado para o outro, em busca de uma maneira de escapar. Contudo, não ousava. Tinha noção de que, assim que tentasse fugir, Serafina o agarraria de novo; que se tratava da natureza dela: brincar com ele, segurá-lo rudemente e apertá-lo até ele afinal morrer.

Entretanto, ela olhou o rato e depois o pousou no chão da mata.

— Desculpe, camarada… estou só praticando minhas habilidades.

O roedor ergueu o olhar, confuso.

— Vá em frente — disse ela delicadamente.

O roedor deu uma espiada em direção à moita florida.

— Não tem truque nenhum aqui.

O roedor parecia não acreditar.

— Vá para casa, agora! — insistiu. — Mas primeiro vá se afastando devagar, nada de ir rápido demais… É assim que funciona. E fique de olhos e ouvidos abertos da próxima vez, mesmo que você tenha um besouro para roer, está ouvindo? Nesta floresta tem coisas muito mais malvadas do que eu.

Atônito, o roedor de orelha rasgada esfregou as patinhas sobre o rosto repetidas vezes e curvou a cabeça, quase como se estivesse fazendo uma reverência. Ela soltou uma risadinha pelo nariz, o que afinal fez o rato se pôr em ação. Rapidamente ele retomou o controle e saiu saltitando para a moita.

— Uma boa noite pra você. — Ela supôs que ele reforçaria a lembrança de sua coragem quanto mais longe se afastasse e teria uma boa história para contar à esposa e aos filhotes no momento em que chegasse na toca para o jantar. Sorriu ao imaginá-lo contando uma aventura formidável, cheia de reviravoltas, com a família aninhada ao redor: *eu estava na floresta, procurando alimento, quando encontrei um besouro meio enterrado. Então cavei e logo comecei a roer meu jantar. Só que, de repente, um predador cruel se lançou sobre mim, tive que lutar para sobreviver…* Serafina ficou pensando se seria retratada como uma fera de poder bárbaro na narrativa. Ou, simplesmente, uma garota qualquer.

Serafina e o Cajado Maligno

Naquele momento, Serafina ouviu um som vindo de cima como se fosse uma brisa de outono flutuando através das copas das árvores. Mas não havia brisa nenhuma. O ar da meia-noite estava frio, quieto e perfeitamente estático, como se Deus estivesse prendendo a respiração.

Ouviu um murmúrio, um sussurro delicado, quase etéreo. Olhou para cima, mas tudo o que conseguiu ver foram galhos de árvores. Ficando de pé, escovou com as mãos o uniforme verde, simples, que a Sra. Vanderbilt lhe dera no dia anterior e adentrou a floresta, prestando atenção no som. Tentou determinar a direção de onde vinha. Inclinou a cabeça para a esquerda e para a direita, mas o som parecia não ter uma posição definida. Dirigiu-se para um afloramento de pedras, onde o solo se inclinava, íngreme, até um vale arborizado. Dali, dava para ver quilômetros além da névoa, até as silhuetas das Montanhas Blue Ridge no outro lado. Uma fina camada de nuvens prateadas brilhando com a luz passou vagarosamente na frente da lua. O luar lançava um halo em forma de arco nas nuvens fofas, reluzia através delas e formava, no chão atrás de Serafina, uma sombra comprida e retalhada.

Ficou de pé na saliência rochosa e examinou o vale à frente. A distância, as torres pontiagudas e os telhados de ardósia da grandiosa Mansão Biltmore se elevavam contra a escuridão da floresta circundante. As paredes de calcário cinza-claro eram adornadas com gárgulas de bestas míticas e belas esculturas de antigos guerreiros. As estrelas refletiam seu brilho nas vidraças inclinadas das janelas, e os frisos do telhado da mansão, em tons de cobre e dourado, reluziam. No lado de dentro da mansão, o Sr. e a Sra. Vanderbilt dormiam no segundo andar, juntamente com o sobrinho, Braeden Vanderbilt, amigo de Serafina. Os convidados dos Vanderbilt – parentes de outras cidades, homens de negócios, autoridades, artistas famosos – dormiam no terceiro andar, cada um em seu próprio aposento luxuosamente decorado.

O pai de Serafina era o responsável pela manutenção do sistema de aquecimento a vapor, do gerador elétrico, das máquinas de lavar roupa movidas a partir da rotação de tiras de couro, além de todos os demais aparelhos ultramodernos da propriedade. Ela e o pai moravam juntos na oficina do porão, no fundo do corredor, depois das cozinhas, da lavanderia e das despensas. Porém, embora todas as pessoas que ela conhecia dormissem a noite inteira,

Robert Beatty

Serafina não era assim. Ela cochilava aqui e ali durante o dia, aninhada em uma janela ou escondida em algum canto escuro do porão. À noite, fazia a ronda pelos corredores de Biltmore, tanto nos andares superiores quanto nos inferiores, uma sentinela silenciosa e invisível. Explorava os caminhos sinuosos dos amplos jardins da propriedade e as pequenas clareiras escuras da floresta ao redor – e caçava.

Serafina era uma garota de doze anos de idade, mas nunca tinha vivido aquilo que todo mundo menos ela chamaria de uma vida normal. Passava o tempo espreitando o vasto porão da mansão à caça de ratos. Seu pai, meio de brincadeira, a havia apelidado de C.O.R.: a Caçadora Oficial de Ratos. Mas ela aceitara o título com orgulho.

O pai de Serafina sempre a amara e fizera o possível para criá-la o melhor que pudera, de sua maneira meio rude. Ela certamente não se sentia infeliz com a rotina de jantar com o pai toda noite e espreitar na escuridão noturna, deixando a fantástica mansão livre de roedores. Quem se sentiria infeliz? Mas lá no fundo sentia-se um pouco solitária e extremamente confusa. Nunca fora capaz de entender por que a maioria das pessoas carregava um lampião no escuro, ou por que faziam tanto barulho quando andavam, ou o que as motivava a dormir a noite inteira, justo quando todo tipo de coisas estava acontecendo em seu esplendor. A distância, Serafina havia espionado as crianças de Biltmore tempo suficiente para saber que não era uma delas. Quando se encarava no espelho, via uma garota com grandes olhos cor de âmbar, as maçãs do rosto profundamente angulosas e uma farta e desordenada cabeleira com mechas em variados tons de castanho e dourado. Não, ela não era uma criança normal, comum. Não era *nenhum tipo* de criança diurna. Era uma criatura da noite.

Enquanto estava na beira do vale, ela ouviu de novo o som que a tinha levado ali, como um leve bater de asas, como um rio de sussurros viajando nas correntes de vento que fluíam bem acima. Estrelas e planetas flutuavam no céu enegrecido, cintilando como se estivessem vivos com os espíritos de dez mil almas, mas não ofereciam nenhuma resposta ao mistério.

Uma figura pequena e escura cruzou na frente da lua e… desapareceu. O coração de Serafina parou por um segundo. O que era aquilo?

Serafina e o Cajado Maligno

Observou. Outra figura cruzou o céu, e depois outra. No início, ela pensou que deviam ser morcegos, mas morcegos não voam em linha reta daquele jeito.

Franziu a testa, confusa e fascinada.

Pequeninas figuras, uma bem atrás da outra, atravessaram na frente da lua. Ela ergueu o olhar para o céu e viu as estrelas desaparecendo. Seus olhos se arregalaram, alarmados. Mas então, pouco a pouco, passou a entender o que via. Estreitando os olhos, conseguia identificar grandes bandos de passarinhos cruzando o vale. Não apenas um ou dois, ou uma dúzia, mas longas e aparentemente intermináveis filas – nuvens deles. Os passarinhos enchiam o céu. O som que havia escutado era um suave murmúrio de milhares de diminutas asas de pardais, carriças e picoteiros fazendo suas jornadas de outono. Eram como joias, verdes e douradas, amarelas e pretas, listradas e salpicadas, milhares e milhares delas. Parecia tarde demais no ano para as aves migrarem, mas ali estavam elas. Atravessavam velozes o céu, voando em direção ao sul para passarem o inverno, viajando secretamente à noite para evitar os falcões que caçavam durante o dia, usando como orientação os cumes das montanhas abaixo e o alinhamento das estrelas cintilantes acima.

O movimento rápido e confuso dos pássaros sempre fascinara Serafina, sempre fizera seu pulso acelerar, mas aquilo ali era diferente. Naquela noite, a audácia e a beleza do trajeto dos passarinhos, descendo a espinha montanhosa do continente, inundaram seu coração. Serafina tinha a sensação de estar presenciando um evento que só acontece uma vez na vida; porém, logo percebeu que as aves seguiam o mesmo caminho que haviam aprendido com os pais e com os avós, que vinham voando nesse trajeto há milhões de anos. A única coisa que "só acontece uma vez na vida" era *ela*, o fato de ela estar lá, testemunhando aquele acontecimento. E tudo aquilo a deixou maravilhada.

Ver os passarinhos fez Serafina pensar em Braeden. Ele adorava não só os pássaros, mas todos os animais.

— Eu gostaria tanto que você pudesse ver isso — murmurou, como se ele estivesse deitado na cama acordado e pudesse ouvi-la através dos quilômetros de distância entre os dois. Ela ansiava compartilhar aquele momento com o

Robert Beatty

amigo. Desejava que ele estivesse ali do seu lado, olhando as estrelas e os passarinhos e as nuvens debruadas de prateado e a lua brilhando em toda a sua glória. Sabia que ia contar tudo isso para ele na próxima vez que o visse. Mas as palavras ditas durante o dia jamais seriam capazes de captar a beleza da noite.

Algumas semanas antes, ela e Braeden haviam derrotado o Homem da Capa Preta e rasgado a Capa Preta em pedacinhos. Serafina e Braeden tinham sido aliados, e bons amigos, mas ela se deu conta uma vez mais, agora ainda mais profundamente do que antes, de que não o via havia várias noites. Noite após noite esperava que ele fosse visitá-la na oficina. Porém, toda manhã ia para a cama decepcionada, o que a deixava com dúvidas atrozes. O que ele estaria fazendo? Alguma coisa o estaria afastando dela? Será que ele andava evitando a amizade de propósito? Ela havia ficado tão feliz de finalmente ter um amigo com quem conversar. Sentia seu corpo queimar por dentro só de pensar que talvez, para Braeden, ela não passasse de uma mera novidade que já tivesse se esgotado, e agora tivesse sido deixada para voltar às suas noites solitárias fazendo a ronda sozinha. Eles eram amigos. Disso Serafina tinha certeza. Mas ela se preocupava por não se encaixar nos andares de cima à luz do dia, por não pertencer àquele mundo. Será que ele havia se esquecido dela com tanta rapidez?

Quando os passarinhos rarearam e aquele momento passou, olhou para o outro lado do vale, pensativa. Depois de derrotar o Homem da Capa Preta, ela se considerava um dos guardiões, como os leões de mármore posicionados em cada lado das portas da frente de Biltmore, protegendo a casa dos demônios e dos espíritos maus. Ela se imaginava como a C.O.R. não apenas contra os pequenos vermes de quatro patas, mas também contra os intrusos de vários tipos. Seu pai sempre a havia advertido a respeito do mundo, dos perigos que tentariam seduzir sua alma. Após tudo o que já havia acontecido, Serafina tinha certeza de que havia mais demônios à solta.

Já fazia semanas que ficava observando e aguardando, como uma sentinela em uma torre de vigia, mas não fazia ideia de quando os demônios viriam ou que forma adotariam. Sua preocupação mais sombria, no fundo, quando pensava nisso seriamente, era se seria forte o bastante e esperta o suficiente.

Serafina e o Cajado Maligno

E se terminaria como o predador ou a presa. Talvez os animaizinhos como o rato e o esquilo soubessem que a morte estava a apenas um bote de distância. Será que pensavam em si mesmos como presas? Talvez estivessem quase esperando morrer, prontos para morrer. Mas Serafina certamente não estava. Ainda tinha muito o que fazer. Muito.

A amizade com Braeden acabara de se iniciar, e ela não ia abrir mão disso apenas porque tinham encontrado um obstáculo. E a garota acabara de entender sua conexão com a floresta, de descobrir quem e o quê ela era. E agora que havia se encontrado com os Vanderbilt cara a cara, o pai a estava pressionando para começar a agir como uma criança diurna normal.

A Sra. V. a estava acolhendo, sempre lhe oferecendo uma palavra gentil. Agora Serafina tinha o porão, a floresta e os andares de cima – passara de ter pouca gente semelhante a ter semelhantes demais, sendo puxada para três direções ao mesmo tempo. Contudo, depois de anos vivendo sem qualquer familiar a não ser o pai, era uma sensação boa dar início a essa nova vida.

Tudo isso era ótimo e agradável. Quando o perigo chegasse, ela queria lutar, queria viver. Quem não queria? Mas e se o perigo viesse com tanta velocidade que ela nem o visse chegar? E se, como uma coruja atacando um camundongo, garras descessem do céu e a matassem antes mesmo que ela percebesse que estavam lá? E se o perigo real não fosse apenas se Serafina seria capaz de lutar contra qualquer ameaça que aparecesse, mas se conseguiria reconhecê-la antes que fosse tarde demais?

Quanto mais recordava sobre os bandos de passarinhos, mais intranquila ficava. Estava mais quente do que deveria, contudo, ela não conseguia parar de pensar que dezembro parecia muito tarde no ano para os passarinhos migrarem. Franziu a testa e procurou a Estrela Polar. Ao avistá-la, percebeu que os passarinhos não tinham nem mesmo voado para a direção correta. Ela não estava nem certa se as aves que vira eram do tipo que ruma ao sul para passar o inverno.

Naquele momento, parada em cima da rocha alta e pontuda, um pavor sombrio se infiltrou em seus ossos. Ergueu o olhar para onde os pássaros tinham voado, e depois na direção de onde tinham vindo. Fixou o olhar além do topo da floresta ensombrecida. O cérebro de Serafina tentava resolver aquele mistério. Foi então que ela percebeu o que se passava.

As aves não estavam migrando.

Estavam *fugindo*.

Serafina inspirou longa e profundamente à medida que seu corpo se preparava. O coração começou a bater forte. Os músculos dos braços e pernas se contraíram.

Fosse o que fosse, estava chegando.

E rápido.

Um minuto depois, um som distante provocou uma coceirinha no ouvido de Serafina. Não eram as asas de um pardal, como escutara antes, mas alguma coisa na altura do solo. Inclinou a cabeça e prestou atenção no som novamente. Parecia estar vindo do vale lá embaixo.

Ela se levantou, de frente para a direção do som, e fechou as mãos em concha em torno das orelhas, um truque que havia aprendido ao imitar um morcego.

Ouviu o ruído áspero e fraco de arreios e o *cloque-cloque* das ferraduras. Sentiu o estômago se contrair. Era um som estranho para o meio da noite. Uma carruagem puxada a cavalos subia a estrada de cinco quilômetros que levava à casa. Durante o dia, não haveria nada de extraordinário a respeito disso. Contudo, ninguém jamais ia para Biltmore àquela hora. Algo estava errado. Seria um mensageiro trazendo más notícias? Será que alguém tinha morrido? Será que o Norte ia entrar em guerra contra o Sul de novo? Que calamidade teria se abatido sobre o mundo?

Saindo de cima do rochedo, a menina desceu correndo para o vale e prosseguiu no meio da floresta até uma das pontes de tijolos em arco onde a estrada cruzava o riacho. Por trás das folhas de uma moita de louro, observou a passagem de uma carruagem já gasta pelo uso. A maioria das carruagens tinha um ou dois cavalos, mas essa era puxada por quatro garanhões castanho-escuros, com musculatura forte e saliente, os pelos brilhando de suor à luz do luar e as narinas hiperventilando.

Ela engoliu em seco. *Isso não é um mensageiro.*

Braeden lhe havia contado que os garanhões eram selvagens e notoriamente difíceis de domar — davam pontapés nos treinadores, mordiam as pessoas e, principalmente, odiavam outros garanhões —, mas ali havia quatro deles puxando uma carruagem em sincronia.

Quando ela olhou para quem estava conduzindo a carruagem, os pelos de sua nuca se eriçaram. O banco do cocheiro estava vazio. Os cavalos trotavam todos juntos, em um ritmo acelerado, como se estivessem controlados pelas rédeas de um mestre, mas não havia ninguém no comando.

Serafina cerrou os dentes. Isso tudo estava muito errado. Ela podia sentir em seu íntimo. A carruagem avançava direto para Biltmore, onde todos dormiam e ninguém fazia ideia da sua chegada.

Quando a carruagem fez uma curva e ficou fora do seu campo de visão, a garota saiu em disparada e a seguiu.

Correu no meio da floresta, no encalço da carruagem, enquanto passava pela estrada sinuosa. O vestido de algodão que a Sra. Vanderbilt lhe dera não era muito comprido; logo, era fácil correr com ele, mas manter o ritmo dos cavalos era surpreendentemente difícil. Ela irrompeu pelo interior da floresta, saltando sobre samambaias e toras caídas. Pulou sobre barrancos e subiu morros. Pegou atalhos, tirando vantagem da sinuosidade. Seu peito começou a arfar à medida que ela respirava cada vez mais fundo. Apesar da apreensão que sentira minutos antes, o desafio de manter o ritmo dos cavalos fez Serafina sorrir, o que tornava ainda mais difícil respirar ao mesmo tempo em que acelerava. Saltando em disparada, ela amava a emoção da caça.

Então, de repente, os cavalos diminuíram a velocidade.

Serafina interrompeu a corrida e se colocou de cócoras.

Serafina e o Cajado Maligno

Os cavalos pararam.

Ela se abaixou atrás de uma florida moita de rododendros, a uma curta distância da carruagem, e ali ficou escondida enquanto tentava recuperar o fôlego.

Por que a carruagem está parando?

Os cavalos, indóceis, mudavam de um casco para o outro, o vapor superaquecido exalando de suas narinas.

O coração de Serafina estava aos pulos enquanto ela observava atentamente a carruagem.

A maçaneta da porta da carruagem girou.

Serafina se agachou bem perto do chão.

A porta foi se abrindo bem devagarinho...

Ela achou que podia ver duas figuras no lado de dentro, mas então, do nada, surgiu uma névoa de escuridão como ela jamais vira – uma sombra tão negra e repentina que era impossível até mesmo para *os olhos dela* distinguirem alguma coisa.

Um homem alto e robusto, com chapéu de couro de abas largas e um casaco curtido pelo tempo, emergiu da carruagem. Tinha longos cabelos grisalhos e embaraçados, e bigode e barba que lembravam musgo pendurado em uma árvore fantasmagórica. Quando desceu da cabine e ficou de pé na estrada, foi possível ver que se apoiava numa bengala retorcida e olhava em direção à floresta.

Atrás dele, um cão de caça com aparência maligna escapuliu da carruagem. Depois apareceu um outro. Os cães tinham corpos grandes e esbeltos, cabeças volumosas com olhos negros e um pelo grosso preto-acinzentado. No total, cinco cachorros saíram e se posicionaram juntos, esquadrinhando a floresta em busca de algo para matar.

Com medo de emitir qualquer som, por menor que fosse, Serafina inspirava de forma lenta e rasa, o mais cuidadosa e silenciosamente possível. As batidas de seu coração martelavam-lhe no peito. Ela queria correr. *Fique imóvel*, ordenou para si mesma. *Fique completamente imóvel.* Estava certa de que eles não a veriam, contanto que ela não se denunciasse.

Serafina não tinha certeza do que era – talvez o casaco longo e esfarrapado, além do estado decadente da carruagem –, mas o homem parecia ter viajado uma longa distância. Ela se surpreendeu ao vê-lo fechar a porta da carruagem, afastar-se um pouco e olhar para os cavalos. Os garanhões imediatamente saíram galopando como se tivessem sido chicoteados. A carruagem logo desapareceu na estrada, levando quem quer que tivesse permanecido lá dentro em direção a Biltmore, mas deixando o barbudo e seus cães para trás, na floresta. O homem não parecia estar triste ou aborrecido com isso; ele agia como se a floresta fosse exatamente o lugar onde queria estar.

Falando palavras que Serafina não conseguiu entender, o homem juntou a matilha de cães ao redor de si. Eram feras malvadas com patas enormes e garras proeminentes. Não pareciam cães normais que farejavam o chão e exploravam a floresta. Todos olhavam para o dono, como se esperassem instruções.

O rosto do homem estava encoberto pela aba caída do chapéu. Porém, quando ele inclinou a cabeça em direção à lua, Serafina prendeu a respiração. Os olhos prateados, despontando do rosto endurecido e marcado, reluziam de poder. A boca se abriu vagarosamente como se ele tentasse aspirar a luz da lua. Justo quando ela pensou que ele fosse emitir alguma palavra, o homem soltou o grito sibilante mais apavorante que ela já tinha escutado. Foi um berro longo e áspero. E naquele exato momento uma coruja branca como um fantasma apareceu voando por cima das árvores, a batida de suas asas completamente silenciosa. A ave respondeu ao chamado do homem com um guincho horripilante. O som provocou uma tenebrosa explosão de calafrios descendo pela coluna de Serafina. E, quando a coruja voou bem perto de Serafina, seu rosto achatado e sinistro girou na direção da garota, como se estivesse procurando, caçando. Serafina se deitou na terra como um camundongo amedrontado.

Quando enfim a coruja desapareceu na escuridão da meia-noite, Serafina espreitou a estrada novamente. O coração estava quase paralisado. O homem barbudo e seus cinco cães estavam agora olhando em sua direção, os olhos do homem ainda brilhando com uma luz pouco natural, apesar de ele ter se afastado da claridade do luar. Ela tentou se convencer de que era impossível que o homem e os cães a vissem encoberta pelas folhas, mas não conseguia se

Serafina e o Cajado Maligno

livrar do medo terrível de que eles soubessem exatamente onde se encontrava. O chão embaixo de si parecia estar ficando escorregadio com uma umidade desconhecida. A hera no solo da floresta parecia estar se mexendo. Ouviu um som de *tique-tique-tique*, seguido por um silvo longo e áspero. De repente, sentiu o toque da respiração do homem em sua nuca, e girou, contraindo-se violentamente, mas não havia nada ali além de escuridão.

A macabra figura enfiou no bolso uma de suas calejadas e deformadas mãos de pele curtida, e tirou o que parecia ser um retalho de tecido escuro.

– Sintam o cheiro – ordenou aos cães, a voz baixa e sinistra. Havia alguma coisa na barba e no rosto vincado do estranho, em suas roupas rústicas e na maneira como dissera aquelas palavras, que a fez pensar que se tratava de um homem dos Apalaches, nascido e criado nas ravinas cheias de rochedos e nos vales espinhosos daquelas montanhas.

O primeiro animal empurrou o focinho contra as dobras do pano escuro. Quando se afastou, arreganhou a boca. Os dentes ficaram à mostra, rangendo, a saliva escorrendo pelos caninos. O cão começou a rosnar. Depois, o segundo e o terceiro farejaram o trapo, até os cinco terem absorvido o odor. A expressão malévola e os rosnados das feras perfuraram o estômago de Serafina de medo. Sua única esperança era que a trilha do cheiro do pano os levasse para a direção oposta.

O homem abaixou o olhar para a matilha.

– Nossa presa está por perto – disse-lhes, a voz cheia de um controle ameaçador. – Sigam o cheiro! Encontrem A Negra!

De repente, os cães uivaram, selvagens como lobos. Todos os cinco saíram em disparada e adentraram a floresta. Serafina deu um pulo, involuntariamente. Suas pernas queriam tanto correr que ela mal podia se manter quieta. Mas ela tinha que continuar escondida. Era sua única chance de sobreviver. Para seu pavor, porém, os cães vieram correndo exatamente em sua direção.

Serafina não conseguia entender. Será que deveria continuar escondida? Será que deveria lutar? Ou correr? Os animais iam deixá-la em pedaços.

Justo quando viu que precisava correr, percebeu que era tarde demais. Não tinha a menor chance. Seu peito se fechou. Suas pernas travaram. E ela ficou paralisada de terror.

Não! Não! Não! Não faça isso! Você não é um rato! Você não é um roedor! Você tem que se mexer! Tem que reagir!

Diante da morte certa, fez o que qualquer criatura sensata da floresta faria: disparou em direção à árvore mais próxima, agarrou-se ao tronco, escalou um galho a uns três metros de altura, depois correu por ele e se arremessou feito um esquilo-voador num salto desesperado até a árvore seguinte. Dali, Serafina saltou de volta para o chão e fugiu feito o diabo da cruz.

Com uivos de ataque, os cães prosseguiram na caçada, querendo abocanhá-la. Eles a perseguiam como uma matilha de lobos atrás de um cervo. Mas eram *cães de caça*, logo não foram criados e adestrados para perseguir um animal tão insignificante quando comparado ao tamanho de um cervo. Foram criados e adestrados para caçar e matar *lobos*.

Enquanto corria, ela deu uma espiada para trás, em direção à estrada. O homem de rosto enrugado ergueu o olhar para a coruja, uma criatura fantasmagórica que voava em círculos. Em seguida, para total surpresa de Serafina, lançou para o céu a bengala, que rodopiou em direção à coruja. Não atingiu a ave, porém. O objeto pareceu ficar turvo e depois desaparecer no escuro, exatamente quando a coruja voava sobre a copa das árvores. Serafina não fazia ideia de quem era o homem ou do que ela tinha visto, mas não importava agora. Ela precisava correr para se salvar.

Lutar contra um único cão de caça pulando, mordendo e rosnando já era uma situação ruim demais, mas lutar contra cinco era impossível. Serafina disparou no meio da floresta o mais rápido que conseguiu, a musculatura encorajada pela força do medo. Não deixaria essas feras bravas a derrotarem. O ar frio da floresta queimava seus pulmões latejantes, cada sentido de seu corpo explodindo com uma descarga de pânico. Chegando por trás dela, o primeiro cão esticou o pescoço, abriu a mandíbula cheia de dentes e mordeu a parte de trás da perna de Serafina. Ela girou e acertou um direto na cara do cão, gritando de raiva e de uma dor ardente à medida que as presas perfuravam sua carne. O cheiro de sangue excitou os outros animais, que ficaram ainda mais frenéticos. O segundo cão pulou por cima dela e mordeu seu ombro, rosnando e agarrando-a com determinação, enquanto ela socava o

Serafina e o Cajado Maligno

focinho dele. O terceiro fechou os dentes no punho de Serafina enquanto ela tentava afastá-lo. Os três cães a jogaram no chão e a arrastaram pela terra. Depois os outros dois vieram para a matança, os caninos famintos à mostra ao se arremessarem direto contra o pescoço da garota.

Quando o cão atacou, Serafina jogou os braços ao redor da garganta para se proteger. Ao invés de rasgar-lhe o pescoço, os caninos afiados morderam o antebraço, provocando pontadas de dor até em seus ossos, enquanto ela gritava. O segundo cão estava indócil, pronto para dar a mordida mortal, mas uma pedra do tamanho de um punho fechado bateu contra a cabeça dele, forçando-o para trás. Depois, mais uma pedra atingiu a outra fera, que girou para se defender.

— Raaaaa! — ouviu-se um berro violento, vindo do escuro, quando um moleque de cabelo longo e desgrenhado pulou na briga, golpeando, socando e arranhando, agitando os braços para atacar, esquivando e grunhindo. Feroz com a dor, Serafina acertou a base da mão no focinho do animal preso em seu braço, empurrando-o para longe.

— Levanta! Aguenta firme! Corre! — gritou o garoto enquanto atacava dois dos cães e abria caminho até ela.

Serafina se levantou com dificuldade, mas já pronta para fugir. Porém, justamente quando pensou que ela e o menino estivessem ganhando uma certa

Serafina e o Cajado Maligno

vantagem e pudessem de fato escapar, um dos cães saltou, surgindo do meio da escuridão, chocou-se contra o peito do menino e o derrubou de costas. Ele e o cão rolaram juntos, dando cambalhotas, rosnando e mordendo ferozmente.

Um dos cães se lançou contra Serafina, que conseguiu se desviar dele, ao mesmo tempo, porém, que mais um animal atacava do outro lado.

– Você não vai conseguir segurar essas feras por muito tempo – avisou o garoto. – Você tem que arrumar um lugar protegido!

Ela se esquivou da ameaça de uma nova mordida, depois de uma segunda e de uma terceira, mas as bocas ameaçadoras continuavam se aproximando. Golpeou com o cotovelo um cão na cabeça e esmurrou outro nas costelas, mas os cães simplesmente continuavam a morder, morder e morder.

Serafina correu para trás, se defendendo das investidas, mas então se chocou contra a face de uma parede de pedra e já não tinha mais para onde recuar. Agachou-se em posição de ataque, sibilando como um animal encurralado.

No exato momento em que um cão pulou sobre ela, o garoto o bloqueou, jogando-o no chão.

– Sobe! – ordenou ele. – Agora!!!

Serafina se virou e tentou escalar a parede de pedra escarpada, mas a rocha tinha água escorrendo e era escorregadia demais. Encorajados pela tentativa de Serafina de escapar, dois dos cães imediatamente partiram para o ataque. Ela chutou a cabeça deles várias vezes, afastando-os com os pés. Continuou golpeando e bicando.

– Não adianta, sua boba! Sobe! – gritou o menino. – Corre!!! Você tem que correr!

No instante em que ela se virou para tentar uma segunda escalada, outro cão a atacou, mas o menino pulou nas costas dele, mordendo e unhando como uma fera selvagem. O animal uivou, em cruel indignação, e deu meia-volta, abocanhando o aliado de Serafina furiosamente. Os dois caíram no chão numa violenta batalha. Mais dois cães mergulharam na briga, presas sedentas à mostra.

Vendo uma oportunidade, Serafina saltou para o alto e agarrou o galho de rododendro, para em seguida se impulsionar pedra acima. Rapidamente encontrou um apoio para os pés e um outro galho. Usando os arbustos como escada, escalou o rochedo o mais rápido que pôde. *Tentem isso, seus vira-latas!*

Robert Beatty

Depois de conquistar o rochedo e já fora do alcance dos cães, Serafina olhou para trás. Dois deles corriam em círculos na base do rochedo, rosnando enquanto tentavam descobrir uma maneira de alcançá-la. O mais corajoso e estúpido tentou várias vezes subir correndo a parede de pedra, apenas para cair de costas novamente.

– Voltem para perto do seu dono, seus assassinos! – disparou Serafina, lembrando-se da figura escura e sombria do homem barbudo.

Porém, quando olhou para além da mata, não era pelo dono dos animais que procurava. Ela não conseguia avistar os outros três cães e nem o menino. A última vez em que o vira, ele travava uma terrível batalha. Serafina não havia conseguido distinguir quem estava vencendo, mas parecia impossível que ele conseguisse acabar com os três, lutando com todos ao mesmo tempo.

Esperou e aguçou os ouvidos em direção à floresta, mas não havia nada lá. Os dois cães que a cercaram tinham desaparecido. *Aqueles vira-latas estão procurando uma outra maneira de subir*, pensou ela.

Serafina tinha que seguir adiante antes que fosse tarde demais.

Ofegante e exausta, e sangrando na cabeça, nos braços e nas panturrilhas, pulou para o chão. Esquadrinhou as árvores abaixo, em busca do garoto.

Procurou e procurou, mas não havia nada se mexendo por lá, nenhum som vindo dali. Como tinham se afastado com tanta rapidez? Será que o menino estava bem? Será que tinha se safado? Ou estaria mortalmente ferido?

Serafina nunca tinha colocado os olhos naquele garoto, nunca tinha visto nada igual, o jeito como ele se movimentava e lutava. A pele dele era bem morena, o corpo musculoso e ágil, o cabelo castanho-escuro, comprido e desgrenhado, mas haviam sido sua velocidade e sua ferocidade que a tinham surpreendido mais. Ela imaginava que ele devia ser um dos habitantes das montanhas das redondezas, feito o pai dela, gente conhecida como sendo extremamente resistente e duplamente sagaz, mas ele tinha lutado como um felino furioso. Havia alguma coisa, algo quase *selvagem* nele, como se tivesse vivido naquela mata a vida toda.

Serafina ficou de pé e examinou o terreno ao redor – plano e rochoso. Um mato de vegetação formada de arbustos levava até uma ravina maior

Serafina e o Cajado Maligno

abaixo. Tinha certeza quase absoluta de onde estava e de como voltar para casa, mas se virou e observou o rochedo mais uma vez. O garoto selvagem havia salvado a sua vida. Como poderia simplesmente abandoná-lo?

A dor das mordidas e dos arranhões que ela havia sofrido na batalha ardia intensamente, como arame farpado afiado e retorcido dilacerando seu corpo. O sangue da ferida na cabeça escorria até os olhos. Ela precisava voltar para casa.

Olhou fixamente além das copas das árvores na direção de onde tinha visto o menino pela última vez. Esperou e escutou, achando que pudesse ouvir sinais de luta ou quem sabe avistá-lo procurando por ela. Ou então, que Deus não o permitisse, ver o corpo do garoto caído sem vida, ensanguentado e despedaçado.

Não adianta, sua boba! Sobe! As palavras ficavam martelando nos ouvidos de Serafina, como se ele ainda estivesse lá. *Corre!!! Você tem que correr!*, ele havia gritado.

Será que deveria fugir como o garoto lhe mandara fazer, ou será que deveria procurar por ele, como desejava?

Ela detestava fazer barulho, tornando-se visível para qualquer coisa que estivesse tocaiando na floresta ao redor, mas não conseguia pensar em outra atitude a tomar; colocou as mãos em volta da boca e murmurou na direção das copas das árvores:

– Olá! Está me ouvindo?

Depois, esperou.

Não se escutava nada além dos grilos, rãs e outros sons noturnos da floresta.

Ela podia sentir os batimentos do seu coração desacelerando depois da batalha, a respiração ficando mais fraca, e os braços e pernas ficando mais moles. Se ela queria voltar para casa, tinha que fazer isso logo.

Serafina não era do tipo de deixar ninguém para trás.

Ela queria tanto falar com ele, descobrir seu nome e onde vivia, ou pelo menos saber se estava salvo. Quem era ele? Por que estava na floresta no meio da noite? E por que estava disposto a pular no meio de uma matilha de cães sanguinários para defendê-la?

Murmurou mais uma vez na direção das árvores:

– Você está aí?

Serafina sabia que havia esperado tempo demais pelo menino selvagem quando ouviu os dois cães de caça se aproximando, vindo do norte. Eles haviam encontrado uma maneira de subir para o terreno elevado.

Ela olhou ao redor. Deu uma boa conferida numa árvore, calculando se seria capaz de subir até uma altura suficientemente segura. Depois, pensou em descer o rochedo de novo para confundir os cães, mas sabia que não sobreviveria ali a noite toda sozinha. *Saia já daqui!*, dissera-lhe o menino.

Finalmente, decidiu o que faria.

Quem quer que ele fosse, Serafina tinha esperanças de que estivesse bem. *Aguenta firme, meu amigo.*

Ela mergulhou num denso matagal de pinheiros, as plantas tão próximas umas das outras que era como nadar num oceano de folhagens verdes. Enquanto abria caminho, viu suas forças cedendo a um estado de confusão. Os joelhos não paravam de dobrar, e ela não conseguia focalizar o terreno à frente. Ergueu a mão até a cabeça e percebeu que tinha um ferimento no couro cabeludo que ainda sangrava.

Serafina e o Cajado Maligno

Cambaleou pelo mar de árvores, sabendo que já não havia como enganar os cães. Espasmos de dor irradiavam dos cortes sofridos nos braços e pernas. Precisou limpar o sangue dos olhos para ver aonde estava indo. Os galhos folhosos eram tão espessos e altos que ela não conseguia mais ver a lua e as estrelas. Seus pés velozes estalavam gravetos, fazendo um barulho que Serafina normalmente não faria, mas agora isso não importava. Precisava correr como jamais correra. Porém, ao mesmo tempo em que evitava os obstáculos e disparava entre as árvores, não parava de ouvir a voz do garoto selvagem: *Você não vai conseguir segurar essas feras por muito tempo!* Ela queria dar meia--volta e lutar; porém, se os cães a alcançassem ali, naquele matagal cerrado... sem dúvida a matariam. Ela tinha que seguir correndo.

De repente, as árvores se abriram, e ela quase mergulhou de cabeça por cima da beirada de um penhasco. Despencaria direto nas pedras que cobriam o precipício de uma cachoeira. Deteve-se no limite, ofegante, e se agarrou nos galhos de uma árvore.

Olhando por cima do penhasco, podia ver que não havia como atravessar o rio ali. Era alto demais; as corredeiras, superperigosas.

Fim da linha, pensou. Serafina sabia que tinha que encontrar um abrigo, mas naquele exato momento o abrigo que necessitava consistia em disfarçar o próprio cheiro.

Obrigando-se a seguir adiante, correu ao longo do penhasco à medida que ele descia em direção ao rio.

Quando chegou ao trecho que ficava embaixo da cachoeira, tentou cruzar o rio no que parecia ser o ponto mais seguro e raso. Nunca tinha estado em águas profundas, não sabia nadar. Tomou impulso com dificuldade contra a força e a velocidade da correnteza, a água batia no joelho, e Serafina estava desesperada para atingir o outro lado e escapar dos cães de caça. O rio era tão frio que suas pernas doíam. A corrente fluía ligeira e intensa. À medida que dava um passo contra a força cortante da água, ela sentia as rochas redondas, cobertas de limo, curvas e escorregadias por baixo dos seus pés hesitantes.

Serafina atingiu o meio da travessia, contudo, a água rompia forte entre suas coxas, tornando cada vez mais difícil alcançar a margem. Então, perdeu o equilíbrio e tombou na água gelada. Agitou-se em movimentos primitivos, chutando desesperadamente em busca de apoio, mas o fundo do rio desapareceu enquanto a corrente a puxava para águas profundas. Engasgando e cuspindo, ela submergia e emergia freneticamente em busca de ar, à medida que o rio a arrastava corrente abaixo em direção ao conjunto seguinte de corredeiras.

A corrente a puxou para uma queda espiralada entre duas rochas gigantescas, depois a jogou para o lado oposto, fazendo-a levar um caldo atrás do outro no meio de uma piscina verde-escura. Quando sua cabeça conseguiu subir à superfície, ela deu um jeito de puxar bastante ar antes que o rio a tragasse novamente, lançando-a contra um poderoso redemoinho. Ela se viu girando, tão submersa que deu adeus ao pai. Porém, de repente seu corpo bateu contra uma pedra arredondada. Ela tentou se agarrar, mas a correnteza imediatamente a puxou de novo. Serafina sempre se considerou uma garota forte, mas, em comparação com a potência do rio, não passava de um gatinho ao sabor das águas. Quando as corredeiras finalmente a jogaram em águas mansas, ela rastejou para fora do rio e desmoronou sobre a margem rochosa, exausta e toda suja de terra.

Havia conseguido atravessar.

Serafina sabia que, se os cães a seguissem rio abaixo e a vissem no outro lado da margem, dariam um jeito de ir atrás dela. Ela tinha que se levantar, tinha que continuar correndo, mas não conseguia forçar os braços e as pernas a reagirem. Não conseguia nem levantar a cabeça. A temperatura congelante e a força avassaladora do rio minaram toda a energia remanescente de seus músculos. Pernas e braços tremiam. Deitada nas pedras molhadas da margem do rio, o abrigo em Biltmore lhe parecia impossivelmente distante, além do seu alcance. Seu corpo estava tão cansado que ela quase não conseguia ficar de pé, que dirá percorrer os quilômetros que a separavam de casa. As pequenas poças de água entre as pedras onde estava começaram a escurecer uma após a outra.

Serafina ficou pensando se o menino selvagem repousava mortalmente ferido na floresta onde ela o havia deixado ou se ainda estaria lutando com os cães. Ou talvez tivesse escapado. Ainda conseguia ouvir a voz dele em sua mente. *Corre!!!*, ele havia gritado. Mas ela não conseguia nem se mexer.

Serafina e o Cajado Maligno

Uma sombria onda de tranquilidade a percorreu, convidando-a a fechar os olhos e deixar tudo pra lá. Uma nuvem de cores enjoativas embaçou sua visão. Sentiu que estava prestes a desmaiar. Como seria fácil simplesmente se desgarrar de tudo. Mas um derradeiro rompante de energia ardeu em seu coração. *Levante-se! Lute! Vá para casa!* Ela se esforçou para se levantar, ficar de pé, ou pelo menos erguer a cabeça.

Serafina abriu os olhos e piscou através do sangue que escorria. O terreno naquele lado do rio era plano, salpicado de samambaias e bétulas, bem diferente dos penhascos rochosos que ela havia deixado para trás na margem oposta. Viu uma luz vindo em sua direção, no escuro. De início, achou que era uma estrela piscando, pois o céu estava claro, mas não era *uma* luz. Eram *muitas* luzes.

Tentou, sem sucesso, encher ao máximo o peito de ar, na expectativa de um novo ataque, mas, mesmo confusa de tanto medo, esperava que pudesse ser uma tocha ou um lampião, seu pai vindo procurá-la, como já havia acontecido.

Percebeu que as luzes não eram as chamas tremulantes de lampiões, mas a dança cintilante de criaturas vivas flutuando no ar e vindo do rio em sua direção.

Será que são vagalumes?, imaginou, enquanto as luzes se aproximavam.

No entanto, eram bem maiores e de uma cor verde superbrilhante, as asas lentamente piscando em branco e verde, branco e verde, enquanto voavam, como as asas de borboletas luminescentes.

Mas também não são borboletas, pensou com um sorriso. *São mariposas-luna.*

Era um enxame, de um verde tão claro que brilhava ao luar, centenas delas voando juntas ao longo do rio, as longas caudas balançando, as asas batendo delicadamente.

Ela havia descoberto sua primeira mariposa-luna nos jardins de Biltmore certa noite de verão, quando ainda era uma menininha. Lembrava-se do brilho quase mágico do inseto na escuridão iluminada por estrelas enquanto o segurava na palma da mão, as asas se movimentando delicadamente para cima e para baixo. Mas era estranho ver tantas mariposas viajando juntas. Será que ela estava delirando? Será que era assim que a morte chegava? Uma memória distante das madrugadas de seu passado?

Porém, observando o voo das mariposas-luna refletido no espelho d'água, ocorreu-lhe de novo que elas não estavam apenas pairando. Estavam viajando ao longo do leito do rio, como se o seguissem até onde ele desembocava, e depois para o rio seguinte, e o seguinte, no meio das montanhas, até atingirem o mar. As mariposas estavam abandonando aquele lugar. Assim como os pássaros.

Ela ouviu os cães latindo e uivando uns para os outros no penhasco lá no outro lado do rio. Eles estavam a caminho.

Assim que a última mariposa-luna desapareceu, Serafina tentou se apoiar nos braços enfraquecidos, mas não teve forças. Tentou fazer as pernas funcionarem, mas sem sucesso.

Contudo, ela havia visto as mariposas-luna por algum motivo específico. Disso, Serafina tinha certeza.

Olhou ao redor, em busca de um lugar para se abrigar, e reparou em um grupo de bétulas a apenas alguns metros de distância. Enquanto ela planejava como faria para atingir as árvores, avistou um par de olhos brilhando na escuridão.

Os olhos mantinham distância, estudando Serafina.

Sem se desviar daqueles olhos espreitadores, ela respirava da maneira mais controlada possível.

De início, pensou que havia calculado mal a posição dos cães, que eles já tinham cruzado o rio e a estavam cercando. Porém, aqueles não eram os olhos negros e frios dos cães de caça. Eram olhos castanho-dourados.

Uma onda de alívio a percorreu.

Ela sabia de quem deviam ser.

— Preciso da sua ajuda — murmurou.

O ser que emergiu da floresta, porém, sacudiu-a com um choque de medo. Uma onça-parda que ela nunca vira vinha em sua direção. Era um macho jovem, de pelo escuro. Parecia forte, destemido e… faminto. Não era absolutamente a criatura que ela estava esperando.

Serafina tentou se levantar para se defender, mas em vão. A fera poderia facilmente alcançá-la e matá-la.

Então, enquanto ainda tentava imaginar um meio de lutar com o desconhecido felino, uma segunda onça-parda saiu do meio das árvores.

Serafina e o Cajado Maligno

Ela soltou um suspiro de alívio. Era uma fêmea adulta e cheia de energia; um animal que Serafina conhecia muito bem.

Quando sua mãe estava em forma de onça, ela ficava mais bonita do que nunca, com uma pelagem castanha espessa, patas enormes e músculos bem definidos por boas caçadas. A impressionante fisionomia e os olhos dourados brilhavam de inteligência.

– Estou tão feliz que é você, mamãe – disse Serafina, surpresa pelo tom de desespero e choro na própria voz.

Porém, naquele momento, antes que Serafina pudesse discernir qualquer tipo de resposta nos olhos da mãe, a onça-parda subitamente virou a cabeça e olhou para o outro lado do rio.

Serafina escutou o mesmo barulho. Os cães se aproximavam. E não eram mais apenas dois. Os cinco estavam novamente reunidos, rosnando e latindo. Estariam ali em poucos segundos.

A mãe de Serafina rapidamente se movimentou em direção à menina e se deitou ao seu lado. Serafina não entendia o que a mãe estava fazendo. Depois a onça-parda mais escura, o macho, se aproximou e cutucou o corpo de Serafina com a cabeça. No início, a menina pensou que as onças estivessem tentando se esfregar nela e disfarçarem seu cheiro com o delas, mas depois percebeu a verdadeira intenção dos felinos.

Montou nas costas da mãe, agarrando-se no pescoço. Com a onça-parda transportando-a, e o macho seguindo ao lado, os três se dirigiram para a floresta, no início, em ritmo lento. Serafina sentia o pelo da mãe contra o rosto, a força dos seus pulmões e a potência de seus músculos. Então, a onça-parda começou a acelerar. Em pouco tempo já estavam correndo.

Era uma sensação absolutamente incrível atravessar a floresta no meio da noite, em alta velocidade, impulsionada pelo ritmo ondulante das passadas largas e saltitantes da onça-parda, tão forte, tão veloz, e ao mesmo tempo silenciosa e hábil, com o macho mais escuro correndo ao lado. Serafina tinha sonhado em correr assim muitas vezes, mas nunca conseguira se mover com

Serafina e o Cajado Maligno

tamanha rapidez em toda a sua vida. O que a encantava eram a suavidade e a agilidade dos movimentos da mãe, a perícia com que conseguia mudar de direção e ritmo, com perfeito domínio da elegância e da eficiência.

Quanto atingiram um terreno alto, os dois animais fizeram uma pausa e olharam para baixo, em direção ao rio. Observaram os cinco cães de caça seguindo o cheiro de Serafina na margem e em seguida atravessando o rio. Os cães, no entanto, seguiram em linha reta, sem perceber que Serafina tinha sido arrastada correnteza abaixo pela força da água. Na hora, parecera uma catástrofe que o rio a tivesse carregado para longe, mas agora ela percebia que isso a havia salvado. Os cães farejavam o solo, andando em círculos, confusos. Haviam perdido o cheiro dela. E, quando correram para cima e para baixo na margem tentando recuperar a trilha, a confusão só aumentou.

Não conseguem me encontrar, pensou Serafina com um sorriso enquanto se agarrava nas costas da mãe. *Tudo o que eles conseguem farejar é uma onça-parda.*

De repente, as onças voltaram a se movimentar, disparando através da floresta em alta velocidade, saltando córregos e pequenas ravinas, projetando-se no meio de samambaias. Os galhos e troncos das árvores passavam como raios. O assobio do vento enchia os ouvidos da garota.

Correram por tanto tempo no meio da noite que as pálpebras ficaram pesadas e os olhos de Serafina se fecharam. Tudo o que ela conseguia sentir era o ritmo do movimento, o frescor do ar em cima dela e o calor da mãe embaixo.

$\mathcal{S}$*erafina acordou um* pouco mais tarde em uma cama de grama brilhante e macia, que reluzia ao luar. Sentiu o calor do pelo onde se aninhava e a vibração suave e profunda de um ronronar. Os dois filhotes da mãe de Serafina se aconchegaram nela, massageando suas costas com as patinhas, de tão felizes que estavam por vê-la. Ela não conseguiu evitar um sorriso. Dava para sentir os pequenos focinhos pressionando os ombros dela e os bigodes fazendo cócegas no pescoço. Nas últimas semanas, tempo em que ela vinha visitando os filhotes na toca da mãe, tinha aprendido a amar o meio-irmão e a meia-irmã, e sabia que eles também a amavam.

Esticou a mão para sentir o corte na cabeça. Havia sido coberto com uma compressa de folhas que tinha estancado o sangramento e anestesiado a dor. As feridas nos braços e pernas tinham sido tratadas com um emplastro de plantas medicinais da floresta. Ela não queria, mas tinha quase certeza de que já poderia até correr se precisasse. Havia percebido, há tempos, que a dor não a deixava menos ativa, como acontecia com a maioria das pessoas.

Serafina e o Cajado Maligno

Surpreendera o pai mais de uma vez por causa disso. O clima frio tampouco a afetava. Como seus parentes, ela parecia ter nascido com uma resistência natural, a capacidade de seguir adiante mesmo após ter sido atacada e ter perdido muito sangue. Ainda assim, os remédios em seus cortes e ferimentos traziam um alívio bem-vindo.

Sentindo uma mão delicada sobre o ombro, Serafina ergueu o olhar. A mãe estava em sua forma humana – com seus felinos olhos dourados, maçãs do rosto surpreendentemente angulosas e cabelo comprido castanho--claro. Porém, a característica mais perceptível de todas era que, sempre que examinava o rosto dela, Serafina sabia que a mãe a amava do fundo do coração.

– Você está a salvo, Serafina – disse a mãe enquanto verificava o curativo na cabeça da filha.

– Mamãe – sussurrou, a voz fraca e irregular.

Olhando em torno, Serafina viu que a mãe a tinha levado para uma região bem no interior da floresta, a clareira do anjo nos limites do velho cemitério que fora tomado pela vegetação. Por baixo da cobertura negra do lugar, composta de árvores retorcidas e deformadas, grossas trepadeiras e raízes indeteníveis estrangulavam as tumbas rachadas e cobertas de líquen. Um musgo branco-acinzentado, disperso, pendia dos galhos mortos das árvores, e a terra escurecida exalava uma névoa fantasmagórica. Porém, a névoa não penetrava na clareira do anjo em si, e um pequeno círculo de grama viçosa permanecia sempre verdinho e perfeito, mesmo no inverno. No centro da clareira, havia um monumento de pedra esculpido com a imagem de um lindo anjo alado com uma cintilante espada de aço. Era como se o anjo protegesse a clareira das mudanças climáticas típicas de cada estação do ano, tornando-a um local de eterna primavera.

A mãe de Serafina vinha criando seus dois novos filhotes em uma toca embaixo das raízes de um grande salgueiro na borda da clareira. E em uma noite muito diferente daquela, o lugar se tornara o campo de batalha no qual Serafina e seus aliados haviam derrotado o Sr. Thorne, o Homem da Capa Preta.

Encontrem A Negra! Essas haviam sido as palavras ditas, mais cedo naquela noite, pelo homem barbudo com os cães de caça. Serafina não pôde deixar de examinar a clareira ao redor em busca de sinais da Capa Preta, que ela havia despedaçado com a ponta afiadíssima da espada do anjo. Estava certa de a ter destruído, mas deveria ter esmagado os fechos prateados e queimado os trapos de pano que haviam sobrado. Serafina olhou na direção do cemitério, com as lápides inclinadas e os caixões quebrados, e ficou imaginando o que poderia ter acontecido com os restos da capa.

Desde que se entendia por gente, ela fazia as rondas, sozinha, nos corredores escuros de Biltmore. Por toda a sua vida, havia caçado. Era seu instinto. Ela nunca descobrira por que tinha a coluna longa e curva, clavículas separadas e quatro dedos nos pés. Nunca descobrira por que era capaz de enxergar no escuro. Contudo, quando finalmente encontrou a onça-parda, Serafina compreendeu. Sua mãe era uma *gata-mutante*, um gato das montanhas que podia mudar de forma. Serafina havia entendido que não era apenas uma criança. Era um *filhote de onça*.

Desesperada para aprender mais, ela havia observado e acompanhado a mãe caçando toda noite nas semanas anteriores, não apenas aprendendo a tradição da floresta, mas o que significava ser um gato-mutante. Havia escutado com atenção os ensinamentos da mãe e a estudado enquanto ela assumia sua forma animal. Havia se concentrado com toda a mente e todo o coração, assim como a mãe lhe ensinara. Ela havia tentado inúmeras vezes visualizar que aparência teria, o que sentiria, mas nunca acontecera nada. Nunca conseguiu se metamorfosear. Permanecia sempre do mesmo jeito. Queria muito pedir à mãe para ajudá-la novamente justo agora, mas tinha uma sensação enjoativa na barriga de que a mãe não o faria.

Enquanto os filhotes circulavam na frente de Serafina e tocavam seu rosto chamando-a para brincar, ela os acariciava e os abraçava, fazendo cafuné nas orelhinhas. Os filhotes eram onças-pardas puras, não mutantes, mas a aceitaram desde o início, nunca parecendo notar que os dentes dela eram pequenos e que ela não tinha rabo, e tampouco se importando com isso.

Serafina estava pensando para onde teria ido o macho mais escuro. Era jovem demais para ser o pai dos filhotes, então por que estaria com a mãe dela?

Serafina e o Cajado Maligno

– Quem era aquele macho, mamãe? – perguntou. – O mais novo...

– Não se importe com ele – falou a mãe, de modo ríspido. – Já disse para ele manter distância de todos nós, principalmente de você. Este aqui não é o território dele, e ele sabe disso. Só estava de passagem, junto com os outros.

– Que outros?

A mãe tocou o rosto de Serafina.

– Você precisa descansar, mocinha – disse ela, e depois começou a se retirar.

– Por favor, me diga o que está acontecendo – suplicou Serafina, agarrando o braço da mãe. – Quem são esses outros? Por que os bichos estão indo embora? Por que eles estão fugindo? Quem era aquele homem na floresta? Por que ele veio?

A mãe se virou e a encarou, olhos nos olhos.

– Nunca deixe que te vejam ou te escutem na floresta, Serafina. Sempre fique escondida e em silêncio. Você tem que se manter a salvo.

– Mas eu não quero ficar *a salvo*. Eu quero saber o que está acontecendo – pediu antes de poder se conter, percebendo como soava infantil.

– Eu entendo a sua curiosidade. Acredite em mim, entendo sim – disse a mãe delicadamente, ao mesmo tempo em que estendia a mão e tocava o braço da filha. – Mas quantas vidas você acha que tem, mocinha? A floresta é perigosa demais para você. Uma noite dessas eu posso não estar aqui a tempo de te salvar.

– Eu quero ser capaz de mudar de forma, como você, mamãe.

– Sei que você quer, gatinha. Mas... sinto muito – a mãe disse, limpando a bochecha de Serafina.

– Me diga o que eu tenho que fazer – implorou Serafina. – Eu prometo que vou continuar praticando.

A mãe balançou a cabeça.

– Os filhotes de gatos-mutantes se transformam com as mães quando são muito novos, antes de andar, correr ou falar. Isso acaba por se tornar uma parte de como eles se veem, e é tão forte que não conseguem nem mesmo se lembrar de que podem ser de outra maneira. Eles se enxergam como gatos-mutantes, e se tornam gatos-mutantes. Sinto muito por não ter estado lá para te ensinar quando você era novinha.

— Então, me ensine agora, mãe.

— Nós estamos tentando toda noite; você sabe disso, mas acho que deve ser tarde demais. Creio que você nunca será capaz de sofrer a metamorfose e se transformar.

Serafina sacudiu a cabeça com raiva, tão frustrada e magoada pelas palavras da mãe que estava quase rosnando para ela.

— Eu *sei* que consigo. Não desista de mim.

— A floresta é perigosa demais para você frequentar — disse a mãe, os olhos cheios de tristeza.

— Você pode voltar comigo para Biltmore na sua forma humana! — disse, entusiasmada. — Podemos ficar juntas.

— Serafina… — replicou a mãe, o tom de voz suave e firme ao mesmo tempo, como se ela conhecesse a solidão e a confusão que a garota devia estar sentindo. — Eu fiquei presa em minha forma animal por doze anos. Não posso nem me imaginar voltando para o mundo dos seres humanos de novo, ainda não. Você tem que entender. Minha alma estava dividida. Preciso de tempo para sarar, para entender o que eu sou. Sinto muito mesmo, mas neste exato momento meu lugar é na floresta e preciso tomar conta dos filhotes e…

— Mas… — Serafina tentou dizer.

— Espere — interrompeu a mãe delicadamente. — Deixe eu terminar o que estou dizendo. Preciso falar isso com você. — Fez uma pausa, cheia de emoção. — Durante esses mesmos doze anos em que eu era uma onça, você estava presa como eu. Você estava presa em sua forma humana. — A mãe limpou uma lágrima. — É isso que você é agora. Foi assim que você cresceu. Você é um ser humano… e eu sou uma gata-mutante. — Ela abaixou o olhar e inspirou longamente. Depois ergueu-o e encarou Serafina de novo. — Estou profundamente agradecida porque nós tivemos esse tempo juntas, porque eu consegui te conhecer e ver como você se tornou uma menina maravilhosa. Eu te amo com todo o meu coração, Serafina, mas não posso ser sua mãe do modo como deveria.

Serafina e o Cajado Maligno

— Mamãe, por favor, não diga isso… — começou Serafina.

— Filha — disse a mãe, segurando-a com as mãos trêmulas. — Me escute. Você quase morreu hoje. Eu jamais devia ter deixado você andar sozinha pela floresta. Eu quase te perdi. — A voz da mãe fraquejou. — Você não faz ideia do quanto significa para mim… e não faz ideia de como é sombria a força que foi despertada. Eu quero que você volte para Biltmore e fique na mansão. Lá é a sua casa. Você está segura dentro daquelas paredes. As coisas estão mudando por aqui. Preciso pegar meus filhotes e ir embora. A floresta é perigosa demais para você, principalmente agora.

Serafina ergueu o olhar para ela.

— Você vai embora? O que quer dizer com "principalmente agora"? Me fale o que está acontecendo, mamãe. Por que os bichos estão fugindo?

— Essa batalha não é sua, Serafina. Com suas duas pernas, você não consegue correr rápido o suficiente para escapar desse perigo. E não tem garras para lutar contra ele. Assim que você descansar, quero que volte para casa. Tenha muito cuidado. Fique longe de tudo o que você achar estranho e vá direto para Biltmore.

Serafina tentou não chorar.

— Mamãe, eu quero ficar com você aqui na floresta. Por favor.

— Serafina, você não faz parte…

— Não diga isso!

— Você tem que escutar o que eu estou dizendo — a mãe falou com mais firmeza. — Aqui não é o seu lugar, filha.

Serafina esfregou as lágrimas dos olhos, furiosa. Ela queria fazer parte daquele lugar. Queria isso mais do que qualquer coisa. As palavras da mãe estavam rachando seu coração em dois. Queria continuar a discutir, mas a mãe não quis falar mais e deitou a cabeça de Serafina na grama.

— Dei uma coisa para te ajudar a dormir. Vai se sentir melhor quando acordar.

Serafina ficou deitada em silêncio, como a mãe lhe havia pedido, mas tudo estava muito confuso. Fosse a casa ou a floresta, ela só queria achar um lugar para estar. Parecia ter amigos que não eram seus amigos, parentes que não eram seus parentes. Sentia que uma força maligna estava tentando dominar a floresta e penetrar no coração dela, como a Capa Preta tentou, lentamente se enroscando em volta da alma de Serafina.

Deitada na base do anjo, sentiu-se mergulhar num sono profundo e confuso, como se estivesse caindo num poço sem fundo, e não havia nada que pudesse fazer para evitar.

Quando acordou algumas horas mais tarde, não estava mais deitada na grama. Viu-se envolta em uma escuridão completa. Sentiu que havia terra ao seu redor – embaixo, em cima e por todos os lados.

Serafina demorou alguns segundos para perceber que estava deitada na toca de terra onde a mãe morava. Provavelmente tinha sido carregada pela mãe e colocada ali dentro enquanto dormia.

Ela se sentia mais aquecida e mais forte do que antes. Apoiada nas mãos e nos joelhos, engatinhou para fora da toca e se pôs de pé. Estava na clareira do anjo, iluminada pelo luar. Olhando para as estrelas, pareceu-lhe que tinham se passado algumas horas.

O sangramento havia cessado e as feridas já não doíam tanto. Porém, ao examinar em volta, o coração se apertou, pois a mãe, os filhotes e o macho jovem haviam ido embora. Eles tinham deixado Serafina sozinha.

Mas ela descobriu algumas palavras riscadas no chão.

SE PRECISAR DE MIM, SEJA INVERNO OU VERÃO,
VENHA PARA O LUGAR ONDE VOCÊ ESCALOU.
QUE A CHUVA SEJA PAREDE E A PEDRA SEJA CHÃO.

Serafina franziu a testa. Ela não sabia o que significavam aquelas palavras e nem mesmo se tinham sido deixadas *para* ela.

Deu uma espiada pela clareira do anjo e depois esquadrinhou mais ao longe, em direção às árvores. A floresta estava em um silêncio absoluto, nada além de uma névoa vagando pelos galhos úmidos e brilhantes, e Serafina não conseguia ouvir nem um único ser vivo. Era como se o mundo inteiro fora da clareira tivesse desaparecido.

Pensou na mãe, nos filhotes e no macho jovem, e no que a mãe lhe havia dito: *Aqui não é o seu lugar, filha!* De todos os ferimentos que tinha sofrido, aquele era o que mais doía.

Depois pensou em Braeden, no pai e no Sr. e na Sra. Vanderbilt, e em todo mundo em Biltmore vivendo um cotidiano tão diferente do dela.

Lá também não era o seu lugar.

Sozinha no centro da clareira do anjo, Serafina chegou, lenta e dolorosamente, a uma conclusão.

Ela estava sozinha novamente.

Simplesmente sozinha.

Quando pensava no que a mãe afirmara sobre aquilo que ela nunca seria capaz de fazer, uma parte despedaçada, magoada e triste de si mesma queria apenas se ajoelhar e chorar. Ela não compreendia. Nutrira tanta esperança por causa das modificações que estavam acontecendo em sua vida, mas agora se sentia como se estivesse presa entre mundos, como se não fizesse parte de nenhum deles. Ela não era floresta nem mansão, nem dia nem noite.

Depois de um longo tempo, Serafina se virou e encontrou o lindo e silencioso anjo de pedra, com asas graciosas e poderosas, e a longa espada de metal. Leu a inscrição no pedestal.

NOSSO CARÁTER NÃO É DEFINIDO
PELAS BATALHAS QUE VENCEMOS OU PERDEMOS,
MAS SIM PELAS BATALHAS QUE OUSAMOS LUTAR.

Serafina e o Cajado Maligno

Depois tornou a olhar para a floresta uma vez mais e resolveu o seguinte: não importava o que ela era capaz ou não de fazer, não importava quem a queria ou não; ela ainda era a C.O.R. – pelo menos disso tinha certeza. E havia visto coisas na floresta durante a noite que não conseguia explicar. Não sabia nada sobre o barbudo, exceto o fato de que era tão sinistro que os animais fugiam dele, tão perigoso que até mesmo sua mãe achava que ele não podia ser derrotado. Sua mãe estava certa de que os perigos mais sombrios espreitavam na floresta, o que sem dúvida era verdade, mas Serafina sabia, por experiência própria, que às vezes os perigos se enfiavam dentro da casa. Lembrou-se da carruagem sem cocheiro e dos quatro garanhões subindo a estrada para Biltmore. Podia jurar que havia alguém mais naquela carruagem. Com que disfarce esse novo estranho iria chegar e se infiltrar na mansão do Sr. e da Sra. Vanderbilt? Na casa *dela*. E por que ele teria vindo? Seria um ladrão? Um espião?

No meio da clareira do anjo, Serafina tomou uma decisão. Se havia um rato dentro da casa, ela iria caçá-lo.

Serafina parou na margem do belo lago de Biltmore e se agachou, oculta na vegetação baixa. Examinou o horizonte para detectar algum perigo.

Esperou e observou.

Daquele ponto específico, ela não via nenhum sinal de problema. Tudo parecia pacífico e sereno.

Tal qual um espelho, a superfície do lago refletia as últimas estrelas, cuja luz tênue logo daria lugar ao alvorecer. Uma família de cisnes voou baixo sobre a água tranquila, fez um círculo e aterrissou, estilhaçando o reflexo do céu estrelado.

A distância, a Mansão Biltmore pousava majestosamente no topo de uma grande colina, parecendo emergir das árvores do parque que circundava a casa. As janelas brilhavam à medida que a primeira luz do sol nascente tocava suas paredes. Com seu telhado de ardósia azul, arcos elegantes e torres pontiagudas, mais parecia um castelo de conto de fadas à moda antiga, do tipo sobre o qual Serafina havia lido na Biblioteca da mansão enquanto os moradores dormiam.

Serafina e o Cajado Maligno

Ao ver a construção, Serafina sentiu um calor agradável invadir o coração. Estava feliz de voltar para casa. Decidiu que tentaria reavivar sua amizade com Braeden e não deixaria de agradecer novamente à Sra.Vanderbilt pelo vestido que havia ganhado de presente. E faria o máximo para cuidar do pai. Porém, a primeira coisa que teria que fazer era observar com atenção qualquer estranho que tivesse chegado a Biltmore durante a noite. A dor de seus ferimentos havia diminuído, mas as imagens aterradoras do barbudo na floresta e seus cães assassinos ardiam em sua mente. E ela ficava se perguntando o que deveria ter ocorrido com o menino selvagem que a ajudara e depois desaparecera.

Serafina se dirigiu para a casa, subindo a ladeira no meio de uma área de campo aberto salpicado de árvores frondosas. Seguia esgueirando-se por trás de cada tronco, tendo o cuidado de se manter oculta.

Quando localizou dois homens e um cachorro a distância, caminhando em direção à beira da floresta, agachou-se bem encolhida e se camuflou. Imediatamente Serafina reconheceu a figura magra, de cabelo escuro; era o Sr.Vanderbilt, o proprietário da Mansão Biltmore, usando botas de cano alto, casaco de lenhador e chapéu Fedora. Como a maioria dos cavalheiros, ele frequentemente carregava uma elegante bengala quando participava de eventos formais, mas naquela manhã usava seu costumeiro bastão de caminhada de carvalho com afiada ponteira de metal e alça de pulso de couro. Cedric, o gigantesco cão são-bernardo branco e castanho, caminhava lealmente ao lado do dono. Nas semanas anteriores, Serafina tivera oportunidade de conhecer o Sr. Vanderbilt bem melhor. Havia muita coisa sobre aquele homem, tão reservado e discreto, que ainda era um mistério, mas ela havia aprendido a gostar dele e esperava que ele sentisse o mesmo por ela. Serafina estava aliviada de vê-lo ileso, ao ar livre, no que parecia um passeio no início da manhã. Isso certamente era um bom sinal de que tudo estava calmo em Biltmore. A não ser pelo homem que acompanhava o Sr.Vanderbilt.

Ele usava um casaco comprido bege em cima de um leve terno cinza-claro e portava uma bengala com um cabo de metal que brilhava ao sol enquanto se movimentava. Tinha rosto de idoso, cabeça calva e barba grisalha bem cerrada. Serafina estreitou os olhos, desconfiada. Imediatamente pensou no homem apavorante que vira na floresta, com os olhos prateados brilhantes e a pele do rosto curtida, como se tivesse trabalhado exposto ao sol. Eram figuras perturbadoramente semelhantes. Contudo, ao observá-lo daquela distância, concluiu que não eram a mesma pessoa.

O homem que passeava ao lado do Sr. Vanderbilt era mais velho, tinha movimentos mais lentos e apresentava uma postura mais curvada. Serafina não conseguia ver o rosto dele a ponto de reconhecer, mas parecia familiar. E logo se lembrou que o homem com os cães saíra da carruagem e a enviara na direção de Biltmore. Seria aquele o segundo ocupante? Talvez fosse algum dos criados do homem barbudo, enviado antes só para espionar. Ou será que se tratava de um demônio como o Homem da Capa Preta? Ela sabia que alguém tinha ido para Biltmore durante a madrugada. Só precisava descobrir quem era.

Deslizou para trás de um grande carvalho negro e observou os dois. Enquanto caminhavam devagar pela floresta, o estranho cutucou um buraco no chão, com a ponta da bengala. Depois pegou algo da sacola de couro que tinha a tiracolo, ajoelhou-se e aparentemente enterrou a coisa na terra. Serafina achou aquele comportamento muito enigmático.

Os dois homens e o cachorro afinal desapareceram no meio da vegetação, deixando a garota intrigada com sua dúvida sobre quem seria aquele estranho e como estaria conectado com o homem que ela vira na noite anterior.

Desconcertada com o que tinha acabado de presenciar, Serafina continuou a subir a ladeira em direção à casa. Sentiu o coração dar um salto quando avistou Braeden perto do estábulo selando um dos seus cavalos.

Verificando que o amigo estava são e salvo, Serafina sorriu e deixou os músculos relaxarem. Agora tinha a confirmação de que a criatura que chegara a Biltmore na carruagem, fosse o que fosse, não havia ferido o seu amigo. E a primeira coisa que ela ia fazer era contar a Braeden o que lhe havia acontecido na floresta e avisá-lo sobre o que testemunhara.

Braeden vestia seu costumeiro casaco marrom de montaria, com colete, camisa branca e gravata larga bege. Ia de um lado para o outro despreocupadamente, calçado com as suas botas de montaria. Seu cabelo castanho-claro desarrumado esvoaçava de leve com a brisa. Ela não ficou surpresa de ver o

Serafina e o Cajado Maligno

dobermann Gideão ao lado do dono. O garoto parecia estabelecer uma conexão com qualquer animal que encontrasse. Ele havia se apegado ao peculiar cão preto com orelhas pontudas em uma viagem para a Alemanha com alguns parentes anos antes. Após a trágica morte de sua família em um incêndio em casa, em Nova York, o menino e o cachorro tinham se tornado inseparáveis. De algum modo, Gideão era o último membro da família de Braeden antes de ele chegar a Biltmore para morar com o tio, e desde então havia feito poucos amigos.

Serafina sabia que Braeden cavalgava todos os dias. Ele galopava pelos campos como o vento, seu cavalo correndo tão veloz que parecia que nem entravam em contato com a terra. Era bom vê-lo ali.

Ela saiu do esconderijo e correu na direção dele, pensando em colidir com o amigo e derrubá-lo no chão de brincadeira. Estava prestes a gritar *Olá, Braeden!*, quando uma segunda figura surgiu de trás do cavalo. Serafina se agachou rápido na grama alta.

Como não ouviu ninguém gritar *Ei, tem uma garota esquisita ali na grama!*, rastejou até a base de uma árvore próxima e deu uma espiada.

Uma adolescente alta, de uns quatorze anos, com longos e cacheados cabelos ruivos, estava aguardando que Braeden ajustasse o estribo na sela feminina do seu cavalo. Usava casaco de montaria de veludo verde-esmeralda sob medida, com colarinho levantado, lapelas triangulares e punhos virados. Os botões dourados do casaco brilhavam com a luz do sol sempre que ela virava o corpo ou levantava o braço. A saia longa e o elegante colete de listras verdes e brancas combinavam com o casaco nos mínimos detalhes.

Serafina franziu a testa, irritada. Braeden em geral cavalgava sozinho. Seus tios deviam ter-lhe pedido para entreter essa jovem hóspede. E agora? O que fazer? Será que deveria escovar seu vestido rasgado, sujo, manchado de sangue e esfiapado por presas caninas, e caminhar até Braeden e a menina e se apresentar? Imaginou uma versão exagerada de si mesma, como uma caipira do interior, saindo do mato e se aproximando dele.

"Dia, todo mundo. Acabei de terminar meu serviço de caçar uns ratos e também quase fui devorada por uma matilha de cães de caça. E vocês, alguma novidade?"

Pensou em se dirigir a eles, mas talvez interromper Braeden e a garota fosse um gesto grosseiro e inconveniente.

Ela não fazia ideia.

Mais por instinto do que outra coisa, Serafina permaneceu no mesmo lugar, escondida, só observando.

A adolescente permitiu que Braeden a ajudasse a subir na sela, depois rearrumou as pernas e as longas dobras da saia de montaria para cobrir a parte esquerda do cavalo. Foi então que Serafina percebeu que a menina calçava lindas botas de cano baixo, de camurça cinza, de cadarço e bordados de flores. Eram completamente ridículas para cavalgar, e Serafina não conseguia nem se imaginar correndo pela floresta com essas coisas delicadas, mas certamente eram bonitas.

Junto com o elegante acessório, a garota levava um chicote de qualidade, com ponta prateada e extremidade em tiras de couro. Serafina deu um leve sorriso enviesado. Parecia que todas as pessoas elegantes gostavam de carregar algum tipo de bengala ou bastão ou outra coisa do gênero sempre que saíam para passear, mas ela preferia ter as mãos livres o tempo todo.

Ao ver o chicote, Braeden disse:

— Você não vai precisar de nada disso.

— Mas combinam com o meu traje! — insistiu a adolescente.

— Se você acha... — retrucou Braeden. — Mas, por favor, não bata no cavalo com isso.

— Perfeitamente — concordou. Ela falava em um tom pomposo e afetado, como se tivesse sido criada para ser uma dama impecável e quisesse que todo mundo soubesse disso. E Serafina notou que ela tinha um sotaque como o da Sra. King, a governanta de Biltmore, que era inglesa.

— Então, por obséquio, diga-me — continuou a adolescente. — Como faço para conter esse animal se ele disparar comigo?

Serafina deu uma risada ao pensar no cavalo disparando, com a princesinha aos gritos, saltando algumas cercas num descontrole selvagem, e depois aterrissando numa poça de lama com um estardalhaço glorioso.

— Você só vai ter que puxar as rédeas um pouco — ensinou-lhe Braeden educadamente. Estava claro que ele não conhecia a garota muito bem, o que

Serafina e o Cajado Maligno

reforçava ainda mais a teoria de Serafina de que os tios de Braeden é que tinham inventado aquilo.

Além de toda a afetação e elegância da garota, havia alguma coisa nela que incomodava Serafina. Um modelo de graciosidade e pompa como aquela guria certamente saberia montar um cavalo, mas ela parecia fingir que não sabia. Por que estaria fazendo aquilo? Por que fingiria ser indefesa? Será que era isso que uma adolescente fazia para atrair a atenção de um rapaz?

Aparentemente não sensibilizado com a estratégia da garota, Braeden caminhou até sua montaria sem qualquer comentário. Subiu sem esforço no dorso nu do cavalo. Uma semana antes, ele havia explicado a Serafina que não usava rédeas para controlar o cavalo, mas assinalava a velocidade e a direção que desejava ajustando a pressão e o ângulo das pernas.

– Olhe, não deveríamos andar rápido demais – disse ela, com ar frágil, à medida que os dois levavam os cavalos para um passeio pelo terreno da propriedade. Serafina podia ver que a garota não estava com medo do cavalo, mas simplesmente fingindo ser uma alma delicada.

– Na verdade, achei que podíamos apostar uma corridinha a toda velocidade – disse Braeden em tom de brincadeira.

Parecendo perceber que Braeden não estava caindo na sua história de ser uma princesinha, a garota inglesa mudou de tom tão rápido quanto uma cascavel muda a direção do bote.

– Eu até poderia apostar uma corrida – respondeu ela arrogantemente –, mas correria o risco de sujar minha saia de lama quando meu cavalo jogasse sujeira no seu rosto ao ultrapassar o seu.

Braeden riu, e Serafina também não conseguiu evitar um sorriso. A adolescente tinha uma certa audácia, afinal de contas!

Enquanto Braeden e a garota desciam o caminho cavalgando, Serafina podia ouvi-los conversando agradavelmente um com o outro, Braeden contando sobre seus cavalos e seu cachorro, Gideão, e a garota enumerando os detalhes do vestido que ia usar no jantar daquela noite.

Serafina percebeu que, conforme os dois se embrenhavam no meio das árvores, a adolescente olhava ao redor com cautela. As florestas da Carolina do Norte deviam parecer um local sombrio e assustador para uma delicada inglesinha metida a civilizada como ela. A garota incitou o cavalo para frente com o intuito de chegar mais perto do menino.

Braeden lhe dirigiu o olhar ao vê-la se aproximar. Serafina não conseguia mais distinguir se Braeden estava apenas sendo educado ou se ele realmente queria ser amigo da garota. No entanto, à medida que os dois cavalgavam no meio das árvores, sentiu uma estranha sensação de enjoo, que nunca havia sentido na vida.

Serafina poderia tê-los seguido facilmente sem que a notassem, mas preferiu não fazer isso, pois tinha uma tarefa a cumprir.

Na noite anterior, havia visto o homem na floresta mandar a carruagem para Biltmore. E calculou que o lugar ideal para procurar indícios de que o intruso havia chegado era o estábulo.

Entrou sorrateiramente pela porta dos fundos, tomando o cuidado de evitar o Sr. Rinaldi, o mal-humorado italiano chefe da estrebaria, que não apreciava nada os intrusos que espreitavam o local e podiam assustar os seus cavalos. Era fácil para ela se mover em silêncio no chão de lajota vermelha absolutamente limpo, e mesmo à luz do dia havia uma porção de sombras na estrebaria para ajudá-la a se esconder. As baias dos cavalos eram feitas de tábuas de carvalho decoradas com uma grade preta curva na parte de cima. Ela começou a verificar baia por baia. Juntamente com as dezenas de cavalos dos Vanderbilt, Serafina descobriu uma dúzia de outros que pertenciam aos hóspedes.

Ka-bang!

Serafina se jogou no chão. O coração deu um pulo. Parecia que uma marreta havia batido contra a lateral de uma baia. Não fazendo ideia do que iria ver, ela espiou pelo corredor central da estrebaria. Poeira remexida flutuava do teto em direção ao chão, como se a própria Terra tivesse tremido, mas, salvo por isso, o corredor estava vazio. Ela percebeu que quatro baias no fundo haviam sido vedadas com tábuas até o teto. Estavam completamente fechadas, para garantir que o que estava ali dentro, fosse o que fosse, não tivesse possibilidade de escapar.

Serafina se colocou de pé e se locomoveu lentamente pelo corredor em direção às baias cobertas. Podia sentir o suor nas palmas das mãos.

Serafina e o Cajado Maligno

As tábuas de carvalho bloqueavam sua visão do que havia no interior; por isso, ela se aproximou com cautela, encostou o rosto na madeira e espiou pelas frestas.

Um animal enorme se lançou contra as tábuas da baia. A madeira envergou e acertou Serafina na cabeça. A surpresa da investida jogou-a para trás de medo. A criatura dentro da baia dava coices nas tábuas e batia nelas com o corpo, bufando, indócil. A madeira se curvava e rangia sob a pressão do animal agitado.

Quando ouviu o chefe das cocheiras e um bando de tratadores correndo em direção à confusão que ela havia provocado, Serafina entrou de qualquer jeito numa baia vazia, agachou-se e se escondeu nas sombras.

Lutando para recuperar o fôlego, tentou avaliar o que tinha acabado de ver: uma figura enorme e escura, olhos pretos, narinas fumegantes e cascos pisando forte.

Uma tempestade de perguntas e dúvidas inundou sua mente à medida que o Sr. Rinaldi e seus homens apareciam afoitos no corredor. O animal seguia escoiceando terrivelmente. O chefe das cocheiras gritou instruções para seus homens reforçarem as tábuas. Serafina rapidamente saiu da baia dos fundos e disparou para longe das cocheiras antes que alguém pusesse os olhos nela.

Serafina e o Cajado Maligno

Aqueles eram os garanhões! Não havia dúvida agora. Quem quer que fosse, o segundo ocupante da carruagem estava na propriedade.

Ela correu ao longo da fundação de pedras nos fundos da casa, empurrou-se para dentro do duto de ventilação, rastejou pela passagem, afastou a grade de arame e entrou no porão. Algumas semanas antes, os Vanderbilt tinham tomado conhecimento de sua presença na mansão; então, em teoria, já podia usar as portas como pessoas normais, mas raramente fazia isso.

Desceu o corredor do porão, passou por uma porta e depois atravessou outra passagem. Quando entrou na oficina, seu pai se virou.

— Bom dia — começou ele a dizer, de uma maneira bem descontraída e contente, mas, quando viu o estado deplorável da filha, recuou surpreso. — Eeeita! Que que te aconteceu, filha? — As mãos dele guiaram Serafina delicadamente para que ela se sentasse num tamborete. — Ai, Sera — suspirou enquanto dava uma olhada nos machucados dela. — Eu disse que podia ir na floresta de noite pra passar um tempo com a sua mãe, mas, filha, ocê tá partindo meu coração, chegando em casa desse jeito. Que que andou aprontando na mata?

Seu pai a havia encontrado na floresta na noite em que ela nascera; por isso, Serafina imaginava que ele devia suspeitar de quem, ou o que ela era, mas o homem não gostava de conversas sombrias sobre demônios e seres mutantes e coisas que apareciam na floresta. Era como se ele pensasse que, contanto que não falassem sobre essas coisas, elas não se tornariam reais e não entrariam na vida deles. Ela havia dito a si mesma muitas vezes que não ia incomodá-lo com os detalhes do que acontecia de noite quando saía, e em geral mantinha essa promessa, mas, no minuto em que o pai perguntou, tudo simplesmente começou a jorrar para fora, de forma incontrolável.

— Eu tive uma briga horrível com um bando de cachorros, Pa! — disse ela, quase engasgando.

— Está tudo bem, Sera, você tá segura aqui — disse o pai envolvendo-a contra o peito com seus braços grossos. — Mas que cachorros são esses que você tá falando? Não era o cachorro do jovem amo Vanderbilt, não é?

— Não, Pa. Gideão nunca ia me machucar. Tinha um homem esquisito na floresta com um bando de cães de caça. Ele fez os cachorros me atacarem!

Robert Beatty

— Mas como ele apareceu? – perguntou o pai. – Era um caçador de ursos?

Ela balançou a cabeça.

— Eu não sei. Depois que ele saiu da carruagem, mandou a carruagem vir aqui pra Biltmore. Acho que eu vi os cavalos nas cocheiras. E vi um homem estranho com o Sr. Vanderbilt hoje. Chegou alguém diferente na casa na noite passada?

— Ouvi um falatório dos empregados sobre o monte de gente que vem para o Natal, mas duvido que o homem que você viu seja um hóspede do Sr. Vanderbilt. Aposto que é um daqueles posseiros que a gente botou pra fora da propriedade dois anos atrás.

Serafina podia ouvir a raiva se infiltrando na voz do pai. Estava irritado por alguma coisa ter machucado tanto a sua filhinha. Não parava de falar enquanto examinava o sangue coagulado na cabeça dela.

— Vou falar com o Superintendente McNamee imediatamente. A gente vai montar um grupo de busca para confrontar esse sujeito, seja quem for. Mas primeiro de tudo, vamos fazer um curativo em você. Depois, descansa um tempo. Sua aula pode esperar.

— Minha aula? – perguntou ela, confusa.

— Pra aprender boas maneiras na mesa.

— De novo, não, Pa, por favor. Eu tenho que descobrir quem chegou em Biltmore.

— Já te disse. A gente tem é que martelar muito uns negócios até entrar nessa cachola.

— Entrar na minha cabeça, quer dizer.

— É, na sua cabeça. Em que outro lugar você aprende as coisas? Agora que você e o jovem amo tão se dando bem, você tem que se comportar direitinho.

— Eu sei me comportar muito bem, Pa.

— Você é tão civilizada quanto um furão, menina. Eu devia ter te ensinado mais sobre o pessoal lá de cima e como é que eles lidam com as coisas porque eles não são feito a gente.

— Braeden é meu amigo, Pa. Ele gosta de mim do jeito que eu sou – rebateu ela. Apesar de que, enquanto Serafina se ouvia defendendo a opinião

Serafina e o Cajado Maligno

que Braeden teria a respeito dela, parecia, de um modo suspeito, que estava mentindo não apenas para o pai, mas também para si mesma. A verdade era que Serafina não sabia mais se ainda era amiga de Braeden e, a cada dia que passava, a dúvida só crescia.

— Eu não tô preocupado diretamente com o jovem amo — continuou o pai ao pegar um pedaço de pano limpo e molhado e começar a tratar dos ferimentos da filha. — Eu tô é preocupado com o amo e a madame, e principalmente com os hóspedes que vieram da cidade. Você não pode sentar na mesa deles se não sabe a diferença entre o guardanapo e a toalha.

— Por que eu ia precisar saber a diferença entre...

— O mordomo me contou que o Sr. Vanderbilt vai chamar você para subir ainda hoje. E todo mundo na cozinha tá preparando uma baita ceia.

— Uma ceia? Que tipo de ceia? O estranho vai estar lá? Quer dizer que é por causa dele? E o Braeden, ele vai...

— É um monte de pergunta e eu não sei a resposta pra isso tudo — respondeu o pai. — Não sei nada como vai ser, essa é que é verdade. Mas, a não ser por causa do jovem amo, não consigo imaginar outro motivo por que os Vanderbilt te chamariam. Eu só sei que vai ter um grande baile hoje à noite, e o amo mandou avisar, e não parecia tanto um convite, parecia mais uma ordem, se é que você me entende.

— Disseram se vai ser uma janta ou um arrasta-pé, Pa? — quis saber Serafina, confusa. Ao mesmo tempo em que perguntava, ela se dava conta de que os Vanderbilt não promoviam eventos que tivessem esses nomes.

— É a mesma coisa pra eles, não é? — disse o pai.

Serafina sabia que ela tinha que ir ao evento sobre o qual o pai estava contando. Pelo menos, seria a melhor maneira de ver todas as pessoas novas que tinham chegado à casa. Mas os obstáculos imediatamente saltaram dentro de sua mente.

— Como é que eu posso ir lá pra cima assim, Pa? — perguntou ela, alarmada, olhando as marcas de dentadas e os arranhões espalhados nos braços e nas pernas. Não doíam muito, mas tinham uma aparência bem horrorosa.

— A gente limpa a lama, tira o sangue e os gravetos do seu cabelo, e você vai ficar ótima. Seu vestido vai cobrir os arranhões.

— Meu vestido tem mais buracos e rasgões do que eu! – ela protestou enquanto examinava as partes rasgadas e sujas de sangue do vestido que a Sra.V. tinha lhe dado. Ela não podia aparecer usando aquilo.

— Aqueles desgraçados cheios de dentes fizeram mesmo um estrago – disse ele examinando um machucado embaixo da orelha. – Não dói?

— Não, não dói mais – respondeu ela, a cabeça cheia de outras coisas. – Onde é que está aquela camisa de trabalho sua que eu costumava usar?

— Joguei fora assim que eu vi que a Sra. Vanderbilt tinha te dado uma coisa bonita pra usar.

— Ai, Pa, agora não tenho nada pra vestir!

— Não fique aborrecida. Vou te arrumar alguma coisa com o que a gente tem aqui.

Serafina balançou a cabeça, desconsolada.

— O que a gente tem aqui é só pano de saco e lixa!

— Olha – disse o pai, segurando-a pelos ombros e encarando-a. – Você tá viva, não tá? Então fique forte. Agradeça a Deus e siga adiante. Em toda a sua vida, o dono da casa alguma vez já pediu sua presença lá em cima? Não. Então, sim, senhora, se o amo quer que você suba, você vai subir. E com sinos tocando.

— Sinos? – perguntou ela, horrorizada. – Por que que eu tenho que usar sinos?

Como ela poderia entrar furtivamente e se esconder se estivesse usando sinos barulhentos em volta do pescoço? Ou será que estariam presos em seus pés?

— É só uma expressão, Sera – disse o pai, sacudindo a cabeça. Em seguida, depois de um instante, falou para si mesmo: – Pelo menos, eu acho que é.

Serafina se sentou no catre, zangada e infeliz, enquanto o pai se esforçava ao máximo para fazer a limpeza das feridas e os curativos. Como sempre, ela e o pai estavam rodeados por prateleiras de suprimentos da oficina, suportes de ferramentas e bancadas de trabalho. Porém, o pai de Serafina parecia ter esquecido o serviço que deveria estar cumprindo naquela manhã. A mente dele estava concentrada na filha.

Parte do encanamento de cobre e acessórios de metal do frigorífico da cozinha compunha uma parafernália bagunçada na bancada. No dia anterior, o pai lhe havia explicado alguma coisa sobre um sistema de refrigeração à base de gás amoníaco, tubos de aspiração e bobinas de esfriamento, mas nada fora absorvido por ela. Ele a havia criado na oficina, mas ela não tinha talento algum com máquinas. Não conseguia se lembrar de nada sobre a geringonça a não ser o fato de que era complicada, mantinha a comida fria e era um dos poucos sistemas de refrigeração do país. O pessoal da montanha conservava a comida colocando-a, com uma vara, em uma nascente de água bem gelada jorrando em um poço, o que parecia muito mais sensato para ela.

Assim que o pai terminou de cuidar dela, Serafina deslizou para fora da cama, esperando que ele tivesse se esquecido da ameaça de mandá-la descansar.

— Tenho que ir, Pa — avisou. — Eu vou dar uma espiada lá em cima e ver se consigo descobrir o intruso.

— Agora, escuta aqui — disse ele, segurando o braço da filha. — Não quero te ver confrontando ninguém lá.

Ela fez que sim com um aceno da cabeça.

— Pode deixar, Pa. Nada de confronto. Só quero ver quem está lá e ter certeza que todo mundo está bem. Ninguém vai nem me ver.

— Preciso que você prometa — continuou ele.

— Tem a minha palavra, Pa.

E Serafina saiu em direção ao piso principal. Encontrou alguns hóspedes andando para lá e para cá ou vagueando nos salões, mas nenhum suspeito. Em seguida dirigiu-se ao segundo andar, mas também não viu nada fora do normal ali. Vasculhou a casa de alto a baixo, mas não havia nenhum sinal do estranho que ela tinha visto com o Sr. Vanderbilt ou de ninguém mais que pudesse parecer o segundo passageiro da carruagem. Escutou o burburinho dos criados enquanto se ocupavam dos preparativos daquela noite no Grande Salão de Banquetes, mas não captou nada demais a não ser quantos pepinos a cozinheira queria que a sua ajudante colhesse e quantas travessas de prata o mordomo precisava fornecer para os lacaios.

Tentou refletir sobre tudo o que presenciara na noite anterior, imaginando se havia deixado escapar alguma pista. O que ela havia visto de fato quando o homem barbudo lançara sua bengala para o ar em direção à coruja? E quem era o segundo passageiro que havia permanecido nas sombras da carruagem? Seria o estranho senhor que Serafina avistara caminhando com o Sr. Vanderbilt? E quem era o menino selvagem que a havia ajudado? Será que ainda estava vivo? Como ela conseguiria encontrá-lo de novo?

Mais um barril de perguntas que eu não sei responder, pensou ela, frustrada, lembrando as palavras do pai.

Depois, naquela mesma tarde, quando Serafina voltou para a oficina, o pai perguntou:

Serafina e o Cajado Maligno

— O que você descobriu?

— Um montão de coisa nenhuma — resmungou ela.

— Eu falei com o Superintendente McNamee. Ele vai mandar um grupo dos melhores cavaleiros que ele tem atrás dos posseiros. — Enquanto falava, o pai limpava as mãos sujas de graxa com um trapo.

— O elevador tá dando trabalho de novo, Pa?

O pai costumava sempre se gabar que Biltmore tinha o primeiro e melhor elevador do sul, mas ele parecia um tiquinho menos entusiasmado com a máquina naquela hora.

— As engrenagens no porão não param de ficar lambuzadas quando ele chega até o quarto andar — disse ele. — A pessoa que instalou aquela coisa, seja quem for, deixou os eixos todos tortos, para um lado e para o outro. Juro por Deus que aquilo não vai funcionar direito enquanto eu não tirar tudo do lugar e recolocar tudo de novo. — Ele fez um sinal para Serafina se aproximar. — Mas dá uma olhada nisso aqui. É interessante. — Ele lhe mostrou um pedaço de lâmina de metal que não parecia ter quebrado, mas sim rasgado. Era estranho ver metal partido desse modo. Ela nem sabia que era possível.

— O que é isso, Pa? — perguntou.

— Esse suportezinho aqui tinha que segurar a engrenagem principal no lugar, mas, sempre que o elevador anda, ele fica dobrando pra frente e pra trás, tá vendo? — Enquanto falava, ele dobrava a lâmina de metal com os dedos para mostrar como estava flexível. — De início, o metal é bem forte. Parece inquebrável, não é? Mas quando você dobra ele pra trás e pra frente muitas vezes sem parar que nem eu tô fazendo, veja o que acontece. Vai ficando cada vez mais fraco, e aí começam a aparecer essas rachaduras e... — Justo no momento em que falou, o metal se partiu nos dedos dele. — Tá vendo?

Serafina ergueu o olhar para o pai e sorriu. Certos dias ele mais parecia um mágico.

Depois ela deu uma espiada na outra bancada. Em algum momento, entre consertar o elevador, arrumar o frigorífico — que ele chamava de caixa fria — e cuidar das outras tarefas, seu pai havia costurado um vestido para ela, feito de um saco de aniagem e tiras de couro descartadas.

— Pa… — disse ela, horrorizada com a aparência do vestido.

— Experimente — pediu, ele parecia bastante orgulhoso da costura que havia realizado com barbante rústico e a agulha para couro que às vezes usava para remendar os buracos no seu avental. O pai dela gostava da ideia de que era capaz de fazer ou consertar absolutamente qualquer coisa.

De cara amarrada, Serafina caminhou para trás da estante de acessórios, retirou o vestido verde rasgado e vestiu a coisa que o pai havia confeccionado.

— Parece tão bom… que nem manhã de domingo — disse o pai todo alegre, quando Serafina saiu de trás da estante, mas dava para perceber que ele estava mentindo deslavadamente. Até ele sabia que era a coisa mais horrorosa e desastrosa que já havia aparecido na face da Terra. Mas servia. E para o pai dela era isso o que importava. Era funcional. Cobria o corpo dela. O vestido tinha mangas compridas que ocultavam a maioria das feridas e arranhões dos braços e uma gola fechada que escondia pelo menos parte do terrível corte no pescoço da menina. Então, pelo menos as elegantes damas no arrasta-pé ou na ceia, fosse o que fosse, não iriam desmaiar diante de uma visão cadavérica de Serafina.

— Agora, senta aqui — mandou o pai. — Vou te mostrar como se comportar direito na mesa.

Ela se sentou, contrariada, no banco que ele tinha colocado na frente de uma velha prancha de trabalho que fazia o papel da impressionante mesa de jantar de doze metros de comprimento no Grande Salão de Banquetes do casal Vanderbilt.

— Fica sentada reta, menina, não toda curvada assim — disse o pai.

Serafina endireitou as costas.

— Mantém a cabeça pra cima, não fica corcunda na frente da comida como se tivesse que brigar pra proteger o prato.

Serafina se inclinou para trás como ele mandara.

— Tira os cotovelos da mesa — continuou ele.

— Eu não sou nariz, Pa, então para de ficar me cutucando.

— Não tô te cutucando. Tô tentando te ensinar alguma coisa, mas você é teimosa demais pra aprender.

— Teimosa? Eu? Olha quem fala — resmungou Serafina.

Serafina e o Cajado Maligno

– Não começa com malcriação, menina. Agora, me escuta. Quando você come a janta, precisa usar o garfo. Tá vendo aqui? Essas chaves de fenda são os garfos. A espátula de argamassa é a colher. E a minha faca de entalhar é a sua faca de jantar. Pelo que eu ouvi, você vai ter que usar o garfo direito pra fazer o trabalho.

– Que trabalho? – perguntou ela, confusa.

– Pro que ocê vai comer, Sera! Entendeu?

– Não, não entendi – admitiu.

– Agora, olha bem pra frente – continuou ele –, mas não com aqueles olhos meio fechados como se você fosse dar um bote e matar alguma coisa a qualquer instante. O garfo da salada fica mais pra fora. O garfo de jantar fica pra dentro. Sera, tá me ouvindo?

Serafina normalmente não gostava das lições de etiqueta do pai, mas era uma sensação *tããão* boa estar em casa, sã e salva, que, mesmo penando com mais uma aula, ela nem ficou de mau humor.

– Captou tudo? – perguntou ele quando acabou de explicar sobre os diversos talheres.

– Captei. Garfo de jantar mais pra dentro. Garfo de salada mais pra fora. Só tenho uma pergunta.

– Qual é?

– Que que é uma salada?

– Por favor, Serafina!

– Só tô fazendo uma pergunta!

– É uma tigela de, você sabe… verduras. Alface, repolho, cenoura, esse tipo de coisa.

– Mas isso é comida de coelho.

– Não, madame, não é – rebateu o pai com firmeza.

– Um monte de mato.

– Não é não.

– E eu lá sou bicho de caça pra comer esses troços?

– Não quero ouvir você falar assim, sabe disso.

– Mas, Pa…

– Sera, Sera…

À medida que o pai lhe ensinava o refinamento da etiqueta no jantar, ela ficava com a impressão de que ele nunca tinha se sentado à mesa, de fato, com os Vanderbilt. Percebeu que ele se valia mais da própria imaginação do que da experiência, e ficou especialmente desconfiada do que ele sabia sobre saladas.

— Por que que gente rica e bem de vida como os Vanderbilt come mato quando podia estar comendo coisa boa? Por que não come galinha todo dia? Se eu fosse eles, ia comer tanta galinha que ia engordar e ficar lenta.

— Filha, você precisa levar isso a sério.

— Estou levando! – exclamou ela.

— Olhe, você agora é amiga do jovem amo, e isso é bom. Mas, se você vai ficar amiga dele por muito tempo, tem que aprender as noções básicas.

— Noções básicas?

— De como se comportar como uma menina diurna.

— Eu não sou nenhuma Vanderbilt, Pa. Ele sabe disso.

— Eu sei que ele sabe. É só que, quando você estiver lá em cima, não quero que...

— Que eu o quê? Deixe eles horrorizados?

— Ah, bem, Sera, você sabe que você não é a flor mais elegante do jardim. Eu amo você à beça, de verdade, mas não tem como negar; você tem uma aparência, é... como posso dizer... selvagem. Fica falando sobre presas e sobre caçar ratos. Para mim, tá tudo bem, mas...

— Eu entendo, Pa – disse ela, carrancuda, querendo que ele parasse. – Vou me comportar o melhor possível quando eu estiver lá em cima.

Quando ela ouviu alguém descendo o corredor, retraiu-se e quase saiu em disparada. Após anos se escondendo, ouvir o som de passos se aproximando ainda a fazia se preparar para correr dali.

— Tem alguém vindo, Pa – sussurrou ela.

— Não, não tem ninguém vindo. Só preste atenção ao que eu tô dizendo. A gente tem que...

— Com licença, senhor – disse uma jovem criada ao entrar na oficina.

— *MeuDeusdoCéu*, moça! – exclamou o pai de Serafina enquanto se virava e olhava a criada. – Não apareça assim sorrateira na frente de ninguém, viu?

— Desculpe, senhor. – A criada fez uma reverência.

Serafina e o Cajado Maligno

A criada era uma moça jovem, poucos anos mais velha do que Serafina, com uma fisionomia agradável e mechas de cabelo escuro ondulado saindo de baixo da touca branca. Como as outras criadas, usava um vestido de algodão preto com gola branca engomada, punhos brancos e um comprido avental de renda bem branquinha. Porém, pela aparência e pelo sotaque, parecia fazer parte da população local.

— Bem, fala logo, moça — pediu o pai de Serafina.

— Sim, senhor — ela disse e olhou para Serafina, constrangida. — Tenho um bilhete do jovem amo para a jovem senhorita.

Ao mesmo tempo que falava essas palavras, observava a filha do serviçal. Serafina podia perceber que a moça tentava entender os estranhos ângulos de seu rosto e a cor âmbar de seus olhos. Ou talvez ela estivesse notando os hematomas e os ferimentos cheios de sangue pisado entrevistos por baixo das bainhas do saco de aniagem que ela estava vestindo. Fosse o que fosse, aparentemente havia muito para observar, e a criada não conseguia resistir a se aproveitar da oportunidade.

— Ah, tá vendo, Sera — disse-lhe o pai. — Eu te falei. Ainda bem que a gente tava praticando. O jovem amo tá te mandando um convite adequado para a ceia de hoje à noite.

— Aqui está, senhorita — disse a criada enquanto estendia a mão com o bilhete para Serafina, como se não quisesse se aproximar muito dela.

— Muito obrigada — agradeceu Serafina em voz baixa. Pegou o bilhete bem devagar, de forma a não assustar a garota com um movimento brusco feito um bote de serpente.

— De nada, senhorita — disse a criada, mas, ao invés de sair em seguida, ela ficou imóvel, hipnotizada, enquanto examinava a esquisitíssima roupa e o cabelo mechado de Serafina.

— Mais alguma coisa? — o pai de Serafina perguntou à criada.

— Ah, não, me desculpe, me perdoe — pediu a criada, controlando-se e desviando o olhar, fazendo uma reverência envergonhada para Serafina e logo depois pedindo licença e rapidamente deixando o local.

— Então, o que é que diz? — perguntou o pai de Serafina, fazendo um gesto em direção ao bilhete.

Robert Beatty

As mãos de Serafina tremiam, enquanto abriam cuidadosamente o pedacinho de papel. Fosse o que fosse, parecia importante. Assim que leu as palavras de Braeden, a primeira coisa que ela entendeu foi que o pai estava errado. Ela não recebera um convite para um baile de danças ou um jantar formal. O bilhete se referia a um assunto muito mais sombrio. Só a primeira frase já fez o peito de Serafina se contrair de medo. De repente, ela se lembrou da visão do Sr. Thorne, com a capa preta, caindo morto no chão, abatido por ela e seus companheiros. Depois outra imagem se acendeu em sua mente: ela e Braeden com uma corda no pescoço, enforcados pelo crime de homicídio. Porém, ao ler o bilhete amedrontador, apareceu outra emoção também. Ela se iluminou com a certeza de que tinha sido Braeden a lhe dizer aquelas palavras. Finalmente, era o seu velho amigo e aliado.

S,

Um investigador de homicídios chegou a Biltmore. É o homem mais estranho que eu já vi. Você e eu fomos chamados para um interrogatório às 18:00, sobre o desaparecimento do Sr. Thorne. Tenha cuidado.

- B.

Serafina suspeitava que o investigador fosse o segundo homem da carruagem. Parecia que ela não precisaria procurar por ele, afinal, ele já estava procurando por ela. Pensou também que ele devia ser o estranho que ela vira com o Sr. Vanderbilt de manhã cedo. Porém, não importava de quem se tratava, ser interrogada por um policial não era uma coisa boa. O que ela diria quando ele perguntasse sobre o desaparecimento do Sr. Thorne? "Ah, sim, eu me lembro dele. Eu levei o Sr. Thorne até uma armadilha perto da toca da minha mãe e meus companheiros acabaram com ele. O senhor quer que eu mostre onde tudo aconteceu?"

Enquanto ela subia a escada estreita e pouco iluminada que dava para o andar principal, parecia que sua cabeça estava tomada por mais pensamentos do que o cérebro conseguia reter.

Eram cinco e meia da tarde. Serafina tinha meia hora para espionar a casa e coletar pistas antes de precisar comparecer ao interrogatório. Mas, logo de cara, se deparou com um problemaço.

A jovem criada que havia sido encarregada de ir ao porão mais cedo aguardava por ela no alto da escada, bloqueando seu caminho.

Serafina parou e estreitou os olhos.

— Algum problema?

Quando a moça deu um passo em sua direção, Serafina retrocedeu cautelosamente.

— Tenho que falar com a senhorita...

Serafina não respondeu.

— Me desculpe, senhorita — continuou a criada —, mas não queira ir até lá em cima com essa aparência.

— É a única que eu tenho, ora — disse Serafina com raiva enquanto encarava a moça com olhar firme.

— Estou me referindo ao seu vestido, senhorita.

— Também é o único que eu tenho.

A criada anuiu, parecendo compreender.

— Então, eu posso emprestar um vestido meu. Meu vestido de dia de folga ou então o de domingo, qualquer um. Mas não...

— Mas não este — completou Serafina, fazendo um gesto para o saco de aniagem que vestia.

— Eu só escuto coisas boas a respeito do seu pai — disse a criada, encabulada. — As pessoas dizem que ele consegue consertar qualquer coisa por aqui. Mas, me desculpe, senhorita, acho que a gente pode concordar que ele não leva o menor jeito para estilista.

Serafina sorriu. Ela estava absolutamente certa a respeito disso.

— E você vai mesmo me ajudar? — perguntou hesitante.

— Só se a senhorita quiser — disse a outra, esboçando um sorriso.

— Qual é o seu nome?

— Essie Walker.

— O meu é Serafina.

— A garota que trouxe as crianças de volta — disse Essie, com um gesto de anuência. Ela já sabia quem era Serafina e parecia contente de conhecê-la.

Serafina sorriu em resposta. A.G.Q.T.A.C.D.V. não era tão simpático como C.O.R., mas ela gostou.

Serafina e o Cajado Maligno

Ao olhar Essie mais de perto, pareceu a Serafina que a jovem criada tinha um rosto delicado, sem qualquer traço de falsidade ou astúcia, e um sorriso cordial e amigável.

— Onde o seu pessoal se enterra, Essie? — perguntou Serafina, da mesma maneira como ela tinha ouvido o pai perguntar a outros habitantes das montanhas de onde eles vinham.

— Não sei direito — respondeu Essie. — Minha mãe e meu pai faleceram quando eu tinha um ou dois anos. Minha avó e meu avô me criaram por um tempo, em uma fazenda para os lados de Madison, pertinho de Walnut, mas quando eles morreram, eu não tinha pra onde ir. A Sra. Vanderbilt ouviu falar de mim, me acolheu e me deu uma cama para dormir. Eu disse a ela que queria fazer alguma coisa útil para agradecer.

— Você é muito nova para ser empregada em Biltmore.

— Sou a mais nova que já trabalhou aqui — disse Essie, sorrindo orgulhosa.

— Muito bem, vamos lá. Vamos escolher um para a senhorita. — Essie esticou a mão para pegar a de Serafina, mas ela a retirou por reflexo, puxando o corpo todo para trás antes que Essie chegasse perto a ponto de tocá-la.

Essie prendeu o fôlego, surpresa pelo movimento rápido de Serafina.

— A senhorita é um pouco nervosa, não é? — estranhou Essie.

— Desculpe — pediu Serafina, envergonhada.

— Tudo bem — disse Essie. — Todos nós sofremos com algo que nos assombra, não é? Mas vamos logo. O tempo está correndo.

Essie se virou e subiu depressa os degraus. Serafina a seguiu facilmente. As duas correram escada acima, três lances, depois dispararam por uma porta pequena que dava em um corredor dos fundos, depois subiram outra escada até o quarto andar. Essie mostrava o caminho: desceram uma passagem bem apertada que corria por baixo da Torre Norte, passaram por um conjunto de quartos de criadas, viraram uma esquina, desceram seis degraus e atravessaram o saguão principal dos serviçais, onde três empregadas e uma ajudante de arrumação estavam reunidas ao redor da lareira em sua hora de descanso.

— Não prestem atenção na gente! — gritou Essie enquanto ela e Serafina passavam voando pelo cômodo. Dispararam descendo um corredor estreito e comprido com um teto arqueado gótico embaixo do ângulo acentuado do telhado inclinado da mansão. No quarto andar havia vinte e um quartos para as criadas e demais funcionários mulheres. E o de Essie era o terceiro à direita.

— Vamos entrar aqui, senhorita — avisou Essie, com Serafina seguindo-a.

Durante suas rondas noturnas, Serafina às vezes se infiltrava no quarto de uma das criadas quando a moça descia o corredor até o banheiro; então ela já havia visto os quartos limpos e totalmente decorados. Mas Essie tinha enfeitado sua simples cama de metal branco com travesseiros macios e uma colcha de retalhos. Para Serafina, parecia um local aconchegante e perfeito para se aninhar ao sol do final da tarde. Contudo, tinha a sensação de que Essie não dispunha de muito tempo livre para tirar um cochilo. Uma pilha de roupas amarrotadas estava jogada na cadeira de palhinha, duas das gavetas da cômoda de castanheira estavam abertas e havia água deixada na bacia do lavatório.

— Desculpe a bagunça, senhorita — pediu Essie e foi logo apanhando sua roupa de baixo jogada no chão e fechando as gavetas com um empurrão. — Deus me proteja se a Sra. King aparecer para fazer inspeção hoje de tarde, mas às vezes, as cinco horas da manhã, é tudo tão corrido... Eu não estava esperando visitas quando saí.

— Não tem problema — disse Serafina. — Você devia ver o lugar onde *eu* durmo.

— Eu estava toda sonolenta hoje de manhã porque fiquei acordada até tarde da noite com aquele horrível Sr. Scrooge* — disse Essie enquanto tirava as roupas da cadeira. Escutando essas palavras, os ouvidos de Serafina se aguçaram. Quem era esse tal de Sr. Scrooge? Mas então ela viu um exemplar de *Um Conto de Natal*, de Charles Dickens, na mesa de cabeceira de Essie, sobre uma pilha com alguns jornais de Asheville, uma Bíblia e um recorte de papel que parecia o cronograma de trabalho semanal da Sra. King. Serafina percebeu com um certo choque que só faltava uma semana para o Natal. O livro encadernado em couro castanho com letras em dourado na capa parecia suspeitamente igual à mesma edição de *Um Conto de Natal* que ela tinha pegado "emprestado" da coleção do Sr. Vanderbilt um ano antes. *Então eu não sou a única que rouba os livros do Sr. Vanderbilt*, pensou Serafina com um sorriso.

---

* Scrooge: avarento, pão-duro, sovina. (N. E.)

Serafina e o Cajado Maligno

Na cômoda de Essie havia todo tipo de acessórios femininos: escovas de cabelo, grampos, potinhos de creme e um frasco com a essência de limão que Essie usava e que Serafina conseguia sentir a um quilômetro de distância. As paredes do quarto, pintadas de amarelo-claro, estavam abarrotadas de papéis com desenhos e esboços de Essie: flores e folhas de outono. Serafina sabia que deveria é estar cumprindo sua missão, de se esgueirar pelas sombras e espionar os hóspedes de Biltmore, ou pelo menos de se preocupar com o interrogatório que aconteceria dali a alguns minutos, mas não conseguiu resistir à tentação de ver um pouco mais como era por dentro de Biltmore, de uma maneira como ela nunca vira.

No centro de uma das paredes do quarto estava instalada uma única lâmpada de Edison. O pai de Serafina lhe havia contado, com o peito estufado de orgulho, que o Sr. V. era amigo do Sr. Thomas Edison e que ele gostava de usar os mais recentes avanços científicos.

Ver tudo aquilo deixava Serafina impressionada. Essie tinha sua própria lâmpada! Serafina sabia, pelo pai, que muitos dos habitantes das montanhas na parte oeste da Carolina do Norte viviam em choupanas de papelão e barracos de madeira sem eletricidade, aquecimento central ou encanamento interno. Muitos deles nunca sequer tinham *visto* uma lâmpada, que dirá *ter* uma para seu próprio uso particular. Essie, porém, tinha montado para ela um pequeno e aconchegante refúgio, como um ninho de camundongo num sótão, onde ninguém iria encontrá-la.

Um conjunto de janelas, inclinadas por causa do telhado, fornecia algo que Serafina, uma ocupante do porão, raramente tinha: uma vista deslumbrante em direção ao oeste, além das Montanhas Blue Ridge. A visão nítida do Monte Pisgah se elevando na distância acima dos outros picos captou seu olhar. Algumas noites após ela e Braeden terem derrotado o Homem da Capa Preta, eles haviam se esgueirado até o telhado para celebrar a vitória. Ela se lembrava de ter ficado sentada sob as estrelas com o amigo, olhando além das montanhas, enquanto Braeden explicava como aquele pico estava a mais de trinta quilômetros, e ainda se encontrava dentro da propriedade! Ele se admirava de pensar que levava um dia a cavalo para chegar lá, seguindo trilhas sinuosas e pedregosas, ao passo que um falcão planando ao vento podia simplesmente balançar as asas e ir até lá num minuto.

Sorrindo, Serafina se virou e deu uma olhada ao redor, pelo quarto de Essie, enquanto a outra a observava com interesse.

— Nada mal minha arrumação, não acha, senhorita?

— Nada mal mesmo — concordou Serafina. — Gostei daqui.

Essie puxou um vestido bege, bem-feito, de um dos ganchos da parede.

— É o meu melhor vestido de domingo — disse, entregando-o para Serafina. — Não é nada luxuoso em comparação com o que as damas usam, mas…

— Obrigada, Essie — agradeceu, pegando-o com um gesto delicado. — Ele é perfeito.

Essie continuou falando quando se virou de modo que Serafina pudesse se trocar.

— No momento sou só camareira, mas tenho fé que algum dia eu vou ser a aia de uma dama — disse Essie. — Talvez eu sirva às hóspedes quando elas vierem, ou mesmo à própria Sra. Vanderbilt. Conhece a Sra. V.?

— Conheço — respondeu Serafina enquanto despia seu vestido de saco. Sentiu um calafrio subir por seus braços e pernas, meio de frio e meio de nervoso. Era uma sensação estranhíssima tirar a roupa quando havia outra pessoa no quarto.

— Achei que devia conhecer, sendo a senhorita quem é — continuou Essie.

O fato era que Serafina tinha ficado muito apegada à Sra. Vanderbilt nas últimas poucas semanas, apreciando as conversas que tinham; porém, fazia vários dias que não a via pela casa.

— Uma amiga minha está frequentando a escola de moças que a Sra. V. montou, aprendendo a lidar com números e tecer no tear — contou Essie. — A Sra. V. quer que todas as meninas tenham algum tipo de instrução para poderem se sustentar, se precisarem.

— Muito gentil da parte dela — disse Serafina enquanto tentava imaginar como entrar naquele vestido. Parecia ter um desconcertante conjunto de botões e cordéis e outras complicações…

— A gentileza em pessoa — continuou Essie. — Você ouviu falar do rapaz da leiteria? Duas semanas atrás, um leiteiro e o filho mais velho ficaram bem fraquinhos, doentes mesmo, pra morrer, então a Sra. V. foi até a choupana deles com uma cesta de comida pra ajudar no sustento da família um tempo.

Serafina e o Cajado Maligno

Quando ela viu o menino tão abatido, mandou uns homens do lugar levarem ele na carruagem dos Vanderbilt até o hospital de Asheville.

— Que que aconteceu com ele? – perguntou Serafina quando finalmente descobriu como entrar no vestido e fechou o último botão.

— Ainda está muito doente – respondeu Essie. – Mas ouvi dizer que estão cuidando bem dele lá.

— Pode virar agora – disse Serafina.

— Ah, senhorita! – exclamou Essie. – Está muito melhor, pode acreditar. Vai até o espelho e dá uma olhada enquanto eu penteio seu cabelo.

Essie não parecia se importar com o fato de Serafina ser diferente do restante das pessoas, de o cabelo dela ser riscado, os olhos grandes demais e o ângulo das maçãs do rosto anormalmente acentuado. Ela simplesmente se pôs a trabalhar.

— Esse seu cabelo… – disse Essie, e começou a puxar como se fosse um monte de cadarços malcomportados. – Pena que a gente não tem tempo de fazer aquele trabalho bem-feito, mas dá pra dar um jeito.

Enquanto Essie trabalhava, Serafina se pegou se olhando no espelho e reparando uma coisa estranha. Parecia haver mechas de cabelo preto crescendo no meio do resto do cabelo, mechas que ela nunca vira antes.

— Tem alguma coisa errada, senhorita? – perguntou Essie, vendo Serafina franzir a testa.

— Meu cabelo é castanho, e não preto – disse, surpresa, enquanto levantava a mão devagar, levando-a até a cabeça e tocando as mechas pretas.

— Quer tirar, senhorita? Eu costumava cortar o cabelo branco da vovó o tempo todo. Os fios nasciam compridos e enrolados como se tivessem bebido muita aguardente artesanal, e a gente cortava eles fora logo que apareciam.

— Pode arrancar – disse Serafina.

— Vai doer, senhorita. Tem muito.

— Pode pegar com força e arrancar tudo – insistiu Serafina. Como se ela já não tivesse problemas suficientes para resolver no andar principal da casa, agora tinha umas coisas estranhas crescendo em sua cabeça. Sua aparência estava pra lá de esquisita.

Essie pinçou os fios de cabelo preto e arrancou com tanta força que fez a cabeça de Serafina ser puxada para trás.

— Desculpe, senhorita — pediu Essie.

— Pode continuar — disse Serafina. Enquanto Essie seguia com a tarefa, ela decidiu fazer uma pergunta sobre o que havia visto de manhã. — Você falou que está treinando para ser a aia de uma dama. Já serviu à garota nova que chegou de visita?

— Aquela inglesinha... — grunhiu Essie, deixando bem claro que não ia com a cara da hóspede.

— Não gosta dela? — perguntou Serafina, achando graça.

— Eu não confio naquela guria de jeito nenhum, chegando aqui toda convencida, nariz empinado e não perdendo tempo para se engraçar para o lado do jovem amo. Se acha!

Serafina não tinha certeza exata do que ela queria dizer com aquilo tudo, mas lhe ocorreu que alguém na posição de Essie, trabalhando diariamente nos quartos do segundo e do terceiro andares, poderia ver coisas que ela não tinha como ver.

— E o tal investigador de homicídios que chegou na noite passada? — perguntou. — Por acaso, já viu?

— Ainda não, mas ouvi de um dos lacaios que ele trouxe todo tipo de caixa e baú, tudo transportado para o quarto dele e tudo cheio de uns instrumentos estranhos. Ele não para de dar ordens aos empregados, exigindo isso e aquilo...

Isso não soa bem, pensou Serafina.

Tendo arrancado várias mechas de fios pretos, Essie pegou a escova e começou a pentear o cabelo de Serafina com escovadas longas e firmes. Era uma sensação tão esquisita, mas também tão estranhamente agradável, ter o cabelo penteado daquele jeito por outra pessoa, a raiz sendo puxada, o cabelo sendo desembaraçado e as cerdas macias tocando delicadamente seu couro cabeludo. Ela teve que se esforçar ao máximo para não ronronar.

— Posso fazer uma pergunta, senhorita? — começou Essie, enquanto escovava o cabelo dela. — Sabe, a Sra. King vive dizendo para todas nós, moças, pra gente não se meter na vida dos outros, mas, assim mesmo, todo mundo tá falando. Todas nós queremos saber o que que tá acontecendo.

— Acontecendo com o quê? — estranhou Serafina.

Serafina e o Cajado Maligno

— Com a Sra. V. – respondeu Essie. – Ela não saiu do quarto para tomar o café da manhã hoje, e está se sentindo tão mal ultimamente que a gente quase não tem visto ela. Tenho certeza que ela vai superar isso, seja o que for, mas eu estava pensando se a senhorita tinha ouvido alguma coisa.

— Eu não sabia que ela estava doente de cama – Serafina disse enquanto se formava um nó em seu estômago. Isso explicava por que não tinha visto a Sra. V. ultimamente.

— Ela está muito doente já faz alguns dias – continuou Essie. – Então, às vezes ela se recupera por um tempo. A gente vê o médico indo e vindo. A gente só queria saber se ela vai ficar bem.

— Honestamente, eu não sei, Essie. Sinto muito – disse Serafina. A notícia de que a Sra. Vanderbilt estava doente pesou em seu coração – Mas quando eu souber alguma coisa, com certeza vou te falar.

— Eu ficaria agradecida – disse Essie, com um gesto afirmativo da cabeça. – E também te conto se descobrir.

Finalmente, Essie largou a escova. Então, segurou o cabelo de Serafina, enroscou-o e o enrolou em um coque alto e fofo. Depois o prendeu no lugar.

— Aqui está, senhorita. Acho que assim ficou ótimo.

Quando Serafina se olhou no espelho, viu o reflexo de uma garota diferente olhando para ela. Seu próprio rosto ainda estava lá, ainda a encarando, mas, com o vestido que Essie lhe havia emprestado e o cabelo preso para cima, tinha uma aparência razoavelmente apresentável.

Essie sorriu, orgulhosa do seu trabalho.

— A senhorita agora é uma garota normal – disse ela, cheia de satisfação.

— Acho que sim – concordou Serafina admirada.

Serafina se virou para Essie e, lembrando-se de como tinha se contraído com o toque da outra quando se encontraram pela primeira vez na escada, estendeu a mão e a pousou devagar no braço de Essie como tinha visto outras pessoas fazerem. O gesto parecia pouco natural para ela, efetivamente tocar alguém dessa forma, e ela não estava segura se era o momento certo para aquilo, mas, quando o fez, o rosto de Essie se iluminou de felicidade.

— Ai, ai, senhorita, não foi nadinha; é só uma garota ajudando outra, nada mais.

— Agradeço de coração, Essie – disse Serafina. Depois fez uma pausa e decidiu perguntar uma última coisa antes de ir embora. – Agora há pouco, você disse que todas as pessoas têm algo que assombra elas.

— E não é?

— Mas parecia que você estava pensando em alguma coisa bem específica. Para você, é o medo de ficar doente como o filho do leiteiro?

— Não, senhorita.

— Então, o que é? Você tem medo de quê?

— Bom, eu não sou lá chegada a assombrações, claro, e acho que ninguém deveria acreditar nesses troços de gente voltando do mundo dos mortos e coisas do tipo, mas o que faz eu me arrepiar toda até hoje são as histórias que meu avô costumava contar em volta da fogueira para assustar os mais novos, como eu.

— Sobre o quê?

— Ah, sabe, como quando surge do nada um vento num dia tranquilo e sopra alguma coisa, ou a gente encontra um bicho morto na mata, as pessoas sempre dizem: "É só o velho da floresta pregando peças de novo."

Serafina sentiu os lábios ficando secos à medida que escutava a história de Essie. Dava para sentir o medo crescendo na voz da criada.

— Que velho da floresta? – perguntou Serafina.

— Tenho certeza que a senhorita já ouviu alguma história dessas, de um velho com um cajado vagueando pelas sombras, entrando e saindo da neblina, levando as pessoas a sair da estrada e fazendo elas se perderem nos pântanos. Às vezes dizem que o velho provoca brincadeiras de mau gosto ao redor das choupanas… leite todo coalhado, galinhas mortas no quintal… Meu avô adorava contar essas histórias, mas elas me faziam ficar apavorada. E isso ainda acontece, pra falar a verdade.

— Mas quem é o tal velho das histórias? De onde ele vem? O que ele quer? – perguntou Serafina, impressionada.

Essie balançou a cabeça e deu de ombros.

— Que um raio me atinja se eu souber! – Ela riu. – É só uma história velha e idiota, mas por algum motivo ela tem o poder de me meter medo como nenhuma outra coisa. Se eu estiver na mata de noite e ouvir o bater de

Serafina e o Cajado Maligno

um cajado ou uma lufada de vento, em dois tempos eu simplesmente corro pra casa o mais rápido que eu conseguir. Tenho tanto medo do escuro que não é nem um pouco agradável! É por isso que eu adoro ficar aqui.

— Aqui? Por quê? — perguntou Serafina, incapaz de entender a conexão misteriosa.

— Tem privada — disse Essie, rindo. — Não tenho que ir para fora de casa toda noite no escuro!

Serafina sorriu. Sua nova companheira era uma garota diurna de cabo a rabo, mas havia alguma coisa sobre Essie Walker que fazia Serafina gostar cada vez mais dela.

— Falando sério agora — disse Essie. — Você tem que ir lá para baixo, e eu tenho que voltar para o meu trabalho. Se a gente ficar aqui em cima como um casal de guaxinins encurralados mais tempo, vão mandar os cachorros atrás da gente.

— Que cachorros?!? — exclamou Serafina, alarmada.

— Sim, os cachorros farejadores. É só um modo de falar.

— Ah, claro — disse Serafina, percebendo que, como Essie, talvez houvesse mais do que pouquíssimas coisas no mundo que a assombravam.

Ao se despedir, Serafina ficou triste de ir embora, principalmente para o que a aguardava no andar de baixo, mas estava feliz por ter feito uma nova amiga.

Serafina desceu como um raio as escadas, de cinco em cinco degraus, mal os tocando, um lance, dois lances, três lances voando para baixo. Ao atingir o andar principal, passou correndo por um surpreso lacaio na porta da despensa do mordomo, depois desceu a passagem estreita através de outra porta, cruzou a Sala de Café da Manhã, depois outro corredor e enfim parou, inspirou e entrou calmamente no Jardim de Inverno.

Palmeiras altas e inclinadas, figueiras e várias plantas exóticas adornavam o ambiente. Raios de sol iluminavam o domo arqueado de vigas ornamentadas que sustentavam o teto de vidro do Jardim de Inverno. Delicadas peças de cerâmica eram exibidas em suportes por todo o cômodo azulejado, e móveis de vime forneciam espaço e conforto para os elegantes convidados se acomodarem.

Serafina havia se dirigido para essa área central da casa na esperança de encontrar Braeden antes de ser interrogada pelo investigador, mas se sentiu vulnerável demais caminhando abertamente no grandioso local aonde antes só fora sorrateiramente.

Serafina e o Cajado Maligno

Examinou o ambiente enquanto procurava bons esconderijos – os músculos pulsando –, estudando cada canto e imaginando o que faria se precisasse fugir a qualquer momento. Então, avistou Braeden e a adolescente, lado a lado. Vacilou. Seu corpo se retraiu.

Os dois habitantes do andar de cima haviam trocado de roupa – eles não estavam mais em uniforme de montaria. Agora Braeden vestia seu casaco preto da tarde, calças compridas e gravata, e ela usava um vestido azul-celeste com um colete apertado na cintura, mangas bufantes curtas e fitas de seda que cobriam os antebraços. As mechas vermelho-acastanhadas estavam no alto da cabeça, puxadas para trás em ondas macias e ajeitadas, mantidas no lugar por um pregador de xale feito de madeira torcida. Caindo pelos lados em caracóis, cachos penteados com tamanha perfeição que lembravam a Serafina as molas da oficina do pai. A pessoa que tinha sido designada para ser a aia da inglesa naquela tarde, fosse quem fosse, devia ter passado horas encaracolando seu cabelo com um ferro quente de enrolar. Serafina havia calculado, logo que a conhecera, que a garota tinha cerca de catorze anos, mas podia ver naquele momento que, sem dúvida, ela tentava agir como se fosse mais velha. Usava longos brincos de prata delicadamente trabalhados e uma gargantilha de fita de veludo preto com um pingente de camafeu. Serafina tinha que admitir que era uma garota elegante, com olhos expressivos da cor da floresta.

À medida que Serafina se aproximava dela, seu coração batia mais forte do que se estivesse iniciando uma batalha com os cães de caça. Por hábito, ela caminhava em silêncio. Quase ninguém percebeu sua presença. Contudo, as orelhas pretas de Gideão apontaram para cima e depois se abaixaram de alívio quando ele a reconheceu. Abanou o toco de rabo, todo entusiasmado. Serafina sorriu, contente com a animação do cachorro.

A metidinha estava de frente para a direção de onde vinha Serafina, mas só notou a presença dela quando ficou óbvio que Serafina se dirigia para o ponto onde se encontravam. A adolescente se mostrou claramente surpresa com a aparência de Serafina. Seus olhos logo se arregalaram e ela inclinou a cabeça. Tinha um ar quase assustado. Porém, à medida que Serafina se aproximava, foi se recompondo. Encarou Serafina com olhar desafiador, como se dissesse:

Robert Beatty

Como é possível, ó Deus, que uma pessoa trajada como você venha aproximar-se de uma pessoa trajada como eu?

Se não gostou deste vestido, devia ter visto o trapo que eu ia usar, pensou Serafina.

Fazendo uma pausa perto deles, Serafina se colocou entre o chafariz de bronze no centro do ambiente e um lindo vaso ming azul e branco em cima de um pedestal de madeira. Ao redor, um conjunto de graciosas palmeiras. Ela se lembrou de ouvir por acaso que o Sr. Vanderbilt o tinha comprado em suas viagens para o Oriente, que tinha mais de quatrocentos anos e era um dos objetos de arte mais valiosos da mansão. Serafina ficou tão imóvel que, por um minuto, quase se sentiu como parte da mobília.

Quando Braeden finalmente se virou e viu a amiga ali, o rosto do rapaz se iluminou e ele sorriu.

— Olá, Serafina! — exclamou, sem hesitar.

Uma onda de alívio e felicidade percorreu o corpo de Serafina.

— Olá, Braeden — retribuiu ela, esperando soar pelo menos um pouco normal.

Mesmo que ele provavelmente a estivesse aguardando, Braeden parecia bastante surpreso e feliz de vê-la ali. Será que estava preocupado com ela? Ou será que era porque Serafina raramente visitava aquele andar durante o dia? O andar principal!

— Eu... — começou ela, sem saber como falar o que tinha para falar de modo apropriado. — Estou de posse do seu bilhete — disse afinal, tentando soar o mais sofisticada possível, mas querendo deixar claro que compreendia a seriedade do interrogatório.

Ele anuiu compreensivamente, deu um passo para se aproximar e falou em voz baixa.

— Não sei onde estamos nos metendo aqui, mas acho que precisamos ter muito cuidado.

— Qual é o nome do investigador? — perguntou ela. — De onde ele veio?

— Não sei — respondeu Braeden. — Ele chegou ontem de madrugada.

— E o que o seu tio comentou a respeito disso tudo?

— Se as autoridades determinarem que o Sr. Thorne foi assassinado, então o assassino será enforcado.

Serafina e o Cajado Maligno

— Ele realmente disse isso?!? – perguntou Serafina, e engoliu em seco. Enquanto conversava com Braeden, sentiu o ar esfriar ao seu redor. Quando Braeden a vira e a cumprimentara de modo tão caloroso, Serafina notara que a inglesinha recuara um pouco, o queixo levantado e o rosto tenso. Agora ela estava ali perto, imóvel, esperando em silêncio. A situação se tornava cada vez mais desconfortável. Braeden deveria tê-la apresentado a Serafina, mas parecia ter se esquecido da presença da adolescente. Serafina não conseguia achar que a nova hóspede pudesse estar gostando daquilo.

Ocorreu a ela que a garota podia estar tão pouco à vontade em seu novo ambiente em Biltmore quanto Serafina. Era uma recém-chegada, ainda tentando encontrar seu próprio espaço, e agora o único rapaz que ela conhecia estava cochichando com uma reles pirralha, uma esquisita com um penteado fora de moda e toda marcada por dentadas. Apesar da aspereza com que tinha julgado a garota na primeira vez que a vira, Serafina quase sentia pena dela.

— Ah, sim – disse Braeden, parecendo ler os pensamentos de Serafina e de repente se lembrando de suas responsabilidades. – Serafina, esta é…

No entanto, naquele exato momento, a Sra. Vanderbilt desceu imponente os degraus que levavam ao Jardim de Inverno.

— Ah, vejo que estão todos aqui. Ótimo. Vou acompanhá-los até a Biblioteca para falarem com o Sr. Vanderbilt e o detetive.

A dona da casa usava um bonito vestido vespertino e procurava manter um ar saudável, mas Serafina podia ver que ela realmente parecia um pouco adoentada. Suas faces estavam pálidas, mas a testa se encontrava avermelhada. Ela parecia estar se esforçando para demonstrar normalidade, com uma atitude positiva apesar da saúde debilitada.

— Serafina, antes de descermos, eu adoraria que você conhecesse uma pessoa – disse a Sra. Vanderbilt, apontando, com um gesto suave de mão, a adolescente. – Gostaria de lhe apresentar Lady Rowena Fox-Pemberton, que veio de muito longe e está aqui nos visitando. Espero que vocês duas possam se tornar boas amigas durante a estada dela. Nós temos que fazer o máximo para que ela se sinta em Biltmore como se estivesse em casa.

— Prazer em conhecer, senhorita – disse Serafina educadamente.

— *Minha senhora* — disse Lady Rowena enquanto olhava Serafina de alto a baixo com ar de surpresa.

— O quê? — perguntou Serafina, confusa de verdade.

— Você não deve se dirigir a mim como "senhorita", mas como "minha senhora" — Lady Rowena corrigiu Serafina em seu sotaque inglês para lá de formal.

— Ah, entendo — disse Serafina. — É assim que fazem... na Inglaterra? E você vai se dirigir a mim também como "minha senhora"?

— É óbvio que não! — exclamou a garota com grande surpresa enquanto suas faces ficavam coradas.

— Você duas — chamou a Sra. Vanderbilt, dando um basta no confronto e ficando entre as garotas na tentativa de amenizar a situação. — Tenho certeza que saberão resolver essas relações anglo-americanas...

Mas, quando a Sra. Vanderbilt estendeu o braço gentilmente em sua direção, Serafina se assustou e deu um passo para trás, por puro reflexo, e sentiu o roçar da folhagem de uma palmeira contra a nuca. A folha da palmeira parecia querer se embrenhar e se enroscar no cabelo dela. Surpresa, Serafina se esticou e girou rapidamente para afastar a coisa, pensando que podia ser uma cobra, pois foi exatamente isso que ela sentiu. Virou-se tão rápido que se chocou contra o pedestal às suas costas.

— Ah, tenha cuidado, Serafina! — repreendeu a Sra. Vanderbilt em pânico, tentando pegar o objeto atrás de Serafina.

Foi então que ela percebeu que seu movimento brusco havia acertado em cheio o pequeno pedestal de madeira que sustentava o vaso ming. O vaso balançou e... Serafina observou aterrorizada enquanto a valiosíssima obra de arte mergulhava no duro piso azulejado. Ela tentou agarrá-lo, mas era tarde demais. O vaso atingiu o chão com um baque e se estilhaçou em milhares de pedaços. A visão da porcelana explodindo fez Serafina perder o fôlego. O som do baque ecoando pela casa fez seu estômago se embrulhar.

Em estado de choque, todo mundo olhou o vaso partido e depois encarou Serafina.

As bochechas de Serafina queimavam de calor, e seus olhos se encheram de lágrimas.

Serafina e o Cajado Maligno

— Mil desculpas, Sra. Vanderbilt — disse, se aproximando. — Eu não queria fazer isso. Por favor, me perdoe.

— Talvez a gente possa colar — disse Braeden, ajoelhando-se e tentando recolher os cacos enquanto Lady Rowena Fox-Pemberton observava Serafina com ar ameaçador e balançava a cabeça como se dissesse: *Eu sabia que você não pertencia a este lugar.*

— George vai ficar de coração partido — murmurou a Sra. Vanderbilt para si mesma, a mão na boca enquanto olhava fixamente, atordoada e sem querer acreditar, para os cacos no chão. — Era um dos preferidos dele…

— Me perdoe — suplicou Serafina de novo, o coração inchado com uma sensação de angústia e vergonha. — Não sei o que aconteceu. A planta me atacou. — Mas assim que as palavras saíram, percebeu como soaram imaturas. Lady Rowena repreendia Serafina com um olhar cortante, absorvendo tudo, esperta e posuda demais para efetivamente sorrir, mas parecendo estar prestes a isso. Serafina olhou ao redor, para as plantas e os outros objetos do cômodo. Ela não conseguia entender. Tinha passado a vida toda perambulando por Biltmore e jamais esbarrara em nada nem quebrara nada. E agora, justamente quando estava começado a frequentar o mundo de cima, justamente quando estava querendo mostrar à Sra. Vanderbilt como apreciava a sua amizade, fazia essa coisa desajeitada, horrível, estúpida. Ela queria correr de volta para o porão e chorar. Teve que recorrer a toda a sua coragem para permanecer ali parada, morta de vergonha.

Finalmente, a Sra. Vanderbilt olhou para o sobrinho no chão, que tentava limpar a bagunça.

— Braeden… acho que, infelizmente, não vai funcionar. E, de mais a mais, não há tempo para isso — informou a Sra. Vanderbilt. — Você e Serafina devem ir falar com o Detetive Grathan. Agora!

Sentindo a seriedade da atitude da tia, Braeden lentamente cessou de catar os cacos.

Serafina nunca tinha visto a Sra. Vanderbilt agir com tanta frieza e tanta rispidez em relação a Braeden ou qualquer outra pessoa, e era tudo culpa dela.

— Vou levar Lady Rowena para um passeio até a estufa. Você e Serafina desçam imediatamente para a Biblioteca.

A Sra. King, a governanta, entrou no Jardim de Inverno e falou diretamente com a Sra. Vanderbilt.

– Já pedi a uma criada para trazer uma vassoura e uma pá de lixo para limpar a bagunça – disse, o tom nivelado e profissional. Como a funcionária de mais alta patente de Biltmore, a governanta possuía voz de comando. Usando um prático vestido verde-oliva com botões de madrepérola e uma faixa na cintura, ela mantinha o cabelo puxado para trás em um coque bem ajeitado.

– Obrigada, Sra. King – disse a Sra. Vanderbilt, agradecida. – Por favor, leve já as crianças até a Biblioteca.

Quando a Sra. Vanderbilt se dirigiu a ela e a Braeden como "crianças", Serafina viu a satisfação no rosto de Lady Rowena.

– Venham comigo – instruiu a Sra. King a Braeden e Serafina. Era preciso obedecer àquele tom de voz.

A Sra. King cuidava de Biltmore havia muitos anos, mesmo antes que o Sr. Vanderbilt se casasse e a Sra. Vanderbilt chegasse. Ao acompanhar a governanta pelo Saguão de Entrada, Serafina enxugou as lágrimas e tentou pensar no que seu pai lhe diria naquele momento. *Para de chorar e dá um jeito de se controlar, menina* – era o que ele diria, e estaria certo. Se ela estava para ser interrogada por um investigador a respeito de um assassinato no qual tomara parte, precisava se recompor.

Serafina estudou a Sra. King enquanto a seguia por toda a longa extensão da Galeria das Tapeçarias, em direção à Biblioteca, pois poucas vezes tinha ficado tão perto dela.

Uma das coisas que sempre encantara Serafina a respeito da Sra. King era que a governanta morava em uma área de Biltmore que ela nunca tinha visto. Era a única moradora do misterioso segundo andar e meio. Serafina nem conseguia imaginar como um meio andar pudesse existir entre dois outros. Mas tinha aprendido, havia muito tempo, que toda espécie de coisas grandiosas, assim também como malignas, era possível em Biltmore. As palmeiras, por exemplo, eram particularmente indignas de confiança.

Ela não pôde deixar de notar o molho de chaves pendurado na cintura da Sra. King. Era um enorme anel de metal com todas as chaves da casa, para

Serafina e o Cajado Maligno

cada porta, armário e alçapão secreto, do porão ao andar superior. Serafina sempre ficara fascinada pelo tilintar das chaves. Mas, enquanto ela examinava o molho, alguma coisa puxou sorrateiramente uma chave do aro, desceu correndo o vestido da Sra. King e disparou pelo chão mais rápido do que duas piscadas e um espirro. A criaturinha marrom era tão pequena e se movimentara com tanta rapidez que ninguém percebeu. Contudo, Serafina era a C.O.R. havia tempo suficiente para saber do que se tratava: um camundongo. Às vezes, os camundongos se movimentavam tão rápido... apareciam e desapareciam como um relâmpago. Ela até já começava a duvidar se tinha visto mesmo o danado. Como podia um camundongo descer correndo pelo vestido da Sra. King? E o que ele estaria fazendo? Roubando a chave do armário dos queijos?

No entanto, tinha sérios problemas com que se preocupar. Enquanto se arrastava junto com Braeden atrás da Sra. King, Serafina deu uma espiada no amigo. Os lábios dele estavam tensos, o semblante tomado de preocupação. Parecia que a Sra. King estava levando os dois para um julgamento, depois haveria a leitura da sentença e por fim a execução. Ela quase teve o ímpeto de dar meia-volta e correr, simplesmente sair dali enquanto ainda tinha chance. Estaria longe como a brisa do dia anterior antes que a Sra. King até mesmo notasse que ela havia desaparecido. Mas sabia que não podia deixar o coitado do Braeden para trás; por isso, continuou andando penosamente ao lado do amigo, sem saber o que mais fazer. Sentia como se estivesse presa em um saco bem fechado, prestes a ser arremessada num rio.

Quando entraram na Biblioteca, Serafina examinou o cômodo que para ela era familiar. Milhares de livros encadernados em couro, pertencentes ao Sr. Vanderbilt, se alinhavam nas paredes de madeira com entalhes intrincados e mármore esculpido. Os livros atingiam o teto, que era decorado com um afresco, uma pintura italiana com motivo de anjos, e ficava a dez metros acima de suas cabeças. Mas não havia ninguém ali. Os globos dos lustres de metal estavam iluminados, e o fogo ardia na imponente lareira de mármore preto, mas a Biblioteca estava completamente vazia.

Quando Serafina olhou Braeden de relance, ficou claro que ele estava tão confuso quanto ela. Mas a decidida Sra. King parecia inabalável. Liderou-os ao longo das estantes da parede oeste, depois virou à direita. Encontravam-se agora de frente para uma área toda revestida de madeira. Serafina levou quase um segundo para perceber que não se tratava apenas de parede. Havia uma porta. E o entalhe no painel central da porta a deixou perturbada: um homem com um manto mantendo um dedo sobre os lábios como se fizesse *Shhh!* Havia sangue jorrando da cabeça da figura e uma faca alojada em suas costas.

— Entrem — ordenou a governanta. — Eles estão à espera.

Serafina entrou cuidadosamente no ambiente mal iluminado. Era uma saleta apertada, estreita, com móveis de couro, persianas bloqueando o sol poente e o teto escuro com um padrão que se assemelhava a ossos de asas de morcego. Esse não era o seu escritório habitual, mas o Sr. Vanderbilt estava sentado atrás da mesa.

Ela havia observado o proprietário de Biltmore desde bem pequena; porém, nunca conseguira decifrá-lo. Era um homem de negócios, dono de uma fortuna incalculável, de poucas palavras, um cavalheiro refinado, estudioso, mas com uma constituição física frágil e mãos finas. Tinha olhos escuros e sagazes, bigode e cabelos pretos.

— Entrem, venham aqui — chamou o Sr. Vanderbilt solenemente. Parecia estar com um mau humor sombrio e impiedoso.

Conforme ela e Braeden lentamente avançavam, Serafina viu algo pelo canto do olho: um homem sentado nas sombras, imóvel, analisando-a. Ela não conseguiu evitar um suspiro profundo. O coração começou a martelar o peito, marcando o tempo como um bumbo, lento e potente.

Quando seus olhos se ajustaram à escuridão do cômodo, ela começou a discernir as feições do homem. Para sua surpresa, não era o senhorzinho que Serafina havia visto andando em direção à floresta com o Sr. Vanderbilt. O escasso cabelo do sujeito, marrom cor de pelo de rato, caía nos ombros, e tinha um cavanhaque curto e excêntrico. Ele a encarou com olhos intensos, implacáveis. Devia ter sido bonito no passado, mas havia tantas cicatrizes cinzentas estampando seu rosto que ela podia imaginar uma história inteira de batalhas em sua vida, tanto contra lâminas como contra garras – era incrível· que tivesse sobrevivido. Sua capa e seu casaco de lã marrom estavam desbotados, com as bordas esfarrapadas, como se ele estivesse na estrada havia muitos anos.

Assim que pôs os olhos nos arranhões do rosto e nas feridas de mordida das mãos de Serafina, ela teve a sensação de alguma coisa rastejando pela sua coluna. Os músculos do seu corpo se contraíram e ficaram tensos, prontos para lutar ou fugir. Ele conseguia ver além. Imagens aterrorizantes passaram pela cabeça de Serafina: o homem de barba grisalha com chapéu de aba larga pisando na estrada, os cães de caça com seus caninos brancos e maxilares abocanhando, a silhueta escura de uma figura sentada na carruagem que se afastava.

Será que o sujeito tinha olhado para fora da carruagem e vira Serafina? Se isso efetivamente aconteceu, o máximo que ele viu foi um vulto correndo para longe. Fosse como fosse, ele parecia tão confuso a respeito dela quanto ela estava a respeito dele.

Na mão, ele trazia uma bengala com haste espiralada e cabo de chifre curvado. Havia alguma coisa na bengala que fazia Serafina considerá-la bem mais perigosa do que aparentava. Porém, parecia ser de um estilo diferente daquela que havia visto na noite anterior. Era como se houvesse pequenas lacunas na sua memória. Ela tinha visto um cajado retorcido ou uma bengala em espiral com um cabo de chifre torcido, mais formal, como essa? Ou será que aquilo mudava de forma?

– Sentem-se – instruiu o Sr. Vanderbilt. Apontou para duas cadeiras de madeira, pequenas e simples, no meio da saleta. Serafina raramente vira o Sr. Vanderbilt tão sisudo, com o tom de voz tão ríspido, mas não sabia dizer se era porque ele estava zangado com ela e com Braeden, ou por causa da presença inesperada do detetive em Biltmore. O Sr. Vanderbilt recebia todo tipo de hóspede para se divertir na mansão deslumbrante que construíra com esse propósito, mas ele mesmo tinha uma tendência a retirar-se cedo das festanças. Frequentemente ficava sentado sozinho em uma sala silenciosa, e costumava ler em vez de interagir. Era um homem introvertido. E agora lá estava um estranho, um detetive, um homem ardiloso, que chegara falando sobre assassinato, e o Sr. Vanderbilt não parecia nada satisfeito com aquilo.

Quando ela e Braeden se sentaram, Serafina deu uma olhada no amigo. Ele aparentava estar assustado. A Sra. King o havia instruído a deixar Gideão do lado de fora da sala, e ele se sentia vulnerável e solitário sem seu cão protetor ao lado, o que deixou Serafina mais determinada do que nunca a garantir que esse Detetive Grathan não se aproveitasse deles.

O Sr. Vanderbilt olhou para ela e para Braeden.

— O Detetive Grathan está investigando o desaparecimento do Sr. Thorne. A teoria dele é que o Sr. Thorne não foi embora de Biltmore por vontade própria, mas que encontrou um destino trágico aqui.

— Sim, senhor — disse Braeden, tentando soar firme, mas Serafina podia ouvir o tremor na voz dele. Também não havia dúvida na cabeça dela de que, se cometessem qualquer erro ali, eles poderiam ser presos e acusados de conspirar para o assassinato do Sr. Thorne. Ela o havia levado a uma armadilha. E Braeden era dono do cão que a ajudara a matá-lo.

— Eu recomendo que vocês respondam todas as perguntas falando apenas a verdade.

Serafina olhou para o Sr. Vanderbilt, pois o tom da voz dele tinha uma agudeza inesperada. Aparentemente, ele estava dizendo a Serafina e a Braeden para fazer a coisa certa, para cooperar com a investigação do detetive. Mas de outro modo, ela tinha a impressão de que o Sr. V. estava lhes sinalizando algo, avisando-lhes que precisavam ser cuidadosos ao máximo, como se dissesse que o homem talvez possuísse o poder de distinguir mentira e verdade.

— Detetive Grathan — o Sr. Vanderbilt disse ao mesmo tempo em que se virava para o homem —, todos em Biltmore vão, claro, cooperar com a sua investigação. Esse é o meu sobrinho Braeden Vanderbilt, filho do meu irmão mais velho, e sua amiga Serafina. Junto com os outros com os quais o senhor já falou, eles estavam presentes no dia do desaparecimento do Sr. Thorne. O senhor tem liberdade para fazer quaisquer perguntas a eles que considerar necessárias para completar sua investigação.

O detetive aquiesceu, depois falou com o Sr. Vanderbilt em um tom sério.

— O senhor não precisa estar presente nesse interrogatório.

Uau!, pensou Serafina. Ele havia acabado de pedir ao Sr. Vanderbilt que se retirasse da sala. *Ninguém* pedia ao Sr. Vanderbilt para sair de lugar nenhum. Era a casa *dele*. Serafina podia sentir a tensão crescendo entre os dois homens.

— Eu ficarei — afirmou o Sr. Vanderbilt categoricamente.

O Detetive Grathan olhou-o e pareceu decidir que, por ora, não discutiria com o proprietário de Biltmore. Em vez disso, girou a cabeça lentamente na direção de Serafina, que teve certeza de ouvir o ruído de cartilagem rangendo quando o pescoço dele torceu. O homem a estudou por longos segundos, tentando desmontar cada plano dela, pedacinho por pedacinho. Ela percebeu os dedos dele envolvendo lentamente o cabo de chifre da bengala. Então, ele perguntou.

— Seu nome é Serafina. Está correto?

— Está — disse ela. *E seu nome é Sr. Grathan,* ela quis rebater. *Você e o seu cocheiro têm cinco cães de caça gigantes, sarnentos, com dentes afiados como punhais!*

— Você conheceu o Sr. Thorne? — perguntou ele.

— Sim, conheci — ela respondeu honestamente —, mas só falei com ele algumas vezes.

O homem a examinou. Ele não largava a bengala — bastão, cajado, vara ou o que quer que fosse — enquanto falava com ela. Depois lentamente girou a cabeça e olhou para Braeden.

— E você também conheceu o Sr. Thorne?

— Ele era meu amigo — contou Braeden, o que também era verdade.

— Quando foi a última vez que o viu?

— Durante a festa na noite do desaparecimento — disse Braeden. Pareceu que ele, também, havia entendido o aviso do tio. Quando Braeden olhou para Serafina com um olhar de cumplicidade, ela teve certeza. Naquele momento,

Serafina e o Cajado Maligno

os dois amigos silenciosamente concordaram que caminho deveriam tomar: não dar nenhuma vantagem ao detetive, falar parte da verdade, nada além.

O detetive virou a cabeça lentamente de volta a Serafina.

— E você, quando foi a última vez que viu o Sr. Thorne?

Da última vez que ela o tinha visto, ele estava deitado morto no chão dentro do túmulo, o sangue escorrendo; e logo depois o corpo do homem se decompusera diante dos seus olhos, a carcaça humana tornando-se apenas terra ensopada de sangue.

— Acredito que foi no último dia em que todos nós vimos ele – disse Serafina. – No dia em que ele desapareceu.

— E a que *horas* você o viu pela última vez?

— Pelo que eu me lembro, ao anoitecer – disse ela, mas *meia-noite* teria sido uma resposta mais precisa.

— Então você foi uma das últimas pessoas a vê-lo aqui em Biltmore.

— Acho que devo ter sido.

— E o que ele estava fazendo da última vez que você o viu?

— Bem, da última vez que eu vi o Sr. Thorne aqui em Biltmore, ele estava vestindo sua capa preta e saindo…

— Você o viu sair de Biltmore?

— Sim, muito claramente. Ele saiu apressado pela porta.

— Correndo? – o detetive perguntou, surpreso.

— Isso. Correndo. – *Ele estava me perseguindo*, recordou, *e eu o levei para a morte.*

A cabeça do detetive girou para Braeden.

— E você também presenciou a cena?

— Não – disse Braeden. – Eu fui para cama depois da festa.

Os olhos do detetive ficaram firmes em Braeden por vários segundos, como se ele não tivesse acreditado na resposta. Em seguida afirmou:

— O cão negro é seu. – Serafina não tinha ideia de como ele sabia disso, porque Gideão nem estava no cômodo.

— É sim – confirmou Braeden, inseguro.

— Estão sempre juntos, certo? Mas você disse que foi para cama cedo naquela noite. Como e quando o cão foi ferido no ombro direito?

— Eu... – começou Braeden, confuso e perturbado pela pergunta.

— Como o cão se machucou? – o detetive o pressionou.

— Eu não vi como ele se machucou – afirmou Braeden com sinceridade.

— Mas então quando foi que aconteceu?

— Foi na manhã em que descobrimos que outra criança estava desaparecida. Mandei Gideão para a floresta para procurar a criança – contou Braeden.

Serafina achou muito inteligente a maneira como Braeden dissera que *outra criança estava desaparecida*, disfarçando o fato de que na verdade era *ela* que estivera sumida. Serafina havia saído para enfrentar o Sr. Thorne. E ela gostou da maneira como Braeden situara a cena, *na manhã*, o que tecnicamente era verdade, afinal, tinha sido após a meia-noite, mas dava a impressão de que havia sido já de dia.

— E o cão encontrou a tal criança? – perguntou o detetive.

— Sim, encontrou – respondeu Braeden. Depois olhou para o Sr. Vanderbilt. – Tio, por que ele está me fazendo todas essas perguntas sobre Gideão? Ele acha que eu e Gideão fizemos alguma coisa errada?

Serafina não sabia dizer se Braeden estava fingindo sua expressão de medo e perplexidade ou se era genuína, mas de qualquer maneira foi convincente.

— Não, claro que não, Braeden – esclareceu o Sr. Vanderbilt, olhando com firmeza para o detetive ao dizer essas palavras. – Ele está apenas fazendo o trabalho dele. – Era evidente que o Sr. Vanderbilt não iria tolerar tamanha intromissão. – Apenas responda às perguntas falando a verdade – pediu novamente, e dessa vez Serafina teve certeza: ele os estava ajudando. Estava do lado deles. *Escolha suas palavras cuidadosamente,* o Sr. V. estava lhes dizendo. Ela sabia que o importante era saber evitar as perguntas difíceis ou desviar delas.

O detetive virou a cabeça, e um sonoro estalar de pescoço ecoou na sala, mas, desta vez, todos ouviram. Por fim, encarou Serafina.

— Sabe o que aconteceu com o Sr. Thorne na noite a que nos referimos?

Como fugir dessa pergunta sem mentir descaradamente? Serafina já podia vê-los erguendo a forca e amarrando o nó no pescoço dela.

— Que Deus conceda repouso à alma dele – disse ela abruptamente.

— Então você *afirma* que ele não está desaparecido, mas sim... morto? – o homem quis saber, inclinando-se para frente e a examinando.

Serafina e o Cajado Maligno

— *Acho* — corrigiu.

— E como você chegou a tal conclusão?

— Porque ele nunca mais voltou.

— Mas você sabe *como* ele morreu? Você viu um corpo? Havia alguma força… é… digamos… sobrenatural envolvida?

Naquelas últimas palavras, o rato se traiu. O que ele estava querendo de verdade? Quando disse *força sobrenatural*, será que quis dizer magia negra? O homem na floresta tinha instruído os cães a caçar o que ele havia chamado de A Negra. Esse homem não estava apenas procurando pelo assassino do Sr. Thorne. Ele estava procurando a Capa Preta!

Diante do silêncio de Serafina, ele a pressionou:

— Você não respondeu minha pergunta.

— Acredito que uma força poderosa deve ter surpreendido o Sr. Thorne e acabado com ele — disse ela. — Todo mundo nas montanhas sabe que a floresta é cheia de perigos. — E então ela se lembrou da história que Essie havia falado que sempre a assombrara. — Talvez o velho da floresta esteja aprontando de novo.

A expressão do detetive ficou mais intensa quando ouviu aquelas palavras.

— Sobre que tipo de *força poderosa* você está falando?

— Acho que existem forças tanto boas quanto más na floresta.

— E você acredita que foram essas forças que mataram o Sr. Thorne? – perguntou o detetive.

— Por que não? – respondeu ela. O que Serafina estava dizendo é que foram as forças *boas* e não as más que haviam matado o Sr. Thorne.

O Sr. Vanderbilt se inclinou para frente.

— Não sei aonde suas perguntas querem chegar, Sr. Grathan. Sugiro que prossigamos com as outras pessoas da lista.

— Tenho mais perguntas para esses dois — o detetive falou rispidamente, sem olhar para o Sr. Vanderbilt. Serafina podia sentir a mal controlada intensidade crescendo dentro do detetive. Era como se ele tivesse ali sob o *disfarce* de uma pessoa civilizada, um investigador da polícia, mas agora sua personalidade verdadeira estava começando a aparecer.

Ele enfiou a mão no bolso e tirou um fecho prateado gravado com um desenho todo elaborado: um emaranhado de trepadeiras e espinhos.

O coração de Serafina começou a pular. Agora não havia mais dúvida. O detetive havia encontrado os restos da Capa Preta. Isso significava que ele, com certeza, tinha ido até a área da toca da mãe dela. Uma onda de novos medos inundou sua mente. Ela podia sentir o calor aumentando no seu corpo.

— Você reconhece isso? — o detetive lhe perguntou.

A pulsação latejava nas têmporas. Ela mal ouviu as palavras dele.

— Você reconhece isso? — perguntou ele novamente.

— Parece o fecho de alguma vestimenta — disse ela, tentando manter a voz o mais estável e inalterada possível.

— Mas você não está respondendo minha pergunta!

— Sr. Grathan, se acalme — advertiu o Sr. Vanderbilt.

— Sim ou não? — o Sr. Grathan insistiu, ignorando o Sr. Vanderbilt.

— Parece que a coisa que isso fechava agora está livre — disse ela, enigmática.

— Mas você já viu isso antes? — perguntou ele novamente, apertando o cabo da bengala como se fosse girá-la e empunhá-la como uma arma a qualquer momento.

Ela sentiu um peso grande a pressionando. Mas, enquanto fingia examinar o fecho, percebeu que algo estava diferente: os minúsculos rostos que havia atrás dos espinhos não estavam mais lá.

— Nunca vi um fecho prateado com *este* desenho — disse ela, finalmente encontrando uma maneira de não faltar com a verdade.

O detetive a fitou por um longo tempo como se soubesse que Serafina o estava enganando, mas não conseguia achar as palavras para desmascará-la.

— Detetive, precisamos seguir em frente — o Sr. Vanderbilt o incitou.

— Tenho mais perguntas! — o detetive insistiu, a voz cheia de irritação, os olhos fixos em Serafina. — Você sabe em qual quarto o Sr. Thorne dormiu durante sua estada em Biltmore?

— Era no terceiro andar — disse ela.

— Você mora em Biltmore?

— Moro sim.

— Com as criadas mulheres no quarto andar?

— Não.

Serafina e o Cajado Maligno

– Então onde você dorme à noite?

– Eu não durmo.

O detetive parou e olhou para ela com surpresa.

– Você não dorme?

– Eu não durmo *à noite*.

O homem franziu a testa.

– Você é uma criada noturna?

– Não.

– Então o que você é?

Ela olhou bem dentro dos olhos dele e disse:

– Sou a Caçadora Oficial de Ratos. Eu persigo e capturo pragas, vermes, parasitas...

Ele retribuiu o olhar e disse:

– Então nós temos algo em comum.

Serafina lançou um rápido olhar para Braeden quando os dois saíram apressados da saleta do Sr. Vanderbilt e cruzaram a Biblioteca.

— Temos que ficar longe daquele homem — sussurrou Braeden.

— Longe, não. Precisamos é nos livrar dele! — afirmou categoricamente Serafina, que ainda tinha a respiração pesada por causa do interrogatório.

— Se meu tio não tivesse interrompido a cena e nos dispensado, você ia partir para cima do detetive lá mesmo?

Serafina balançou a cabeça.

— Quem sabe — admitiu ela, enquanto andavam em direção ao Saguão de Entrada, Gideão acompanhando-os lado a lado.

— Você viu o rosto dele? Cheio daquelas cicatrizes? — perguntou Braeden. — Aquele homem é assustador! Com quem será que ele andou brigando?

— O pescoço estalava toda vez que virava a cabeça — completou Serafina.

— Ele é bizarro. E ainda ficava fazendo uma pergunta atrás da outra. Achei que não fosse terminar nunca! O que será que vai acontecer se ele descobrir que nós estamos envolvidos na morte do Sr. Thorne? Será que vai nos prender?

Serafina e o Cajado Maligno

— Pior que isso, eu acho — disse Serafina. — Não tenho certeza se ele é quem diz que é.

— Como assim? — perguntou Braeden alarmado. Depois, olhando para os ferimentos da garota, emendou: — O que aconteceu com você na noite passada?

Serafina queria desesperadamente contar para o amigo, porém, quando atingiram o Saguão de Entrada, ouviu as vozes da Sra. Vanderbilt e de Lady Rowena se aproximando.

— Um dos criados deve ter avisado que nós já terminamos — murmurou Braeden. Serafina não tinha certeza, mas o tom de voz dele quase revelava uma ponta de tristeza.

— Você tem mesmo que ir? — ela perguntou baixinho, dando uma espiada na fisionomia dele, mas sabia que era provável que sim.

— Venha! — disse ele subitamente e a puxou para a direção oposta.

Rindo, Serafina acompanhou Braeden e subiu correndo a Grande Escadaria, a ampla e magnífica escadaria circular que levava aos andares superiores. Ela não sabia se Braeden a estava levando para algum lugar específico, ou se estava só fugindo, mas, quando alcançaram o terceiro andar, teve uma ideia de aonde eles poderiam ir e conversar em segredo. Havia mil coisas que precisava contar a ele.

— Por aqui! — chamou ela, ao cruzarem velozmente a sala de estar, entre damas e cavalheiros vestidos de maneira elegante que ainda desfrutavam o chá da tarde.

— Olá a todos! — exclamou Braeden alegremente e às pressas.

— Ah, bom dia, Amo Braeden — cumprimentou um dos cavalheiros, como se não fosse nem um pouco estranho duas crianças e um cão atravessarem o recinto correndo.

— Para onde estamos indo? — perguntou Braeden sem fôlego enquanto disparavam por um corredor traseiro.

— Você vai ver.

No final do corredor, ela parou justo no ponto onde o caminho fazia uma curva fechada para cima, em direção à Sala da Torre Norte. Duas pequenas esculturas de bronze e um monte de livros enfeitavam uma bela estante embutida de carvalho. A primeira escultura retratava um cavalo assustado com o bote de uma cascavel. A segunda era uma musculosa fêmea de leopardo, as orelhas para trás e as presas à mostra enquanto enfiava os dentes e as garras em uma espécie de fera selvagem.

Ao longo dos anos, Serafina percebera que havia esculturas e pinturas de grandes felinos por toda parte em Biltmore: duas leoas de bronze espreitavam sobre a cornija acima da mesa de sinuca, e dois exuberantes leões levantavam as garras sobre a lareira onde os hóspedes tomavam o café da manhã. Quando era mais nova, ela sempre imaginara que tais felinos eram seus tios ou tias, avôs ou avós, como retratos de família na parede. Uma xilogravura antiga de um leão de semblante imponente, que parecia o bisavô, estava afixada na Biblioteca, e nos consolos decorativos do Salão de Banquetes havia rostos de leões entalhados, como se fossem seus primos. As estátuas nos portões da casa retratavam a cabeça e a parte superior do corpo de uma mulher, mas, se você olhasse com atenção, o que ela sempre fazia, podia ver a parte inferior do corpo de um leão. A figura que sempre a deixara mais impressionada era a estátua de mármore branco que conduzia ao Jardim Italiano: uma mulher com um leão cobrindo suas costas e uma garotinha do lado. Até mesmo a campainha da porta da frente de Biltmore tinha a figura de um grande felino. Serafina se perguntara muitas vezes por que o Sr. Vanderbilt colecionava tantos tributos à raça felina. Mas, de todos os gatos de Biltmore, essa pequena escultura de bronze de uma fêmea de leopardo pronta para um ataque feroz sempre fora sua preferida.

— O que estamos fazendo? — perguntou Braeden, encarando confuso as esculturas.

Serafina se abaixou e abriu a porta do armário da estante. Dentro havia mais livros do Sr. Vanderbilt. Apoiando-se nas mãos e nos joelhos, afastou-os para um lado e ganhou acesso até o fundo. Empurrou com força o painel de madeira, como se lembrava de já ter feito, mas nada aconteceu.

— Para que você está fazendo isso? — perguntou Braeden.

— Venha, me ajude — pediu Serafina, e logo os dois trabalhavam ombro a ombro. O fundo do armário finalmente cedeu, abrindo-se para um buraco negro.

Serafina e o Cajado Maligno

— Me siga — disse Serafina, a voz ecoando um pouco, conforme ela engatinhava na escuridão. Havia anos que não ia até ali, mas, quando era mais nova, aquele tinha sido um dos seus lugares favoritos.

— Eu não vou entrar aí até você... — Braeden avisou atrás dela, mas a menina continuava avançando na escuridão.

— Serafina? — chamou Braeden do corredor. — Tudo bem, já estou indo. — Ele deve ter se virado e acariciado Gideão, porque no minuto seguinte sua voz ficou mais suave. — Espere aqui, garoto — pediu ele. — Isso não parece um bom lugar para um cachorro.

Gideão ganiu um pouco, sem querer ser deixado para trás novamente.

Serafina engatinhou pelo túnel escuro, empoeirado e apertado até chegar aos degraus inferiores de uma escada de mão.

— Tenha cuidado, Braeden — sussurrou Serafina quando ouviu o amigo a seguindo de gatinhas. — Aqui vamos nós — continuou. Ela agarrou o primeiro degrau e começou a escalar. A escada não era reta como uma escada normal. Era curva, elevando-se em direção à escuridão. O espaço em volta dela se abriu num vazio negro: sem paredes, sem teto, sem chão, apenas a escada onde ela estava e trevas por todos os lados. À medida que subia cada vez mais alto, os músculos de Serafina ficavam tensos e a pele formigava. Cair significava morte certa.

— Pelo amor de Deus, onde nós estamos? — perguntou Braeden enquanto seguia atrás, na escada, a voz soando fraca no meio da vastidão na qual estavam entrando. — Está escuro como breu aqui!

— Estamos no sótão em cima do teto do Salão de Banquetes.

— Ah, meu Deus, você já se deu conta de como isso é alto? Esse teto tem vinte metros de altura!

— Sim, então, não caia — aconselhou Serafina. — É aberto dos lados.

— Como você descobriu esse lugar?

— Sou a C.O.R., esqueceu? — disse ela. — É o meu trabalho saber absolutamente tudo sobre Biltmore, em especial as passagens e os cômodos secretos.

Conforme subiam, ficava cada vez mais evidente que a escada estava se curvando por cima do arco do teto abobadado do Salão de Banquetes. Parecia que estavam escalando as costelas de uma gigantesca baleia de madeira.

Finalmente alcançaram um emaranhado de traves e vigas de aço suspensas muito acima do teto. Serafina subiu na ponta mais alta de uma das traves, com apenas alguns centímetros de largura, se equilibrou e andou ao longo da sua extensão. Era um lugar escuro e traiçoeiro. Um único passo em falso significava uma queda fatal na escuridão. A parte mais alta do teto do Salão de Banquetes flutuava embaixo deles, mas, se caíssem das vigas, bateriam no teto e depois rolariam às cegas ao longo da curva até desaparecerem no abismo das laterais.

— Eu não consigo ver nada! — reclamou Braeden enquanto avançava lenta e gradativamente, de maneira instável, ao longo de uma das estreitas traves. A única luz vinha de alguns orifícios bem pequenos nas telhas de ardósia do telhado. Era luz o bastante para Serafina, mas mantinha Braeden quase cego. Ela estendeu a mão para trás e o guiou até que encontrassem um bom lugar e se sentassem em cima de uma trave com as pernas penduradas no vazio.

— Bom, até que é um lugar agradável para o chá das seis — disse ele querendo fazer graça. — É praticamente a escuridão total, e, se eu me mover em qualquer direção, eu morro, mas, fora isso, adorei o ambiente.

Braeden não podia ver, mas Serafina sorriu. Era bom estar ao lado do amigo novamente. Mas logo seus pensamentos voltaram a ficar mais sérios. Depois de terem derrotado o Homem da Capa Preta, Serafina tinha contado a Braeden sobre como o pai a havia adotado e quem era sua mãe, e, desde então, ambos compartilhavam segredos sobre suas respectivas vidas.

— Braeden, preciso te contar o que aconteceu — disse Serafina.

Pela meia hora seguinte, ela relatou os acontecimentos da noite anterior. Havia contado um pouco do que acontecera para o pai mais cedo, naquela mesma manhã, mas, ao narrar a história para Braeden, não deixou nadinha de fora. Era bom finalmente contar ao amigo tudo o que havia ocorrido. Algumas vezes, parecia que as coisas não eram reais, não estavam completas, até poder compartilhá-las com Braeden.

— Tudo isso soa aterrorizante — disse Braeden. — Você teve sorte de sair de lá com vida, Serafina.

Ela fez que sim com a cabeça, mostrando que concordava. Fora, de fato, por muito pouco, e ela se sentia feliz de estar em casa.

Serafina e o Cajado Maligno

— E você tem certeza de que o Detetive Grathan é o segundo homem que viu na carruagem? – perguntou Braeden.

Serafina balançou a cabeça, agora confusa.

— Não sei – admitiu. – Acho que deve ser, mas não consegui olhar direito para ele. Tem uns cavalos nos estábulos de Biltmore que parecem os mesmos garanhões que eu vi. Acha que consegue descobrir quem é o dono deles?

— Eu vou perguntar ao Sr. Rinaldi – disse Braeden. – Quanto ao Detetive Grathan, não gosto dele, seja quem for. O que vamos fazer agora? Nós não podemos deixar que ele descubra mais nada sobre a gente, isso é certo.

Era uma boa pergunta, e Serafina tentou pensar nela.

— Precisamos ficar escondidos, sem chamar atenção, e descobrir exatamente quem ele é. Vamos observar o detetive com muito cuidado e ver o que ele vai fazer.

— Você notou o que ele tinha? – estranhou Braeden. – O fecho prateado da Capa Preta!

— O que provavelmente significa que ele foi até a toca da minha mãe. Como eu estive com ela na noite passada, então acho que ela e os filhotes estão bem, mas ele pode ter chegado perigosamente perto de descobrir a respeito deles. Talvez fosse por isso que ela estava tão ansiosa para ir embora.

— Se ele descobrisse a toca da sua mãe, talvez a vida *dele* estivesse em perigo, e não a dela.

— É com aqueles cães de caça malvados que eu estou preocupada – disse Serafina. – Eles são umas feras realmente malignas.

— E o garoto selvagem que você descreveu? Acha que escapou? Quem você acha que é? Pelo que você me contou, ele lutou com coragem.

— Não sei – disse ela –, mas preciso descobrir. Ele salvou a minha vida.

— Podemos sair por aí perguntando sobre ele – sugeriu Braeden. – Talvez algum dos moradores das montanhas que trabalham na mansão saiba quem é. Mas por que você acha que os animais estão fugindo das montanhas? Tem uma família de lontras morando no rio há anos, mas dois dias atrás, quando eu estava cavalgando, vi que foram embora. Ontem, quando verifiquei a toca onde a família morava, não havia ninguém lá. Todo mundo tinha sumido.

— Minha mãe disse que havia outros animais indo embora também, além das mariposas-luna e dos pássaros que eu vi, mas não consegui que ela me falasse mais sobre o assunto.

— Até os patos que normalmente vivem no lago partiram – confirmou Braeden.

Naquele momento, Serafina pensou ter ouvido alguma coisa, como um barulho fraco de arranhão. Ela se virou em direção ao som.

— O que houve? – perguntou Braeden.

Ela parou e escutou.

— Nada, eu acho – disse, percebendo que ainda estava um pouco sobressaltada depois do confronto com o Detetive Grathan.

— Este esconderijo aqui é bom – disse Braeden com satisfação. – Devíamos usar com mais frequência. O Detetive Grathan nunca conseguiria nos descobrir aqui. Mas já deve estar meio tarde. Vão tocar o sino do jantar daqui a pouco. Eu preciso ir.

Serafina se lembrou da animação do pai. Os Vanderbilt haviam mandado uma mensagem solicitando a presença dela. Mas, no final das contas, não fora um convite para jantar. Fora uma convocação para um interrogatório.

— Sim, é melhor você ir – concordou Serafina, um pouco triste.

— Minha tia vai ficar me procurando – disse Braeden.

— E Lady Rowena também, calculo.

Braeden olhou para a amiga e apertou os olhos, tentando, em vão, ver seu rosto.

— Sabe, ela não é tão má quanto parece.

— Tudo bem – disse Serafina, percebendo que havia cutucado o amigo um pouco forte demais.

— O pai mandou que ela viesse para cá sozinha enquanto ele viaja a trabalho – continuou Braeden. – Ele é algum tipo de figurão importante, mas me parece um pouco de crueldade da parte dele deixar a filha sozinha aqui, onde ela não conhece ninguém.

— Concordo – disse Serafina. Dava para perceber que os dois andaram conversando.

Serafina e o Cajado Maligno

— A mãe morreu quando ela tinha sete anos — contou Braeden. — E o pai não presta muita atenção nela. Antes de vir para cá, Rowena mal tinha saído de Londres. Eu sei que ela parece convencida, e talvez seja mesmo, sei lá, mas ela se preocupa com as coisas como todo mundo.

— O que você quer dizer? — perguntou Serafina.

— Ela disse que ficou preocupada por só ter trazido roupas inadequadas para usar numa propriedade no campo, então ela não tem nada para vestir. Ela também acha que alguns dos outros hóspedes têm feito fofoca sobre o sotaque dela.

Serafina estranhou. Nunca tinha lhe ocorrido que alguém como *Lady Rowena* pudesse se preocupar com suas roupas ou com a maneira como falava.

— Não sei — disse Braeden. — Não acho que Rowena seja uma má pessoa. Ela só não está acostumada com nada aqui. Parece que precisa da nossa ajuda. Minha tia me pediu para cuidar dela até o pai voltar. Mas isso não significa que eu não seja mais seu amigo.

— Entendo — Serafina respondeu finalmente. E entendia de verdade. Ela sempre soube que Braeden era um cavalheiro e uma pessoa gentil. — Só não se esqueça de mim — arrematou ela, sorrindo um pouco, mas depois percebeu novamente que ele não podia ver o sorriso dela.

— Serafina… — Braeden a repreendeu.

— Para ser sincera… — começou ela. — Na última semana, às vezes eu achei que você não queria mais saber de mim.

— E você? — protestou Braeden, ficando no mínimo tão sentimental quanto ela. — O que você tem feito? Está sempre dormindo quando eu estou acordado e sai toda noite sozinha! Às vezes eu acho que um dia desses você vai virar uma criatura selvagem ou algo assim…

Pouco provável, Serafina pensou sombriamente.

— Então você não está tentando me evitar? — perguntou ela.

— Evitar você?!? — retrucou Braeden, surpreso. — Você é praticamente a minha única amiga.

Serafina sorriu ao ouvi-lo dizer aquilo. E depois riu um pouquinho.

— Do que está falando? Você tem muitos amigos. Gideão, Cedric, seus cavalos…

Robert Beatty

Braeden deu uma risada.

— E tenho uma nova amiga também.

— Ah é?

— Quando eu e meu tio fomos até Chimney Rock outro dia, descobri uma linda fêmea de falcão-peregrino com uma asa quebrada na base do penhasco. Não sei o que aconteceu com ela. Talvez ela tenha levado um tiro de algum caçador ou então se meteu numa briga, tadinha. Estava muito ferida. Eu enrolei a fêmea de falcão no meu casaco e trouxe para casa. O nome dela é Kess e ela é incrível.

Serafina esboçou um sorriso ao sentir um calor suave e reconfortante encher seu peito. Esse era o Braeden que ela conhecia.

— Mal posso esperar para conhecer a Kess.

— Enfaixei a asa e estou tentando fazer com que ela se alimente.

— Você acha que a asa vai sarar com o tempo e ela vai poder voar de novo?

— Não, eu acho que não – disse Braeden, triste. – Meu tio me deu um livro sobre pássaros, da Biblioteca dele. Diz lá que, se a asa de uma ave de rapina quebrar abaixo da dobra, às vezes pode ficar boa, mas, se quebrar acima da dobra, como aconteceu com a Kess, então é impossível. Ela nunca mais vai voar.

— Isso é muito ruim – disse Serafina, tentando imaginar como devia ser terrível para um falcão não poder voar, e por um momento pensou na própria situação, nas suas próprias limitações. – Bom, pelo menos ela tem você como amigo.

— Vou tomar conta dela direitinho. Falcões-peregrinos são aves incríveis. O livro diz que eles podem voar para qualquer lugar da Terra que quiserem. A palavra *peregrino* na verdade significa *andarilho* ou *viajante*. Às vezes, dois falcões-peregrinos vão caçar juntos. E são as criaturas mais rápidas do planeta. Os cientistas calculam que a velocidade do mergulho deles é de mais de trezentos quilômetros por hora, tão rápido que ninguém nunca conseguiu medir com exatidão.

— Isso é incrível – comentou Serafina, sorrindo. Ela gostava de ouvi-lo falar sobre seus pássaros e seus outros animais. *É assim que deve ser*, pensou, os dois sentados num lugar escuro e secreto, só conversando. Era esse o tipo de amigo com o qual sempre sonhara, alguém que estivesse ansioso por ouvir suas histórias e animado para contar-lhe coisas; e, claro, contente por ficar com ela por um tempo.

Mas ela sabia que a conversa não poderia durar muito. Ele tinha razão ao afirmar que precisava ir.

Serafina o guiou no meio da escuridão, até atravessarem as traves e as vigas e atingirem o topo da escada. Quando começou a descer, Braeden parou, parecendo imaginar por que ela não estava descendo com ele.

– Mantenha-se alerta esta noite – ela lhe pediu. – Fique bem longe do Grathan e não deixe que ele encurrale você sozinho. Se proteja.

– Você também – disse ele, concordando. – Mas você não vem mesmo?

– Vai na frente. Vou ficar aqui mais um pouco.

Depois que Braeden começou a descer, ela se perguntou por que o havia deixado ir sozinho, por que havia decidido ficar lá no escuro. Serafina o havia questionado por não se importar com a amizade deles, mas Braeden tinha virado o jogo e lhe fizera o mesmo questionamento. Talvez ele até tivesse mais razão do que ela nesse sentido. O Sr. e a Sra. Vanderbilt agora a conheciam. Assim, ela podia viver abertamente em Biltmore se quisesse. É verdade que não recebera um convite para jantar, mas podia acompanhar o amigo dentro da casa. Mesmo assim, não o fazia. Por quê? Serafina ficou ali na escuridão, refletindo sobre isso. Ela havia vivido na escuridão a vida inteira. Era onde se sentia mais confortável.

Sua mãe tinha dito que ela fazia parte do pessoal de Biltmore, e talvez fosse verdade, mas ainda assim isso não mudava quem ela era.

Permanecendo ali por um bom tempo, mal percebeu a hora passar. Porém, sabia que em outro lugar da casa os Vanderbilt e seus hóspedes deviam ter jantado e já se recolhido para a cama. A casa estava silenciosa e escura.

Toda a sua vida, ela havia cochilado por curtos períodos do dia e da noite, aqui e ali; então, para ela, não havia dias distintos, separados pelo relógio – o tempo era contínuo. Ficou imaginando como seria a sensação de dormir por um longo período quando o sol se punha e acordar a cada nova manhã.

Agora havia apenas a luz das estrelas, filtrada através dos minúsculos orifícios no telhado, mas, aos olhos dela, esses orifícios iluminados pela luz das estrelas criavam uma constelação de novas estrelas.

Serafina se levantou e andou ao longo das ripas de madeira no sótão, pulando no vazio, de uma trave a outra, sendo a escuridão o seu domínio.

No entanto, naquele momento, ouviu alguma coisa diferente do normal e se deteve.

Ficou imóvel, no escuro, e esperou, escutando.

Primeiro, tudo o que conseguia ouvir eram as batidas suaves do próprio coração. Depois tornou a ouvir o barulho.

Era um som de arranhões, como se unhas ou garras compridas estivessem sendo arrastadas lentamente ao longo da parte interna da parede.

Serafina engoliu em seco.

Quase não podia acreditar no que tinha acabado de escutar.

Olhou em torno de si, depois para cima, em direção à beirada do telhado e então para todos os limites das paredes, mas não conseguiu perceber nada que não devesse estar lá.

Logo ouviu um *tique-tique-tique*, seguido por um silvo longo e rouco. A respiração quente de alguém tocou em sua nuca. Ela levou um susto tremendo e girou, pronta para lutar. Mas não havia ninguém lá.

O que está acontecendo aqui?, pensou em desespero, olhando em volta, mas, na hora em que fez isso, os buraquinhos de estrelas no telhado acima dela começaram a sumir.

Ela franziu a testa, confusa.

Era como se os orifícios tivessem sido bloqueados.

O que está acontecendo?

Havia alguma coisa… ou muitas coisas… rastejando no teto.

De repente, ficou tudo escuro como breu. Nem mesmo ela conseguia enxergar.

Assustada, correu ao longo de uma trave, na ponta mais alta de uma viga, em direção à escada. Um único deslize e ela cairia para a morte, mas precisava sair de lá imediatamente.

Serafina e o Cajado Maligno

Algum tipo de criatura, ágil e pequena, se chocou com tudo contra a sua nuca. Ela então se abaixou, os braços protegendo a cabeça, e continuou correndo. Outra criatura aterrissou no seu cabelo, guinchando e girando de maneira selvagem. Quando tentou agarrá-la, Serafina sentiu na pele uma agulhada. Em seguida, uma terceira criatura a atingiu no rosto, e ela perdeu o equilíbrio, despencando na escuridão.

Ao cair no espaço aberto, Serafina estendeu o braço e tentou se agarrar desesperadamente em alguma coisa. Segurou a ponta da viga na hora exata, interrompendo a queda. Ficou pendurada na escuridão do precipício, grudada na viga só pelos dedos. Trevas espreitavam Serafina como uma gigantesca boca esperando que ela caísse. A ponta fria, perfurante e áspera da viga de aço parecia que ia decepar seus dedos, mas soltá-la significaria seu fim. Enquanto isso, centenas de criaturas voavam ao redor da garota, assobiando e estalando, se aglomerando pelo sótão como um tornado negro. Trincando os dentes, ela balançou as pernas e as enroscou em torno de uma trave. Ficou, então, pendurada de cabeça para baixo. Deu um impulso, alcançou-a com as mãos, fez uma barra e depois se deitou na trave para se defender dos monstrinhos voadores.

A intensidade dos assobios só crescia. Uma criatura atingiu a lateral da cabeça de Serafina com um golpe, agarrando seu cabelo e seu couro cabeludo, as asas batendo, agoniada para fugir do emaranhado. Logo outra encontrou seu rosto, e ela a enxotou. Três mais agarraram suas costas. Outra atingiu-lhe o

Serafina e o Cajado Maligno

pescoço e começou a bicar Serafina. Rosnando de raiva e dor, ela a agarrou e a esmagou com uma das mãos. Logo, olhou para o corpo sem vida que segurava.

Serafina não queria acreditar. Não fazia sentido. Eram andorinhões-migrantes! Essas criaturas voadoras são semelhantes aos morcegos em várias maneiras, mas, na verdade, são passarinhos escuros, escamosos e barulhentos. Passam a maior parte do tempo voando no final da tarde; porém, quando pousam, elas não conseguem se empoleirar. Em vez disso, penduram-se na parte interna das chaminés e nas cavernas com os pés pequeninos e garrinhas afiadas. As caudas não são penas, mas pontas. Os andorinhões haviam enchido o sótão, milhares deles revestindo as vigas, traves e paredes, como uma pele cinzenta, repleta de penas espinhosas, que assobiava e tagarelava.

De repente, o assovio dos andorinhões se elevou num zumbido rouco, e todos irromperam num ímpeto frenético dentro do sótão. Ao redor de Serafina, agrupou-se uma enorme nuvem rodopiante formada pelas aves, que lançavam seus corpos contra a garota, agarrando-se nela com seus minúsculos pés escamosos, ferindo-a com os bicos afiados, os rabos espinhosos se enterrando no seu rosto, as asas batendo e se emaranhado em seu cabelo.

A nuvem de andorinhões era tão densa à sua volta que Serafina ficou impossibilitada de enxergar e ouvir. Em breve ela não conseguiria mais manter sua posição. Queria se proteger, se enrolar como uma bola e cobrir o rosto e a cabeça, mas sabia que, se fizesse isso, jamais sairia dali. Então, continuou lutando, agitando os braços e tirando as criaturas do corpo. Com os olhos quase fechados como meio de proteção, sondou desesperadamente ao redor, procurando uma saída. Avistando uma trave na direção da escada, ela se lançou e conseguiu aterrissar. Daquele ponto, deu um novo impulso no meio da nuvem de passarinhos e chegou à escada. Desceu-a o mais rápido que pôde, lutando com os pássaros agressores o caminho inteiro.

Finalmente, Serafina se jogou através do painel no fundo do armário e saiu de lá, ofegante e aterrorizada, rolando para o corredor do terceiro andar. Deu meia-volta e empurrou o painel, fechando-o com o ombro e deixando os andorinhões presos lá dentro.

E, por ali, Serafina ficou deitada durante vários segundos, recuperando o fôlego, tentando compreender o que de fato tinha acabado de acontecer. Andorinhões-migrantes são pequenas criaturas crepusculares, mas normalmente inofensivas. Já os vira muitas vezes em seus alegres voos acrobáticos, piando e caçando insetos sobre os telhados de Biltmore ao pôr-do-sol. Por que agora se agruparam e a atacaram? Por quê? Ela morara nessa casa a vida inteira, sempre se embrenhara por essas passagens, e eles nunca a incomodaram. Por que isso agora? Será que a Mansão Biltmore em si estava se virando contra ela?

Serafina olhou em volta. Estava tudo escuro e silencioso. Já passava bastante da meia-noite e não havia ninguém acordado.

Ainda sentindo-se assustada e trêmula pelo ocorrido, levantou-se. Ficou em pé de maneira instável por um momento, recompondo-se. Depois se limpou e tirou as penas e dois pássaros mortos do cabelo.

Quando ouviu um rangido a distância, parou, meio em pânico, temendo que o ataque voltasse, mas nada aconteceu.

Começou a caminhar na escuridão. Seguiu o corredor e passou pela sala de estar, no meio dos sofás, das mesas e cadeiras. Mais cedo, naquele mesmo lugar, diversos hóspedes haviam desfrutado de um chá; agora, porém, estava sinistramente escuro, vazio e silencioso. Era como se todos tivessem desaparecido. Um arrepio terrível percorreu sua nuca. E se Braeden tivesse sumido, assim como o Sr. e a Sra. Vanderbilt? E se *todos* tivessem sumido? Talvez ela fosse a última, a única a sobreviver ao ataque. E se todo mundo na casa estivesse... morto?

Ela ouviu um som novo. Não foi um rangido dessa vez, mas um passo e depois outro. Em algum lugar da casa, havia uma pessoa sem sono. Parecia que alguém seguia Serafina, arrastando-se nas sombras atrás dela.

Quando alcançou o topo da Grande Escadaria, o luar brilhava através da crescente cascata de janelas de vidro e chumbo inclinadas, lançando uma luz azul-prateada nos amplos degraus, delicadamente arqueados, e nos corrimãos trabalhados em filigrana que subiam em espiral pelos andares. No centro da grandiosa espiral, pendia um decorado lustre de ferro forjado, que ficava preso a um domo de cobre. Enquanto Serafina descia, o luar projetava uma sombra escura do seu corpo em movimento pela parede externa, tal qual um estranho animal rastejante. Foi então que ela ouviu algo subindo a escada em sua direção.

Serafina parou, incerta sobre o que ouvia. O coração acelerou, e a respiração ficou mais curta e intensa. Não era um barulhinho, ou um passo ou dois. Alguém, com certeza, estava subindo a escada. Os músculos se contraíram, preparando-a para uma batalha. Mas a mente ficava mandando ela se segurar – podia ser um dos hóspedes ou um dos criados. Foi então que a garota percebeu o que seus instintos lhe diziam: o som não era humano. Inspirou profundamente e se posicionou, pronta para saltar.

Podia ouvir os pés da criatura, fosse o que fosse, estalando e arranhando nos degraus de pedra.

Eram quatro patas.

E garras.

O peito de Serafina puxava o ar com um ritmo rápido. Ela podia sentir cada músculo do corpo acordando já pronto para lutar.

Começou a subir a escada de volta, lentamente, até atingir o patamar de cima, fazendo o mínimo de barulho possível.

A criatura, porém, vinha rápido, ganhando a dianteira. Serafina a ouvia rosnando agora, e acelerando.

A sombra da criatura, com várias pernas, viajava pela parede externa como uma aranha gigante.

Justo quando ela estava a ponto de correr, a figura chegou ao patamar e à vista.

Mas não era uma aranha.

Era um cão negro.

O cão parou e em seguida começou a se mover lentamente na direção de Serafina, encurralando-a, a cabeça baixa enquanto rosnava e ameaçava. Ela retrocedeu quando o cão chegou mais perto.

Assim que ele se aproximou, Serafina percebeu que não era um dos cães de caça ou algum outro cachorro. Era o seu amigo Gideão.

Aliviada, soltou o ar longamente. Depois sorriu e relaxou.

– Gideão – falou alegre, pensando que ele devia tê-la confundido com algum intruso.

Robert Beatty

No entanto, o cachorro rosnou e continuou se movendo em sua direção, o corpo tenso e contraído, pronto para o bote. Um novo medo cresceu dentro dela. Seu peito se apertou.

— Gideão, sou eu — repetiu, o desespero crescendo na voz. — Veja, Gideão, sou eu.

Gideão, porém, não a reconheceu.

O corpo dela suou frio.

O grande cão preto de orelhas pontudas continuava andando vagarosamente na sua direção, rosnando, os dentes à mostra agora, os caninos estalando. Era o rosnado mais assustador que ela já tinha ouvido.

Gideão explodiu em um ataque, rugindo enquanto saltava no ar direto de encontro a ela.

Ele se chocou contra Serafina, mordendo seu ombro e derrubando-a de costas no chão de pedra com uma pancada dolorosa que a fez bater a cabeça tão forte que quase apagou. Depois, ela deu uma guinada, rolou para um lado e saiu de baixo das pernas do cão.

— Para com isso, Gideão! Para! — exclamou, enquanto saltava para longe. — Gideão, sou eu! Serafina!

Mas o cão pulou novamente, agora mordendo o braço da menina e balançando-a enquanto rosnava. A única outra vez em que ela vira Gideão tão bravo fora quando ele lutara com o Homem da Capa Preta. Era como se *ela* de repente tivesse se transformado na força maligna.

— Não, Gideão! — gritou, enquanto batia com os punhos no focinho do cão para fazê-lo soltá-la. Ela chutou e berrou e finalmente girou para longe dele. Gideão imediatamente intensificou o ataque, tentando morder as pernas da garota enquanto ela corria. Ela se esquivava e se movia rapidamente, mas, para onde quer que fosse, ele a seguia, incrivelmente veloz. Ela continuava se esquivando, mas não conseguia despistá-lo. Não queria lutar com o cachorro, que continuava insistindo. Ele tornou a mordê-la, os caninos grampeando sua perna. Com um puxão feroz, ele a derrubou, depois avançou para sua garganta. Ela protegeu o pescoço e rolou para longe, depois deu um impulso e ficou de pé, e ele imediatamente a atacou e a derrubou de novo.

Serafina e o Cajado Maligno

Serafina não queria machucar o amigo, mas também não queria morrer. Ela não podia continuar lutando com ele. Ele era um guerreiro incrível e estava tomado de uma raiva monstruosa, de uma maneira como ela jamais vira. Alguma coisa havia dominado o cão, enlouquecendo-o, transformando-o numa fera raivosa que não a reconhecia. E estava vencendo. Serafina sabia que não duraria muito mais tempo.

Ela repeliu mais um ataque e então se virou e voou de volta para o topo da escada o mais rápido que pôde.

Indignado pela tentativa de Serafina de fugir, o dobermann ameaçador correu atrás dela com uma velocidade chocante. Logo na hora em que conseguiu alcançar o parapeito, o cão deu um salto no ar, a boca mostrando as presas, escancarada, pronta para a mordida fatal.

Gideão colidiu contra o corpo de Serafina, o que levou ambos a darem uma cambalhota sobre o parapeito, caindo, caindo… quinze metros até o chão de mármore lá embaixo.

Durante a queda, o choque do que havia acontecido martelava a cabeça de Serafina, os membros balançando, sem ter onde se agarrar. Estava caindo de cabeça para baixo, com o olhar voltado para cima na direção do teto. Ela podia ver os andares da casa piscando nos arcos do lustre de quatro andares de altura. O teto abobadado em cima da Grande Escadaria ficava cada vez menor à medida que ela despencava.

Serafina ia morrer. Quando atingisse o chão, seus ossos se quebrariam. Sua cabeça abriria. O sangue espirraria para todo lado. Fim.

E não havia absolutamente nada que ela pudesse fazer a respeito.

Dessa vez, não podia pular ou morder ou correr ou gritar para se salvar. Nenhuma ideia inteligente ou truque especial a salvaria. Sua mãe não estava lá para salvá-la. Seu pai não tinha como salvá-la. E não havia nenhuma armadilha que pudesse armar para derrotar o inimigo.

Serafina e o Cajado Maligno

E mais: ela nem entendia quem era o inimigo e por quê. Da maneira como havia temido, as garras do destino ameaçador haviam tombado do céu e arrancado sua vida antes mesmo que ela notasse sua presença.

A queda parecia levar um tempo inacreditavelmente longo, como se cada segundo durasse cem. Serafina pensou nas rondas que fazia no porão à noite, nas ceias que compartilhava com o pai, galinha com polenta, e nos momentos em que admirava as estrelas no céu com Braeden. Pensou sobre todos os mistérios que nunca seriam solucionados. Por que os animais estavam fugindo? Quem era o homem barbudo? Por que o garoto selvagem a havia ajudado? De onde viria o perigo que ameaçava Biltmore, que forma ele assumiria?

Então, algo peculiar aconteceu.

Serafina não pensou em algo e *decidiu* fazê-lo. Simplesmente aconteceu. Seu corpo estalou. Ela dobrou os braços, girou o tronco e esticou os joelhos, endireitando-se em pleno ar. Depois estendeu os braços e puxou as pernas para interromper o giro e posicionar os membros na direção da queda. Foi um instinto, um reflexo numa fração de segundo, como agarrar um rato no instante em que ele tentava correr.

Atingiu o chão com força, mas com destreza, amortecendo a aterrissagem com os músculos dobrados e flexionados das pernas e dos braços, até se encontrar no solo sobre a ponta dos pés e as mãos abertas, o corpo finalmente estável e ileso.

Caiu como um gato.

Mas Gideão, não.

O corpo dele bateu no mármore ao seu lado. Serafina não apenas viu e ouviu; também sentiu a força do impacto, os ossos quebrando e o ganido do cachorro. Imediatamente percebeu que a batalha tinha chegado ao fim.

O animal ficou deitado do lado da menina, a cabeça baixa, sangrando, o corpo quebrado em milhares de pedaços. Ele estava quase morto.

Gideão tinha sido companheiro constante de Braeden e seu amigo mais próximo desde que o rapaz perdera a família. O cão andava ao lado do dono aonde quer que fosse, corria com o garoto quando ele cavalgava, e, claro, vigiava sua porta à noite. Houve um tempo em que Serafina não gostava dos cães, e os cães não gostavam dela, mas Gideão e ela haviam trabalhado juntos, lutado juntos e defendido um ao outro. Gideão havia atacado o Homem da Capa Preta e salvado a sua vida. Mas agora ele jazia ao seu lado, no piso frio de mármore, entre a vida e a morte.

Quando uma sombra se moveu pelo chão iluminado pelo luar, Serafina pensou que devia ser uma coruja ou alguma outra criatura da noite no lado de fora das janelas da Grande Escadaria. Virou-se e olhou para cima. E lá estava Rowena, de camisola branca, parada no segundo andar, o olhar fixo em Serafina e em estado de choque. O cabelo de Rowena estava solto, comprido e despenteado, os olhos arregalados de medo. Na mão, segurava o que parecia ser um lápis, ou talvez um palito de madeira para cabelo, sacudindo-o à sua frente como se fosse uma arma.

– Rowena! – Serafina gritou para a adolescente. –Vá chamar o veterinário! Depressa!

Rowena estava petrificada. Encarava horrorizada, em choque, a visão de Gideão deitado no chão numa poça de sangue e Serafina de pé ao lado dele com sangue espalhado pelo corpo. Ela pareceu não entender as palavras de Serafina e não correu para chamar o veterinário. Em vez disso, virou-se e lentamente andou na direção do quarto de Braeden.

O que ela estava fazendo? O que pensava ter visto?

Quando Rowena retornou alguns momentos depois, Serafina ouviu o barulho de passos agitados, mas não era o veterinário. Era Braeden que descia às pressas as escadas.

– O que aconteceu? – gritou Braeden no caminho. Ele estava mais do que desesperado.

Correu até Gideão e caiu de joelhos ao lado do cão.

– Gideão está muito ferido! – exclamou, aos prantos. – Serafina, o que você fez?

Serafina estava abalada demais para responder.

Lágrimas corriam pelo rosto do garoto, que abraçava o amigo moribundo. Durante tudo o que ela e Braeden haviam passado juntos, Serafina nunca o tinha visto chorar.

– Ai, amigão, por favor, não vá embora… não vá… por favor, garoto… não… não me deixe…

Serafina e o Cajado Maligno

Serafina explodiu em lágrimas. Mas, no meio do choro, apontou a cabeça para cima e tornou a ver Rowena imóvel no mesmo lugar. Rowena apenas a encarava. Ela não havia chamado o veterinário; tinha ido chamar Braeden.

Lentamente, Rowena levantou o braço e apontou para Serafina.

— Eu vi — disse, a voz completamente trêmula. — Eu vi o que Serafina fez! Ela arremessou o cachorro por cima do parapeito!

— Não é verdade! — Serafina gritou de volta para ela.

Hóspedes e criados se aglomeravam nas escadas vindos dos andares superiores. O Sr. e a Sra. Vanderbilt chegaram, inteiramente chocados com a cena. O homem velho e careca, de barba grisalha, que ela vira andando na floresta com o Sr. Vanderbilt desceu devagar os degraus com sua bengala, examinando a situação. A Sra. King entrou correndo, junto com Essie e muitas das outras criadas, mas ninguém parecia saber o que fazer.

— Chamem o veterinário! — gritou o Sr. Vanderbilt, e o mordomo correu para buscá-lo.

Serafina enxugou as lágrimas enquanto fitava os moradores de Biltmore. Então, ela viu a figura sombria do Detetive Grathan imóvel lá em cima, no terceiro andar. Seu cabelo castanho comprido caía em volta da cabeça como um capuz escuro. Segurando a bengala de chifre em espiral, analisava a cena: ela, o garoto chorando e o cão sangrando no chão entre eles. Serafina queria rosnar para ele, mordê-lo, mas o detetive apenas a observava, como se fosse uma situação que já tivesse presenciado muitas vezes. Sua expressão não denotava medo, como a dos outros. Havia entendimento nos seus olhos.

Braeden encarou Serafina, os olhos repletos de agonia. Ela sabia que ele via sangue fresco no rosto dela, assim como arranhões espalhados pelo seu corpo. Era óbvio que ela e Gideão tinham brigado.

— O que aconteceu, Serafina? — Ele chorava, as lágrimas rolando.

— Eu não sei, Braeden — respondeu Serafina.

— Ela está mentindo — disse Lady Rowena enquanto descia as escadas e se colocava atrás de Braeden. — Ela estava brigando com o cachorro e aí fez uma armadilha para ele pular por cima do parapeito.

— Braeden, por favor, acredite em mim. Não foi isso o que aconteceu — suplicou Serafina. — Gideão me atacou. Nós dois caímos. Nós dois.

— Ela não caiu — Lady Rowena rebateu. — Não poderia ter caído. Ela está de pé na nossa frente.

— Gideão nunca atacaria você — disse Braeden já sem ânimo, enquanto abaixava a cabeça e olhava para o seu cão ferido.

— Eu… eu não fiz isso! — gaguejou Serafina, as lágrimas voltando a rolar dos seus olhos enquanto ela as enxugava furiosamente. A menina não conseguia entender como tudo aquilo podia ter acontecido. Como ela podia estar naquela situação? Braeden tinha que acreditar nela. Serafina estendeu a mão para segurar o braço do garoto.

— Deixe o Braeden em paz! Você já aprontou o suficiente! — gritou a adolescente, bloqueando-a. Serafina rosnou para a garota, depois se voltou para o amigo.

— Eu juro pra você, Braeden, eu não fiz isso.

Braeden olhou desesperado para ela.

— Ele está muito machucado, Serafina.

— Você devia ir embora, sua mentirosa! — Rowena gritou com Serafina, a voz cheia de medo e raiva. — Você não merece ficar perto de pessoas civilizadas. Olhe só para você! Parece uma criatura selvagem! Você não merece ficar aqui! — Depois olhou em volta, de forma teatral, para todos os espectadores assustados. — Como podem viver com ela nesta casa? Alguma coisa ainda vai acontecer! Não vai ser só um cachorro da próxima vez. Ela vai machucar alguém!

— Braeden, não… — Serafina implorou, agarrando o braço do amigo.

Pelo canto do olho, Serafina viu dois lacaios se movimentando, prontos para proteger o jovem amo.

— Braeden, por favor…

Ao se aproximar dos dois, o Sr. Vanderbilt gesticulou para que os lacaios assumissem o controle. Serafina não fazia ideia do que o Sr. Vanderbilt e seus lacaios iriam fazer, mas, quando um deles a segurou por trás… No meio de toda a sua raiva e confusão, Serafina deu um giro e um rosnado, e mordeu a mão do homem. Foi por puro e absoluto reflexo, um instinto sobre o qual ela não tinha controle. O lacaio pulou para trás, gritando de dor. Ela percebeu os rostos horrorizados de todos em volta, conforme se afastavam dela. O Sr. e a

Serafina e o Cajado Maligno

Sra. Vanderbilt a fitavam incrédulos, mal conseguindo compreender o que Serafina tinha acabado de fazer. Ela havia se transformado na fera selvagem sobre a qual Rowena os tinha alertado.

Os Vanderbilt, os hóspedes e os criados se retraíram de medo. Olhando seus rostos aterrorizados, Serafina não conseguiu mais aguentar e correu. A multidão recuou em pânico enquanto ela disparava no meio de todos, atravessando o Saguão de Entrada. Uma das mulheres gritou. Serafina escapou pelas portas da frente e mergulhou na escuridão do lado de fora. Parecia que tinha levado uma eternidade para cruzar o gramado aberto até alcançar as árvores. Depois continuou correndo, só correndo, o coração aos pulos, e ainda correndo, para dentro da floresta, para as montanhas, chorando desesperada, mais confusa do que nunca estivera na vida. Ela havia atacado um lacaio e rosnado para todos. Com as mãos manchadas de sangue, havia mordido e rugido como um animal encurralado.

Você não merece ficar aqui! As palavras de Rowena geraram uma tempestade na sua cabeça enquanto ela corria, ecos das palavras da sua mãe na noite anterior. Ela havia sido banida de um lado para o outro, indesejada por todos, e não tinha nenhum lugar para ir.

Porém, pior do que tudo, por causa dela, Gideão estava terrivelmente ferido, e ela havia partido o coração de Braeden. Parecia que tinha traído os dois únicos amigos verdadeiros que jamais tivera.

Serafina adentrou a floresta correndo a toda e avançou sem parar. Os pulmões pulsavam desesperadamente para respirar; o peito tremia de tanta emoção; as lágrimas jorravam. Ela não corria com um rumo; corria para *longe* – longe do Gideão ferido, longe da visão do melhor amigo aos prantos, longe da vergonha pelo que tinha feito.

Quando finalmente diminuiu o ritmo, fungou e limpou o nariz com as costas da mão. Enquanto cruzava os grandes carvalhos da floresta, e Biltmore ia desaparecendo atrás dela, sentia um embrulho no estômago. Começou a se dar conta da magnitude do que fizera. Estava deixando o pai e Braeden, e o Sr. e a Sra. Vanderbilt, e Essie, e todos que conhecia em Biltmore. Serafina estava deixando todo mundo para trás.

Quando pensou no fato de não ter nem se despedido do pai, começou a chorar de novo. Partia seu coração a ideia de que ele saberia sobre esse incidente horrível e vergonhoso pelos criados e pelo Sr. Vanderbilt, de que seu pai ouviria que ela havia machucado o cão do jovem amo e que a haviam expulsado da casa. Ela ainda podia sentir nos dentes a sensação de morder a mão do

Serafina e o Cajado Maligno

lacaio. Ainda podia ver os olhares horrorizados em todos os rostos quando passara correndo pelo meio da multidão. Talvez Lady Rowena estivesse certa. Talvez ela fosse mesmo uma criatura selvagem que não merecia morar em uma casa civilizada.

Mas sua mãe lhe havia dito que a floresta também não era o seu lugar. As palavras ainda ecoavam na sua cabeça. Ela era humana demais, lenta e fraca demais para lutar contra os predadores. *Aqui não é o seu lugar, filha*, sua mãe havia dito.

Ela não fazia parte nem da floresta nem de Biltmore. Não fazia parte de *lugar nenhum*.

Serafina andou por quilômetros, movida por mais nada a não ser uma emoção que a queimava por dentro. Quando viu um brilho de luz em um vale abaixo, finalmente parou, curiosa. Caixas retangulares elevavam-se entre as árvores, algumas salpicadas de pontinhos luminosos, outras totalmente escuras. O assobio de um apito a assustou, e então ela viu uma longa e enegrecida corrente de baús dando a volta por toda a extensão da encosta das montanhas. A serpente de metal se entrelaçava nas árvores, mas, quando cruzou uma ponte de ferro sobre um rio, uma densa coluna de fumaça branca soprou para cima em direção às nuvens iluminadas pela lua cheia. *É um trem,* pensou Serafina. *Um trem de verdade.*

Com o pai, ela havia aprendido sobre as locomotivas, com suas fornalhas e hastes de pistão, e havia escutado as histórias a respeito do avô do Sr. Vanderbilt, que espalhara seus navios e trens pelos Estados Unidos inteiro. Mesmo a essa grande distância, dava para sentir o ronco da fera de ferro na terra embaixo dos pés assim como o ecoar dos seus movimentos rápidos no peito. Serafina nem podia se imaginar chegando perto de uma coisa daquele tipo. Mas pensou por um minuto em qual seria a sensação de saltar para dentro de tal monstro e zarpar para lugares distantes, por caminhos sinuosos, longos e magníficos. Era um mundo estranho lá embaixo, na cidade de Asheville, cheio de gente e máquinas e modos de vida que ela não entendia, e de lá um país inteiro se estendia em todas as direções. Se aquele fosse o caminho escolhido por ela, no que então se tornaria?

Serafina logo seguiu em sua jornada, à medida que o sol nascia, subindo as Montanhas Craggy, quilômetro após quilômetro. Quando teve sede, bebeu água de um riacho. Caçou quando teve fome. E quando ficou cansada, dormiu enfiada na fenda de uma pedra. Tinha se transformado, completa e absolutamente, numa criatura selvagem, se não no corpo, pelo menos no espírito.

Na noite seguinte, ao atravessar um bosque entre dois picos no platô de uma montanha, Serafina sentiu o cheiro de lenha queimando flutuar pelo ar fresco do outono. Atraída por ele, aproximou-se de um grupo de cabanas de madeira, onde diversas famílias se reuniam em torno de uma pequena fogueira, assando espigas de milho e grelhando trutas pescadas no riacho próximo. Ficou admirada de ver um garoto, por volta da mesma idade que ela, tocando uma delicada melodia no banjo, enquanto a irmã mais nova o acompanhava no violino. Outras pessoas cantavam baixo e dançavam, imitando os movimentos do calmo rio perto do qual moravam.

Serafina não se aproximou dos habitantes das montanhas, mas se sentou entre as árvores na encosta logo acima deles e, por algum tempo, ficou ouvindo a música e sentiu o coração livre.

Observou e escutou enquanto o pessoal tocava uma cantiga atrás da outra, todo mundo cantando junto e dançando uns nos braços dos outros. Algumas das músicas tinham melodias rápidas, em que todos batiam palmas e gritavam, mas, conforme a noite se desenrolava, tocavam principalmente canções suaves, melodias de coração doce e alma profunda. Tomavam bebidas destiladas e cidra, e se embalavam nas cadeiras de balanço, contando histórias ao redor da fogueira, histórias de amores perdidos e façanhas heroicas, de acontecimentos estranhos e mistérios sombrios. Quando todos começaram a se encaminhar para dormir, nas camas sob os telhados das cabanas ou no chão sob as estrelas, ela percebeu que também era hora de partir, já que aquela não era sua casa *naquela noite*, nem era a sua cama. Relutantemente, colocou-se de pé e se afastou da luz cintilante da fogueira que se extinguia.

Serafina continuou viajando, porém mais devagar, cada vez menos ansiosa para fugir daquilo que tinha deixado para trás. Trilhou um caminho até o topo da Serra Negra, seguindo um penhasco de jardins escarpados onde cresciam somente rododentro e uma gramínea alpina. Andou ao longo de uma

Serafina e o Cajado Maligno

extensão rochosa, onde a névoa iluminada pela lua caía nas montanhas como ondas de um mar prateado. Caminhou por cima de um descampado montanhoso, sem árvores aparentes, apenas a luz da lua e os gansos voando no céu azul-escuro. Seguiu um rio cheio de reentrâncias e parou quando viu uma cachoeira que caía, e caía, e caía, descendo uma rocha depois da outra, até desaparecer na floresta nebulosa abaixo.

Quando estava pronta para seguir em frente, deu uma última olhada em volta e reparou que havia movimento num penhasco paralelo ao que estava. Era um lobo vermelho, comprido, esbelto e belo, trotando por uma trilha. Quando o animal parou e voltou o olhar para ela, Serafina se assustou. Mas logo depois percebeu que reconhecera o lobo e que este também a reconhecera.

Ela o vira algumas semanas antes, perto do rio, na noite em que se perdera na floresta. Tanta coisa acontecera na sua vida desde então...

Serafina encarou o jovem lobo por bastante tempo, e o lobo a encarou de volta. Ele tinha o pelo grosso, castanho-avermelhado, orelhas pontudas e olhos incrivelmente atentos. Ela imaginou como ele havia passado desde a última vez em que tinham se encontrado. O ferimento que o animal sofrera naquela noite estava curado, e ele parecia até mais forte agora.

Naquele momento, Serafina viu algo atrás dele. Outro lobo vinha pelo caminho. Depois mais um. Logo ela viu que havia muitos, machos e fêmeas, filhotes e anciãos, todos viajando com ele. Alguns com feridas recentes, em carne viva. Outros mancavam. Era fácil perceber que haviam lutado em uma grande batalha contra um inimigo terrível. Seu amigo lobo havia se tornado um dos líderes da alcateia, que não estava caçando, mas empreendendo uma longa jornada. Serafina notava isso pela maneira como eles se movimentavam, a maneira como mantinham as cabeças e os rabos abaixados enquanto andavam. Os lobos estavam abandonando as montanhas, como as mariposas-luna e os passarinhos, e se tratava de uma viagem sem volta.

Quando Serafina olhou para o lobo vermelho novamente, ele pareceu ver a tristeza estampada no rosto da menina, já que agora ela também via tristeza refletida no olhar dele.

Alguma coisa muito profunda, no íntimo de Serafina, começou a arder. Seu amigo lobo havia encontrado seus semelhantes, havia encontrado seu lugar.

Os lobos da alcateia ficavam juntos. Lutavam juntos. Assim era uma família. Era isso o que significava ser semelhante. Você não desiste dos seus. Jamais.

Serafina sentiu o calor subindo para o rosto, mesmo com o frio da meia-noite. Pensou em Biltmore e seus habitantes. Não queria deixá-los, nem ficar separada deles. Queria ficar junto deles. Queria fazer parte de um bando, uma manada, uma matilha, um rebanho... Queria fazer parte de uma família.

Pensou na mãe, e nos filhotes, e no macho escuro, e no garoto selvagem que havia salvado sua vida... pensou, pensou e pensou. Ela queria estar com eles, caçar com eles, correr com eles, fazer parte da vida deles na floresta.

Eles eram todos a família dela. E ela fazia parte da família deles.

Parada no topo da montanha, Serafina compreendeu o que tinha que fazer.

A fuga a levaria a uma cidade distante ou ao topo de uma montanha, mas, no final, a fuga não a levaria a lugar algum. Não havia nenhum lugar para ir quando você não tinha uma família ou um lar para onde voltar, uma família para compartilhar experiências.

Enquanto o lobo e sua alcateia desapareciam entre as árvores, Serafina se sentou no cascalho e ficou observando as montanhas sob as estrelas.

Algo estava errado, ela podia sentir.

Por que sua mãe a tinha mandado embora? Isso não estava certo.

Por que andorinhões-migrantes se atropelaram ao seu redor?

Por que Gideão a havia atacado?

Por que ela estava fugindo de Biltmore?

Por que os lobos estavam partindo?

Quanto mais perguntas ela se fazia, mais furiosa ficava. Todas essas coisas pareciam completamente isoladas, mas talvez todas as perguntas estivessem conectadas. Talvez todas tivessem a mesma resposta.

Serafina não sabia se Gideão tinha sobrevivido após a queda. Não sabia se Braeden, algum dia, conseguiria perdoá-la. Mas ela não iria desistir da sua família. As famílias deviam ficar sempre unidas, por piores que fossem as circunstâncias. Nenhuma discussão ou mesmo trágico acontecimento deveria separá-las. Seu pai lhe havia mostrado muitas e muitas vezes que, se alguma coisa se quebrasse, você a consertava. E, se Serafina havia aprendido algo nos doze anos de sua vida, era que, se o rato não morresse logo, então você tinha que golpeá-lo de novo. Até o fim. Desistir? Nunca, jamais! Ela iria lutar e continuaria lutando até que sua família a compreendesse.

Serafina agora estava convencida de que havia alguma coisa errada na floresta. Havia alguma coisa errada em Biltmore. E ela ia descobrir o que era. E consertar.

Levantou-se, limpou-se e começou a descer a montanha.

Já sabia exatamente o que fazer.

Serafina percorreu o caminho de volta, ao longo da encosta da montanha, cruzando a vegetação espessa e cerrada que crescia entre as pedras, depois descendo as ladeiras da Montanha Greybeard até a floresta que ficava nas elevações mais baixas. Descansava quando sentia necessidade, mas tentava continuar avançando. Estava determinada a encontrar a mãe e aprender tudo o que pudesse sobre a força maligna que invadira as montanhas. Ela havia visto o homem assustador na floresta com seus cães, e precisara enfrentar Grathan em Biltmore. Não sabia quem ou o que eram esses homens, ou que poderes sombrios possuíam exatamente, mas sabia que tinha que lutar contra eles.

Sua mãe e os filhotes haviam abandonado a toca na clareira do anjo; então, a única pista, eram as palavras enigmáticas que a mãe havia rabiscado na terra.

— *Se precisar de mim, seja inverno ou verão* — repetiu Serafina —, *venha para o lugar onde você escalou. Que a chuva seja parede e a pedra seja chão.*

Ela calculava que devia ser um enigma, algo que ela pudesse decifrar, mas seus inimigos, não. Entretanto, estava confusa. Sua mãe havia desejado que ela

Serafina e o Cajado Maligno

voltasse para Biltmore, que não a seguisse; então, afinal, por que tinha deixado uma mensagem em forma de enigma?

Ao descer a montanha, chegou a um local escuro onde havia pinheiros velhos e decrépitos, com troncos retos e grossos, cobertos de musgo preto, todos os galhos mais baixos murchos e podres, as raízes crescendo pelo solo como dedos compridos e traiçoeiros. O cheiro de terra úmida e madeira apodrecida encheu suas narinas. Tudo em volta de Serafina estava grudento de seiva negra de palmeira. Não havia nenhuma outra planta crescendo ali – nenhum broto ou arbusto conseguiria sobreviver na eterna sombra dos pinheiros escurecidos. Nada mais cobria o chão além de agulhas de pinheiro de um tom vermelho-sangue escuro.

Perturbada por esse lugar desprovido de vida, abaixou-se e tentou ver adiante, através da escuridão da noite. Perguntou-se se haveria um caminho que atravessasse pelo meio ou se teria que encontrar uma via que desse a volta. Ela ouvia a seiva dos pinheiros pingando dos galhos das árvores e teve um mau pressentimento. No chão, embaixo dos galhos retorcidos dos pinheiros, a alguns metros, viu uma forma escura, pouco natural.

Seu instinto a impelia a dar meia-volta e seguir na outra direção, ganhar distância deste lugar, qualquer que fosse ele. Mas a curiosidade não a deixava ir embora. Rastejou lentamente em direção à *coisa*, enchendo os pulmões com inspirações profundas.

Parecia ser uma pedra retangular, chata e gasta, e do lado havia uma jaula de ferro pesada, baixa e alongada, enterrada no chão. Ela engoliu em seco. Examinou a jaula, tentando entender para que servia. Não tinha mais do que uns cinquenta centímetros de altura. Uma porta pequena havia sido acoplada à sua extremidade, com um trinco do lado de fora. *Para prender alguma coisa lá dentro*, pensou. Parecia ser destinada a algum tipo de animal. Logo, encontrou outra jaula, e depois outra. Enquanto seguia adiante, mantendo-se abaixada e fazendo silêncio, Serafina sentiu um frio na barriga. Havia centenas de jaulas até onde a vista alcançava.

Avistou uma pequena cabana feita de galhos torcidos e cipós nodosos. Já havia presenciado lenhadores construindo alpendres e abrigos de galhos antes, mas nesse abrigo não parecia que os galhos tivessem sido cortados e juntados, mas sim que tivessem crescido e deslizado para aquele ponto formando as paredes e o telhado. Os cipós e os galhos se entrelaçavam em uma trama esquisita, como a pele de uma fera perversa. Seiva de pinheiro pingava dos galhos das árvores em cima do telhado da cabana, cobrindo-o com um limo escuro e malcheiroso. Os resquícios cinzentos de uma fogueira queimavam na frente da cabana. Havia uma panela de ferro preta em cima das cinzas fumegantes. Dúzias de abutres e corvos mortos jaziam no chão, os pés e as garras contraídos como punhos fechados.

Os membros de Serafina estremeceram e formigaram. O coração disparou. Ela estava assustada com o que iria encontrar dentro desse lugar escuro. Mas... precisava descobrir. Precisava ir adiante.

Arrastou-se para mais perto do abrigo. Observou e escutou. Não parecia haver nenhum movimento, nenhum som, nada além do respingo constante da seiva.

Rastejou para o interior do abrigo.

Havia feixes e sacos de arame na cabana imunda, mas nada de gente. Ela encontrou alicates, luvas e outras ferramentas, mas nenhuma indicação da serventia daquilo tudo, a não ser por pilhas de peles de animais espalhadas pelo chão. Peles pretas e castanhas, cinzentas e brancas. Ela não conseguiu segurar o movimento de cerrar os dentes àquela visão e de afastar o nariz do cheiro azedo de pele morta. Parecia que aranhas estavam tramando por toda parte, e em cima de seus ombros e pescoço.

Serafina saiu rapidamente da cabana e estudou a área procurando qualquer sinal de perigo. Esse lugar era profundamente perturbador. Deu meia-volta com pressa para ir embora. E então ouviu um som que a deteve.

Uma espécie de lamento, um choramingo.

Serafina se virou.

Atrás do abrigo havia ainda mais jaulas.

Ela ouviu o choramingo novamente – um gemidinho longo, triste e suplicante.

Ao olhar em torno, cautelosamente, Serafina sentiu as pernas tremerem de tensão. As têmporas latejaram. Cada sentido do seu corpo lhe dizia que não devia permanecer no sinistro lugar, mas seu coração lhe dizia que precisava seguir na direção do som.

Serafina avançou lenta e sorrateiramente. As outras jaulas estavam vazias, mas, para seu horror, encontrou, atrás do abrigo, diversas delas habitadas.

Dentro de uma das jaulas, havia um monte de pelo amarronzado, mas mesmo assim ela não conseguia discernir que tipo de criatura era aquela.

Aproximou-se mais.

O monte de pelo dentro da jaula tinha poucos centímetros de comprimento e estava se tremendo todo.

E então ela ouviu o lamento novamente.

Serafina tentou se manter firme e forte, mas começou a tremer tanto quanto o pobre animal da jaula. Não conseguia se controlar. Olhou para trás, depois examinou a floresta para se certificar de que não havia ninguém por perto. Parecia um lugar terrivelmente perigoso. Os pinheiros cresciam muito próximos uns dos outros, e a área embaixo dos galhos superiores era tão escura que ficava difícil enxergar.

Engatinhando, deu a volta para se colocar na frente da jaula.

Examinou através das barras de ferro.

E então percebeu do que se tratava.

Serafina olhou para o rosto de um dos animais mais lindos que já vira: um lince jovem, uma fêmea. O animal tinha olhos grandes e expressivos, bigodes compridos e um rosto marcado de branco com um grande colar de pelos que se estendia desde as faces e o entorno da cabeça até as orelhas felpudas com pontas pretas. Tinha o pelo castanho-acinzentado com pintas pretas, listras pretas no corpo e faixas escuras nas pernas.

Mas, por mais bonito que fosse, o lince estava em um estado deplorável. Era óbvio que estivera salivando e arranhando, mordendo a jaula de metal, desesperado para fugir.

Quando Serafina se aproximou, o lince ficou quieto e imóvel, encarando-a com seus olhos grandes e redondos, parecendo entender que ela não era sua inimiga.

Serafina viu que havia outros animais também enjaulados: uma marmota, um porco-espinho e até mesmo um casal de lontras. Um dos mais tristes era uma ave de rapina, um gavião-de-cauda-vermelha, com as garras laceradas e ensanguentadas, as penas rasgadas e quebradas de tanto bater as asas contra a rede de arame no seu esforço para escapar.

Serafina deu uma olhada rápida ao redor, com medo de o dono desse acampamento chegar a qualquer momento. Essas jaulas terríveis não lhe pertenciam, então ela não tinha o direito de fazer o que queria. Mas será que precisava da permissão de alguém para fazer o que era certo?

Olhou para trás e examinou novamente as árvores, procurando por sinais de perigo. Seu coração começou a bater tão forte que ela mal conseguia respirar.

Serafina e o Cajado Maligno

Ela sabia que devia correr, mas como poderia ir embora e abandonar os animais presos?

Com todo cuidado, aproximou-se da jaula do lince, destrancou o trinco e abriu a porta.

– Pode sair – sussurrou.

O lince saiu lenta e cautelosamente, com medo de tudo ao redor. Serafina passou a mão no pelo do felino. O lince alongou o corpo e depois correu para o interior da floresta. Após ultrapassar os pinheiros e se ver seguro na vegetação distante, ele se virou e olhou para Serafina.

Obrigada, a fêmea parecia estar pensando. Em seguida, finalmente desapareceu no meio dos arbustos.

– Aguenta firme – sussurrou Serafina, lembrando-se da expressão que o garoto selvagem havia usado quando ele a ajudara. Ela não sabia o motivo, mas, por alguma razão, aquelas duas simples palavras tinham um grande significado para ela.

Rapidamente libertou a marmota, o porco-espinho e as lontras. Todos pareciam fortes o suficiente para chegar em casa. Ela tinha certeza de que as lontras saberiam o caminho para o rio mais próximo. Mas a ave de rapina estava num estado deplorável. Serafina pensou que provavelmente conseguiria até voar, mas um gavião-de-cauda-vermelha voando por aí à noite estaria correndo grave perigo por causa do seu predador natural, o corujão-orelhudo.

Ela estendeu os braços para dentro da jaula, pegou a ave delicadamente com as duas mãos e a puxou para fora. O gavião levantou as asas e tentou voar. Serafina esperava que ele fosse ameaçá-la ou mesmo atacá-la, mas ele não fez nada disso. Encarou-a com seus poderosos olhos de ave de rapina e agarrou seu braço com uma das suas garras, apertando com tanta força que ela pensou que fosse quebrar seus ossos. Era como se ele, de alguma maneira, entendesse que ela queria ajudá-lo, mas, ao mesmo tempo, não iria desistir de manter o controle.

Ela deixou a floresta de pinheiros e as terríveis jaulas para trás, carregando a ave machucada bem presa nas mãos.

Quando ela e o gavião finalmente saíram dos pinheiros e entraram em uma parte mais agradável da floresta, Serafina diminuiu o passo. Ela gostaria de poder carregar a ave até Biltmore e entregá-la a Braeden para que ele cuidasse dela, mas não conseguiria viajar rápido o suficiente segurando-a e tinha quase certeza de que o gavião não estava muito feliz com a perspectiva de ser levado de um canto para o outro por um desconhecido qualquer. Assim, Serafina encontrou uma moita de aspecto seguro e colocou o gavião lá dentro, onde ele poderia se esconder das corujas predadoras até o amanhecer.

— Descanse aqui, e depois voe com segurança, meu amigo — sussurrou.

De lá, ela tentou se afastar rapidamente. Queria colocar o máximo de distância possível entre si mesma e aquelas gaiolas. Sabia que a floresta era um lugar selvagem, indomável, com toda espécie de enfrentamentos de vida--ou-morte, mas que tipo de pessoa capturaria e enjaularia animais daquela maneira? Por que os deixaria lá, morrendo de fome e de medo, escondidos sob a densa sombra das árvores?

Uma névoa surgiu por entre os galhos da floresta, e ficou difícil encontrar o caminho, mas ela continuou descendo a montanha. Sentia um aperto na barriga. Não conseguia afastar a sensação de que havia acabado de evitar um perigo sombrio e terrível.

Através da névoa, notou alguma coisa pelo canto do olho. Ao examinar melhor, avistou uma figura a distância andando entre as árvores. Primeiro pensou que podia ser o homem que havia visto entrando na floresta com o Sr. Vanderbilt. Sentiu uma súbita esperança. Talvez estivesse muito mais perto de Biltmore do que pensava. Mas logo seu peito se apertou. Ela se agachou na vegetação baixa e observou a figura, que usava um casaco comprido, escuro, gasto pelo tempo e um chapéu de abas largas. Era o homem barbudo que ela vira na floresta algumas noites antes! Serafina se jogou no chão, sentindo um pânico repentino.

Tentou ficar em silêncio, mas, enquanto olhava na direção do homem, seu peito arfava em respirações rápidas. Ele tinha uma barba pesada, grisalha, quase branca, grossa como o pelo de um animal. O rosto era marcado com fendas e rugas, castigado como se ele vivesse na floresta havia cinquenta anos. Ela examinou a área, procurando sinais dos cães de caça, mas, ufa, não os encontrou. Nem ele parecia estar carregando a bengala. Mas Serafina tinha certeza de que se tratava dele. Certeza absoluta.

Serafina e o Cajado Maligno

Permanecendo agachada, quieta e imóvel, ela o observou. Ele parecia entrar e sair da névoa, para dentro e fora das árvores, desaparecendo e então reaparecendo nos redemoinhos da neblina. Perambulava mais longe, depois mais perto, como se as próprias árvores estivessem enganando os seus olhos. Parecia mais uma aparição fantasmagórica do que um homem de carne e osso. Sentindo arrepios nos braços, ela quis fugir, precisava fugir, mas ficou com medo de que o som da sua fuga chamasse a atenção do homem.

Contudo, ficar ali lhe pareceu a pior das opções. Bem na hora em que começou a dar as costas e seguir na direção contrária, o homem parou e girou a cabeça na direção da garota com uma rapidez assustadora, sobrenatural – como uma coruja avistando uma presa. Seus terríveis olhos cinzentos a encararam.

Ela mergulhou novamente no chão e pressionou as costas contra a base de um velho pinheiro retorcido, escondendo-se. A lembrança da imagem dele girando a cabeça fez um calafrio perpassar sua coluna.

Ouviu-o movendo-se rapidamente em sua direção.

Serafina tinha que correr, mas seu peito estava comprimido e as pernas, pesadas. Uma dor aguda atacou sua garganta como se os dedos de alguém estivessem apertando sua traqueia. Seu corpo inteirinho começou a tremer violentamente com algo além do medo, algo além do seu controle. O pânico se instalou. Ela não conseguia levar ar para os pulmões. Tentou gritar, mas não tinha como liberar nenhum tipo de som por sua garganta contraída.

Os passos se aproximaram rapidamente conforme o homem do casaco escuro e comprido ia em sua direção. Era possível ouvir suas botas afundando na terra úmida à medida que ele avançava. A garota começou a sentir um frio repentino dominar o solo e o ar ao redor de si. Quando olhou para baixo, viu que a terra havia ficado ensopada de sangue.

Serafina tentou se libertar do chão e fugir, mas o homem havia lançado algum tipo de feitiço sobre ela. Seus músculos estavam rígidos.

Enquanto o homem se movimentava ameaçadoramente em sua direção, Serafina observou, impressionada e apavorada, as raízes da árvore irromperem para fora da terra ensopada de sangue, crescerem rapidamente em volta dos seus pulsos e prenderem suas mãos no chão. Sem as mãos para lutar, ela estava completamente indefesa.

Como uma fuinha desesperada, capturada em uma armadilha, abaixou-se e começou a roer as raízes que lhe algemaram. Quando outra raiz começou a serpentear tal qual uma cobra em volta dos tornozelos, chutou-a com raiva.

De repente, a floresta que sempre fora uma aliada e um abrigo, havia se transformado em sua inimiga.

Então, o homem se aproximou da árvore, seu rosto estava envolto em trevas, com exceção do brilho prateado nos olhos. Segurou-a com duas mãos ossudas e firmes, apertando como se fossem as garras de uma coruja. Quando as unhas compridas, semelhantes a garras, afundaram em sua pele, Serafina girou com muita força e se soltou. Sacudiu as pernas e disparou.

Serafina e o Cajado Maligno

Correu o mais rápido que pôde, até achar que tinha colocado uma certa distância entre si mesma e seu perseguidor. Mas, bem na hora em que virou a cabeça para olhar para trás, ouviu um som de *tique-tique-tique*. Um terrível grito sibilante explodiu alguns centímetros acima do seu ombro esquerdo. O som a deixou tão assustada que Serafina saltou para trás e bateu contra uma árvore. Uma enorme coruja toda branca, com ar mal-encarado, deu um rasante sobre a sua cabeça, os horríveis olhos negros examinando-a, a boca aberta enquanto soltava seu piado sinistro.

Serafina mergulhou num matagal de arbustos espinhosos entrelaçados com cipós, onde a coruja não conseguiria voar. Pensou que estava sendo muito esperta. Mas então a coruja desapareceu e o barbudo começou a quebrar e afastar os galhos, embrenhando-se no matagal em sua direção. Ela ficou de quatro e engatinhou por entre os cipós até a parte mais densa do matagal. Esperava, assim, conseguir alguma forma de proteção contra os feitiços do miserável. Porém, em vez disso, os cipós começaram a se mexer, serpentear, enrolar-se em volta do seu pescoço, braços e pernas.

Ela gritou e bateu nos cipós, empurrando-os à medida que engatinhava para a outra extremidade. Uma vez fora do matagal, pôs-se de pé e correu em direção ao espaço aberto.

Serafina queria se virar, queria lutar, queria atacar aquele ser horroroso, mas não havia nada que pudesse fazer a não ser correr para salvar a própria vida. Ela disparou floresta adentro. Pensou que estava conseguindo. Pensou que estava escapando.

Quando olhou para trás, viu que o homem não havia ido em seu encalço. Ele havia permanecido, imóvel, no mesmo lugar de antes. Até que, de repente, colocou a mão espalmada sob o queixo e soprou na direção dela. Parecia que a respiração fria e mórbida da morte em si a tinha atingido. O sangue fluiu de sua cabeça. Seus pulmões ficaram gelados. Seus músculos ficaram flácidos e seu corpo involuntariamente tombou, dando cambalhotas para baixo num pequeno declive, um peso morto e sem vida, até cair de costas na terra.

O corpo inteiro havia se tornado uma massa pálida e fria. Os pulmões haviam parado de puxar o ar. O coração havia parado de bombear o sangue. Ainda tinha alguns segundos restantes de consciência antes que sua energia

Robert Beatty

vital se esvaísse de vez, mas em muito breve Serafina seria uma garota morta, um cadáver todo sujo de terra.

O homem se aproximou dela, pegou seu corpo mole como se fosse uma boneca de pano e a puxou para cima de um velho toco de árvore. Contudo, no exato momento em que a arrastava pelo solo frio, ela pôde sentir os efeitos do feitiço diminuindo – como alfinetes agulhando seus membros. A garota não entendia, mas aparentemente era uma criatura bem mais resistente do que ele havia imaginado. O peito formigava com a entrada de ar novo nos pulmões. O coração voltou a bater, ressuscitado, e o sangue quente fluiu por dentro dela como uma onda.

– Agora, vamos dar uma boa olhada em você – disse o homem enquanto a colocava à luz do luar. – Que tipo de guria fica me espreitando assim?

Quando ele girou o corpo de Serafina para poder ver seu rosto, ela ficou apavorada, mas manteve os olhos fechados e fingiu estar morta.

– Ah, entendi – disse o feiticeiro. – É você de novo. Eu devia saber. Você já causou transtorno para nós antes, não é mesmo? E já vi o suficiente dos seus amigos e parentes para saber que as coisas só vão piorar se eu deixar você escapar de mim.

Ao sentir a força voltando para os músculos e a saliva começando a umedecer sua boca, Serafina sabia que só teria uma chance. O velho truque do rato. Voltando à ativa num ímpeto, girou e mordeu a mão direita do homem com o máximo de força e ferocidade que conseguiu.

O barbudo puxou a mão para trás num reflexo. Mas ela não soltou logo. O movimento do braço dele trouxe o corpo inteiro da destemida garota. Naquele momento, Serafina soltou a mão do homem e voou pelos ares. Aterrissou no chão, rolou para ficar de pé e...

Correu por quilômetros, depois andou e depois correu mais um pouco, prosseguindo para se afastar o máximo possível daquele maldito lugar.

Tentou pensar em tudo o que havia visto. Sabia que tinha sido o mesmo barbudo que havia encontrado na floresta algumas noites antes. Ele parecera flutuar entre as árvores, aparecendo e sumindo, quase como um espectro, um fantasma no meio da névoa. Seria ele era o velho da floresta de quem o povo das montanhas falava? Ele parecia conhecê-la, pois havia dito que ela era um transtorno, como se ela o estivesse atrapalhando. Mas de que maneira? Qual era seu real objetivo? Será que era encontrar a Capa Preta? Ou seria mais do que aquilo? Serafina pensou nos garanhões puxando a carruagem sem cocheiro, nos andorinhões investindo contra ela e no ataque feroz de Gideão. Será que de algum modo ele conseguia controlar a mente dos animais? Quem quer que fosse, ele podia usar as mãos para lançar feitiços mortíferos que Serafina nunca mais queria experimentar.

Quando desceu do penhasco, sua intenção era encontrar a mãe e fazer com que ela contasse tudo o que sabia, e de lá voltar para Biltmore. Porém, e se o homem barbudo já tivesse encontrado sua mãe e os filhotes? E se os tivesse matado? Era terrível demais pensar nisso. Ela acelerou o ritmo. Agora, mais do que nunca, precisava encontrá-los.

Enquanto o sol nascia e ela seguia seu caminho pela floresta, tentou pensar no lugar para onde sua mãe poderia ter ido. Outras questões, porém, vieram à sua mente. Será que a mãe sabia que esse intruso estava invadindo o território dela? Será que a mãe havia mandado Serafina embora para mantê-la segura?

Serafina refletiu novamente sobre a mensagem que a mãe havia deixado.

Não parecia fazer nenhum sentido.

Venha para o lugar onde você escalou.

Ela forçou o cérebro.

— O que eu escalei? – perguntou a si mesma.

Seria algum tipo de árvore? Uma colina?

Pensou na batalha contra os cães de caça. Ela havia subido numa árvore, depois corrido ao longo de um galho, depois lutado com os cachorros até que eles a encurralaram contra a rocha no fundo do penhasco.

A pedra seja chão.

E então Serafina entendeu.

Ela havia escalado a parede de pedra.

Assim, talvez precisasse procurar pelo lugar que tivesse um chão de pedra.

Que tipo de cômodo tinha um chão de pedra?

E, naquele exato momento, ela sorriu. Não era um cômodo.

— É uma caverna! – concluiu.

Mas havia muitas cavernas nas montanhas. Ela pensou na linha seguinte do enigma.

— E o que significa *que a chuva seja parede*? Isso não faz sentido.

Enquanto prosseguia pela floresta, continuava repetindo *"Que a chuva seja parede e a pedra seja chão"*.

— Como pode a chuva ser uma parede? – perguntou a si mesma. – Chuva é água, certo? Você bebe água. Você usa água para lavar. Você nada na água... – As possibilidades eram infinitas.

E nenhuma fazia sentido.

Serafina e o Cajado Maligno

Havia água em todos os lugares. Ela olhou para as nuvens. Havia água até no céu. A água começava nas nuvens, e depois caía como chuva, e depois fluía pela terra até os rios. Pensou nos rios.

Quando um rio é uma parede?

Paredes são verticais.

Então, de repente, ela compreendeu.

– Uma cachoeira! – exclamou com satisfação. Uma parede de água, uma parede de chuva.

Não havia lagos nem lagoas naquelas montanhas, mas havia *muuuitas* cachoeiras. As montanhas estavam repletas de quedas d'água e tinham sido *esculpidas* pela água corrente, em todas as suas formas e essências: grandes rios que estrondavam sobre ribanceiras, e minúsculos córregos que gotejavam nas partes mais profundas das florestas. Havia cascatas com três patamares que deslizavam sobre degraus de rocha e cascatas que desaguavam sobre pedras escorregadias até piscinas naturais geladas lá embaixo. Havia quedas altas e estreitas que desabavam de picos altíssimos, e quedas silenciosas e baixas que arredondavam os rochedos.

Mas o que ela precisava era de uma cachoeira *com* caverna. Conhecia várias possibilidades. Mas uma caverna era inundada. A outra, muito fácil de encontrar. Sua mente se fixou em uma escondida numa enseada pequena e protegida. Será que sua mãe tinha ido para lá?

Só havia uma maneira de descobrir e, assim, partiu para o tal lugar.

– *Que a chuva seja parede e a pedra seja chão* – repetia enquanto andava. Fazia sentido. Fazia todo sentido. E era bom que algo no mundo finalmente fizesse algum sentido.

Quando chegou à cachoeira muitas horas depois, já no final na manhã, Serafina a estudou a distância, atenta aos perigos que pudesse conter. A água fluía suave e reta da beirada da rocha. Dava para sentir o cheiro da água azul transparente caindo no poço, e sentir as gotinhas flutuando na brisa enquanto a neblina tocava seu rosto.

Ela não queria ir logo entrando na caverna porque não tinha certeza do que havia lá dentro; assim, rastejou devagar, cautelosamente, em direção à entrada, permanecendo rente ao chão, em total silêncio.

— Eu esperava que você viesse – disse alto uma voz masculina imediata-mente atrás dela.

Surpresa e espantada além da conta, Serafina arqueou as costas e se pôs de pé de um salto, bufando e girando para se defender do agressor.

*E*ncarou o ser por um minuto e depois piscou, sem ter certeza do que estava vendo.

O garoto selvagem se encontrava sentado no chão, com ar despreocupado, apenas alguns centímetros atrás de onde ela estivera.

— Está caçando... ou sendo caçada? — perguntou ele, sorrindo.

Ainda sentindo um sobressalto de medo formigando no corpo, Serafina examinou o garoto. Ele era extraordinariamente audaz. Ela não tinha ouvido nada nem sentido sua presença de nenhuma forma.

Era um garoto magro, atlético, com pele morena-clara e cabelo escuro desgrenhado, bem do jeito que ela se lembrava. Não vestia mais nada além de uma calça esfarrapada.

— Vem, vamos comer — disse ele de modo prático, levantando-se e andando por um caminho pouco visível em direção à cachoeira. Serafina observou a musculatura forte das suas costas conforme ele se movimentava.

— Espera — pediu ela.

O garoto parou e a encarou. Tinha olhos castanhos com traços dourados.

— Eu me chamo Waysa — apresentou-se. — E você é a Serafina.

— Como você... — ela começou a perguntar, confusa.

— Nós estamos seguros aqui, pelo menos por enquanto — interrompeu-a. — Temos certeza de que ele não conhece este lugar.

Ela o olhou admirada. Como ele sabia tanto sobre sua situação? E a quem o garoto se referia como "temos"?

Serafina franziu a testa.

— Então foi você que deixou a mensagem para mim?

— Óbvio — Waysa levantou os ombros ligeiramente.

— E foi você que salvou a minha vida contra os cães de caça...

— Até que você não estava indo nada mal sozinha — disse ele, sorrindo. — É muito corajosa. Podia ter vencido.

— Muito obrigada... — agradeceu Serafina, séria, recordando-se da valentia do garoto e de como ela tinha visto a morte de perto. — De coração — concluiu.

— O prazer é todo meu — disse ele. — Vem, temos que nos esconder.

Embora Serafina soubesse que devia tomar cuidado, sentia-se confortável e à vontade com Waysa de uma maneira como nunca se sentira com ninguém. Ninguém mesmo.

Assim, relaxou, olhou em torno e depois o seguiu para dentro da caverna que a cachoeira escondia.

Ela já havia visto cavernas desse tipo, em que a força do rio produzia um barulho ensurdecedor de água batendo e formando espuma, mas ali a água fluía em um curso suave, regular, com a luz do sol passando através dela, o que criava uma brilhante parede prateada.

Às vezes, parecia-lhe que o mundo inteiro era feito de luz: o brilho do luar atravessando as nuvens, o lume verde das mariposas-luna, a luz prateada da meia-noite no espelho d'água de um rio, a luz azul do alvorecer — e agora a claridade de uma parede feita de chuva iluminada pelo sol. E, claro, não poderia haver luz sem escuridão, nem cachoeira sem pedra.

Assim que ela adentrou mais a caverna, percebeu que a parede do fundo era toda feita de drusas de ametistas roxas. Quando se virou para a direção de onde havia vindo e olhou pela abertura por baixo da cachoeira, viu um

Serafina e o Cajado Maligno

fenômeno deslumbrante. A luz do sol brilhando no meio da neblina que se elevava da queda d'água lançava um arco-íris por toda a abertura. Serafina não conseguiu evitar um sorriso.

— Não se vê isso todo dia — disse, fascinada.

Sua mente estava explodindo com uma centena de perguntas, mas havia uma parte de Serafina que sentia uma calma agradável por estar ali, por estar num lugar que parecia seguro e protegido, e por finalmente poder descansar durante algum tempo.

Quando se virou e deu uma olhada no chão de pedra arenosa, viu que não havia muito espaço livre dentro da caverna, que, no entanto, parecia seca e confortável. Além disso, o garoto tinha diversos cobertores, um tanto de comida e uma pequena fogueira.

— Quer sua comida cozida? — perguntou Waysa, olhando para Serafina enquanto se acocorava perto do fogo.

— Quero, sim, por favor. — Ela não respondeu *imediatamente, já, agora!*, mas a verdade é que estava com tanta fome quanto um urso ao acordar da hibernação, e exausta.

Quando Waysa colocou as mãos em concha na boca e soprou no fogo, as brasas se avivaram com sua lufada e ele colocou mais alguns galhos.

Ao se certificar de que o fogo estava forte, ofereceu duas opções oriundas da caçada da noite.

— Tenho coelho e um baterista.

O pássaro — tipo um frango amarronzado — que ele chamava de baterista parecia com o que o pessoal de Biltmore chamava de tetraz, uma ave de caça conhecida por bater no peito com as asas.

— O baterista parece bom — preferiu ela.

— Boa escolha — concordou. — O gosto é ainda melhor que o do frango.

Ela deu uma olhada em volta da caverna e imaginou onde e como exatamente esse garoto vivia. Será que ele fazia parte do povo das montanhas ou era de fato um selvagem?

— Então, você já comeu frango — concluiu ela.

— Eu tomo o maior cuidado de ficar longe das cabanas, mas não estou imune a uns furtos ocasionais, se é a isso que você se refere.

Robert Beatty

— E é aqui que você mora?

— Não. Sua mãe não me deixaria morar aqui mesmo que eu quisesse. Este não é meu território. É dela, ou pelo menos era. Eu estou no meio do caminho entre o seu e o dela.

— Minha mãe? – perguntou Serafina, virando-se para ele.

— Ela está bem. Não se preocupe. Nós todos sobrevivemos.

Uma onda de alívio a atravessou, e ela sentiu o corpo relaxar.

— Sua mãe está explorando mais à frente, procurando um novo território – explicou Waysa.

Puxou os lábios para dentro da boca e soltou três sons guturais.

Alguma coisa ao fundo fez um ruído. Quando Serafina se voltou, notou pela primeira vez um buraco pequeno e recortado na parte de trás da caverna. E alguma coisa estava rastejando para fora dele.

23

A pequena cabeça, peluda e pintada, do meio-irmão de Serafina, surgiu de dentro do buraco e miou. Ele abriu caminho, e apareceu de corpo inteiro. Andou saracoteando até Serafina, todo orgulhoso de si e feliz por vê-la, ronronando e miando. A garota se ajoelhou, o puxou contra o peito e ronronou com o filhote enquanto ele esfregava seu corpo no dela.

Quando Waysa fez um novo chamado, outro filhote, agora a fêmea, veio correndo cheia de alegria e, contente, trombou em Serafina. Ela riu, abraçou a meia-irmã, rolou no chão de pedra da caverna e deixou os filhotes pularem nela e lamberem seu rosto.

— Vocês estão bem! Vocês estão bem! — exclamou, o peito inflado de felicidade.

Os filhotes deram tapinhas nela com suas patas macias, atacaram-na, fingiram que mordiam seus braços e lutaram com ela. Depois voltaram-se um para o outro, dando início a uma nova falsa batalha.

O tetraz de Waysa logo estava cozido, e os dois devoraram a ave em volta da fogueira. A comida estava deliciosa, e Serafina gostou de compartilhar pedaços com os filhotes.

Robert Beatty

— Você cozinha bem — disse, olhando para Waysa. Na floresta, ele estava em casa, caçando a própria comida, morando em uma caverna. Serafina se lembrou de como ele tinha lutado ferozmente, de como tinha sido corajoso, de como havia se movimentado de maneira silenciosa pela mata enquanto andara sorrateiramente atrás dela. Serafina percebera algo havia algum tempo, mas não quisera se permitir ter esperanças: Waysa não era só um garoto selvagem que a havia salvado dos cães de caça. Ele não tinha simplesmente desaparecido. Havia ido buscar a mãe dela. Voltara por causa dela, encontrara-a caída na beira do rio, empurrara-a para as costas da mãe e correra pela floresta com elas duas. Ele era a onça escura! Era ele que sua mãe tinha avisado para ficar longe da filha. Isso significava que sua mãe não era a única gata-mutante do mundo. Havia outros!

— Você falou que estava no meio do caminho… e que estava só de passagem — disse ela. — Então de onde você vem?

— De Cherokee, a sudoeste.

— Seu pessoal é daqui?

— Originalmente sim, mas não mais — explicou Waysa num tom amargo. Ele se levantou e virou as costas para a menina, e, por um momento, Serafina ficou com medo de ele ir embora de vez da caverna.

— Sinto muito, mesmo — disse ela, percebendo que alguma coisa terrível devia ter acontecido. Até então, Waysa tinha se mostrado extremamente espontâneo, audaz e cheio de vida, mas agora uma nuvem escura encobria seu espírito.

Ele fez uma pausa e balançou a cabeça. Depois, recuperado, começou a falar num tom baixo e sério.

— Foi há três semanas. Nós tínhamos acabado de terminar uma caçada juntos. Estávamos felizes, em segurança, e logo meus irmãos, minha irmã e eu iríamos sair para encontrar novos territórios só nossos. Mas então o feiticeiro nos atacou. Matou meu irmão mais velho primeiro, antes que qualquer um de nós percebesse seu ataque. Meu pai lutou contra ele com cada músculo do seu corpo, mas… Minha mãe também foi morta, e depois meus dois irmãos mais novos. Eu quase consegui salvar minha irmã caçula. — Waysa parou, a mão cobrindo o rosto enquanto balançava a cabeça e se afastava. — Todos

Serafina e o Cajado Maligno

nós lutamos – disse, a voz entrecortada pela emoção. – Mas os feitiços eram poderosos demais.

– Sinto muito, Waysa – disse Serafina suavemente, as lágrimas aflorando em seus olhos. Ela tentou se manter firme e forte, mais por ele do que para si mesma, mas ver a dor de Waysa abriu um buraco em seu coração, tão profundo quanto o de um ferimento antigo.

– Eu fugi – revelou, a voz tremendo de vergonha. – Quando vi minha irmã morrer, eu não sabia mais o que fazer. Não havia sobrado ninguém. Já não havia ninguém por quem lutar. Senti vontade de morrer. Corri e continuei correndo e não parei durante dias. Depois entrei no território da sua mãe, e ela quase me matou.

Serafina assentiu, recordando-se de como a mãe a havia atacado da primeira vez que a vira.

– Ela é assim – disse. – Defende seu território com garras e dentes.

Ele concordou.

– É como deve ser. Minha mãe tinha seu próprio território, e meu pai também. E logo meus irmãos e minha irmã também teriam. A minha irmã era… – As palavras de Waysa sumiram. Ele não quis continuar o que quer que fosse falar.

– Então minha mãe te expulsou da primeira vez que você entrou no território dela – compreendeu Serafina, levantando-se e tentando mudar de assunto. – E agora você está cuidando dos filhotes.

– Ela viu que eu te ajudei contra os cães do feiticeiro. E quando ele atacou os filhotes na noite passada, eu lutei ao lado dela. Nós decidimos trabalhar juntos agora, aconteça o que acontecer. Esse é o lugar mais seguro que conhecemos, então eu concordei em me esconder aqui para proteger os filhotes enquanto ela fazia o reconhecimento adiante. Ela odiou ter que deixar a cria, mas dá para ir muito mais rápido sem eles, e ela não tinha certeza do que encontraria no caminho.

Enquanto mais perguntas inundavam a cabeça de Serafina, ela olhou para seu meio-irmão e sua meia-irmã. Eles eram sua família, tão próximos dela de tantas maneiras, e mesmo assim tão diferentes. Seriam onças-pardas para sempre. E ela seria humana para sempre. Os três dividiam a mesma aflição.

— Você parece exausta — disse Waysa —, e está suja como se tivesse entrado numa poça de lama. Precisa descansar. Mas antes, eu vou te limpar.

— O que você quer dizer com... — estranhou Serafina, virando-se na direção do garoto.

Um segundo depois, Waysa a abraçou pelas costas e se lançou com tudo na cachoeira, de cabeça, e com Serafina presa ao seu corpo. De cara, o choque da água gelada a atingiu; depois, ela se viu despencando em queda livre.

Serafina sentiu medo. Muito medo. Eles iam em direção às pedras lá embaixo. Os nervos, à flor da pele, ardiam de pavor do que iria acontecer quando batessem no fundo.

Ela havia tentado atravessar aquele mesmo rio no ponto mais raso para escapar dos cães de caça, o que já quase a matara. Jamais tinha nadado em águas profundas. Nem tinha certeza se conseguiria. E certamente não queria descobrir daquela maneira.

Naquele instante, porém, seu corpo inteiro mergulhou com uma grande e envolvente pancada na piscina gelada de um azul profundo. O choque mais imediato foi o do frio cortante. Mas a força da queda a fez afundar, cada vez mais, na água agitada, no meio de um turbilhão de espuma. Embora tentasse movimentar os braços e as pernas, continuou afundando. Os pulmões estavam prestes a explodir, desesperados para respirar.

Até que uma mão agarrou seu pulso e a puxou para cima.

Assim que seu rosto alcançou a superfície, ela inspirou fundo, ofegante, e começou a mexer os membros, se debatendo na água.

Waysa a segurou para mantê-la na superfície.

— Te peguei! Não entre em pânico!

— Eu… não sei… nadar! – cuspiu ela.

— Bata os pés – Waysa ordenou, e ela começou a empurrar as pernas com rapidez contra a água. – Isso mesmo, ótimo. Agora reme com os braços para frente, perto do peito, assim, ó. Bom. Olha pra mim, reme com os braços e as pernas juntos, como se estivesse engatinhando, o mais rápido que puder.

Serafina não tinha escolha a não ser escutar tudo o que ele lhe mandava fazer.

— Continue remando! – pediu ele. – Ótimo. Agora vou te soltar.

— Não me solte! – berrou ela.

— Estou soltando…

Quando Waysa a largou, Serafina mexeu furiosamente os braços, bateu os pés e manteve a cabeça para fora da água à sua frente, com medo de que cada respiração fosse a última. Mas logo viu que conseguia. Não estava afundando como uma pedra! Ela sabia nadar. Estava nadando de verdade!

— Isso aí! Parabéns! Você conseguiu! – comemorou Waysa.

Afinal de contas, nadar não era como aterrissar de pé sem se machucar. Para ela e para seus semelhantes, era um reflexo. Não se tratava de algo que algum dia *escolhesse* fazer, mas, agora que precisou, conseguiu meio que por instinto. Nadou em volta da piscina, toda contente. Serafina realmente sabia nadar.

— Que frio! – reclamou, meio zangada e meio rindo.

— Continue se mexendo que você vai se acostumar – disse Waysa, nadando ao lado dela.

Serafina nadou de um lado para o outro. Tentou virar o corpo de tudo que é jeito, testando suas habilidades. Parecia que estava voando por um ar macio, espesso e gelado.

Quando se cansaram de nadar, Waysa saiu do poço e subiu nas pedras da beira do rio. Depois virou-se e estendeu a mão.

Ela a agarrou, e ele a puxou para cima de um rochedo. Dali, escalaram juntos, mão com mão, de volta à caverna. Jogaram mais gravetos no fogo, juntaram os filhotes quentes e peludos no colo e amontoaram-se em volta das chamas.

Serafina e o Cajado Maligno

— Você podia ter me avisado! — reclamou ela.

— E você teria saltado, por acaso? — perguntou ele, rindo.

— Claro que não!

— Pois é — disse Waysa, exultante. — Você vai ver como nadar é útil para atravessar rios em viagens longas.

Era bom estar quente e limpa de novo, o cabelo caindo em volta dos ombros e o corpo revigorado. A água gelada parecia ter um efeito poderoso e vitalizante.

Por um tempinho, enquanto estavam sentados perto do fogo, Serafina e Waysa conversaram sobre suas vidas. Ela sabia que devia perguntar-lhe sobre o homem barbudo que ele chamara de feiticeiro, e para onde sua mãe tinha ido, e todas as outras perguntas sem respostas. No entanto, vinha correndo e lutando havia tanto tempo que, por alguns momentos, só queria sentir que as coisas iam ficar bem. Na caverna, era como se só existissem os dois no mundo, e o mundo fosse sempre bom. Ela lhe fez perguntas sobre a irmã e os outros membros da família, e Waysa pareceu agradecido por ter a oportunidade de conversar sobre eles. Ele lhe perguntou acerca da vida em Biltmore, do seu pai e da sua infância. Ela contou a respeito de Braeden, e o que tinha acontecido com Gideão, e como havia fugido de tanta vergonha. Conversar com Waysa era fácil. Parecia um bálsamo nas feridas do coração.

Quando Serafina e Waysa se encolheram nos cobertores de pele, em lados opostos da fogueira, ela se sentiu aliviada por finalmente dormir um pouco. Sonhou com florestas — árvores altas e belas e água fluindo, colinas rochosas e vales profundos. E sonhou que estava nadando.

Pouco tempo depois, acordou encolhida feito uma bolinha, com os dois filhotes adormecidos. Eles estavam quentes e macios, respirando silenciosamente, ronronando baixinho, as cabeças enfiadas no peito e nas pernas da garota.

Waysa também estava acordado, observando-a do outro lado da fogueira.

Por um longo tempo, nenhum dos dois emitiu qualquer palavra.

Quando afinal falou, as palavras de Serafina foram suaves.

— Você fugiu da sua casa... de tão longe. Tem corrido tanto... Quando chegou aqui, podia ter continuado correndo. O que te manteve aqui, Waysa?

Waysa afastou o olhar do dela e fitou a cachoeira.

— Por que ficou? — insistiu Serafina, a voz baixa e delicada.

— Eu estava esperando por você — disse ele carinhosamente.

Ela sentiu as sobrancelhas franzindo ao olhar para ele.

— Como assim?

— Já era para eu ter atravessado este lugar e seguido em frente, mas, depois que vi você na floresta aquela noite...

— O quê? — ela o pressionou. — Depois que você me viu na floresta, o que aconteceu?

— Eu queria esperar por você — respondeu ele.

— O que quer dizer com me esperar? — perguntou Serafina suavemente, estreitando os olhos.

— Pensei que a gente pudesse ir embora daqui juntos.

Serafina captou a seriedade na voz dele.

— Você nem me conhece direito.

— Tem razão — ele concordou. — Não conheço... Eu não conheço mais ninguém, nem uma alma viva além de você, sua mãe e os filhotes.

Serafina encarou Waysa, mas não soube o que dizer. Era costume de uma onça-parda deixar a mãe e encontrar o próprio território, mas era costume de um ser humano almejar amigos e uma família.

Enquanto observava Waysa, Serafina percebeu que havia muito mais a respeito desse garoto do que imaginava. Ele lhe estava pedindo para ir embora daquele lugar *com* ele, para viverem juntos na floresta e correrem no meio das plantas e caçarem o alimento e nadarem... Ele nutrira esperanças de encontrá-la novamente. Estivera esperando por ela.

Ela o encarou por um longo tempo, retribuindo seu olhar fixo, e então disse:

— Você sabe que eu não posso me transformar.

— Claro que pode.

— Eu já tentei. Não consigo.

— Você só não está vendo o que quer ser.

— Não entendi.

— Quando você vislumbrar, *enxergar* o que quer ser, então vai encontrar uma maneira de chegar lá.

Serafina e o Cajado Maligno

— Será? Acho que não.

— Eu vou te ensinar — disse ele, e sua voz mostrava tanta confiança, tanta doçura, que era quase impossível não acreditar nele.

Quando afastou o olhar e aconchegou-se aos filhotes, Serafina pensou sobre o que Waysa tinha dito. Havia um novo caminho se abrindo na frente dela agora. Pensar nele era assustador. Um caminho a levaria de volta para casa em Biltmore como ela planejara, para as pessoas que conhecia e amava, mas para o conflito, a dor e a incerteza também. Porém, esse outro caminho, com Waysa, a levaria para longe, talvez para sempre. Ela sabia que sentiria saudades do pai e de Braeden, mas ficou imaginando como seria. Será que conviveria com Waysa da maneira como convivia com os habitantes da mansão? Será que descobriria novas montanhas e novas cachoeiras? Será que haveria espécies diferentes de árvores e animais nesses lugares distantes? Será que ela finalmente encontraria um lugar no qual se encaixaria? O que seria dela? Com a ajuda de Waysa, conseguiria realmente aprender a se transformar?

Enquanto tentava prever seu futuro, percebeu que havia muitas maneiras diferentes de seguir, muitos caminhos, e uma parte da experiência de crescer, amadurecer, da experiência de *viver*, era escolher quais deles trilhar.

Dois caminhos principais estavam dispostos diante dela, levando a duas vidas totalmente diferentes.

Lentamente, levantou-se e tentou meditar sobre aquilo tudo. Sabia que precisava ser esperta e corajosa. Porém, mais do que qualquer coisa, ela sabia que precisava seguir o caminho do seu coração.

Na caverna, na companhia de Waysa, Serafina tentou imaginar tudo o que havia acontecido quando o feiticeiro atacara sua mãe e os filhotes – o homem barbudo lançando feitiços e encantando cipós malignos. Os filhotes devem ter ficado apavorados.

– Foi por isso que ele me atacou? – Serafina perguntou a Waysa. – Ele queria os filhotes?

– Ele está capturando animais de todos os tipos – respondeu. – É por isso que os bichos estão fugindo. Pressentem que o perigo está próximo. E é por isso que eu e você temos que pegar os filhotes e sumir deste lugar, Serafina. Assim que você estiver descansada o bastante para viajar em velocidade, precisamos seguir o caminho da sua mãe e nos juntarmos a ela.

As palavras de Waysa chocaram Serafina. Ela estava ansiosa para ver a mãe de novo, mas seu coração ardia dolorosamente ao pensar em partir.

– Não temos condições de lutar contra essa força das trevas, Serafina – avisou Waysa, parecendo sentir o que ela estava pensando. – Precisamos sair dessas montanhas.

Serafina e o Cajado Maligno

— Mas eu ainda não entendi... – rebateu Serafina. – Me diga o que está se passando. Por que isso tudo está acontecendo? Por que minha mãe me mandou de volta para Biltmore?

— Sua mãe ama você e os filhotes mais do que qualquer coisa no mundo. Ela acha que você ficaria segura em Biltmore. Mas estava errada.

— Biltmore está em perigo? – a menina perguntou, alarmada.

— Tudo está em perigo. Principalmente Biltmore.

— O quê? Então precisamos ajudar, Waysa.

— Não podemos – disse ele, balançando a cabeça. – O feiticeiro é muito mais forte do que pensamos. E está ainda mais forte do que quando matou minha família há três semanas. Vem juntando mais e mais poder à medida que se aproxima. Seu poder está ligado à terra, à floresta e às pessoas e animais que ele controla neste ambiente. Mas os Vanderbilt e seus vastos terrenos estão atrapalhando seus planos de obter o controle total desta região.

— Então... quem é ele? Quem é esse homem? – perguntou ela, o pânico se instalando dentro do corpo.

— É um mutante, como os gatos-mutantes. Ele consegue se transformar na coruja branca quando quer. Meu povo chama o feiticeiro de Escuridão, porque ele é um futuro que não se pode enxergar. Mutantes herdam o dom, o passam de geração em geração, mas ele elevou o poder a outro patamar. Passou anos aprendendo como adulterar, perverter o mundo que conhecemos, como jogar maldições e lançar feitiços. Quer controlar esta floresta, nos tornar todos escravos, do camundongo ao urso, e tudo o que fica no meio. Odeia os gatos-mutantes mais do que tudo no mundo porque não consegue nos controlar. Nós nos mantemos firmes contra ele. Quer destruir qualquer coisa nessas montanhas que atrapalhe os planos dele.

— Você está dizendo que ele vai atacar Biltmore?

— Não sei quais caminhos ou estratégias vai usar – respondeu Waysa. – Ele é um feiticeiro da magia negra. Não luta com dentes e garras como eu e você. Não entra na batalha, mas se vale de artimanhas e ilusões para tecer atalhos. Voa em silêncio. Observa como uma coruja e se mantém escondido a uma distância segura. Concentra seu poder em armas e depois manda seu exército de demônios cumprirem suas ordens.

Serafina tentou entender.

— Armas? Você quer dizer… como a Capa Preta?

Waysa fez que sim.

— A Capa Preta era uma coletora de almas, uma das primeiras concentradoras de poder da magia negra que ele criou. Não conheço todos os diferentes feitiços que ele vai lançar dessa vez, mas rasgar a Capa Preta causou nele uma fúria terrível e renovada. Foi isso que deu início ao que agora está acontecendo. Foi o que trouxe o feiticeiro para cá.

— Está dizendo que o criador da Capa Preta ressuscitou? Não o Sr. Thorne, mas o verdadeiro *criador* da capa?

— Ele nunca esteve morto.

— Não entendo. De onde ele vem?

— Meu pai me contou que o velho da floresta morava nessas montanhas muito tempo atrás. Ele tinha nascido com poderes incomuns, mas ansiava desenvolver e controlar os poderes que possuía. Ele viajou ao Velho Mundo, onde aprendeu a magia negra dos bruxos de lá. Quando voltou, tinha se tornado um feiticeiro poderoso. Encontrou uma caverna sombria para morar, como uma aranha construindo uma teia. Lançou feitiços terríveis nas pessoas da cidade vizinha e escravizou os animais da floresta. Por um triz…

— Por que ninguém tentou fazer ele parar? — interrompeu Serafina.

— É claro que tentaram. Os gatos-mutantes se rebelaram contra ele e lutaram numa grande batalha. Quase derrotaram o feiticeiro. Ele perdeu a força e se tornou um fantasma do que era. Morou longe daqui, adquirindo novos poderes e habilidades em terras estrangeiras, mas agora está de volta, mais poderoso do que nunca. Neste exato instante em que conversamos, está se escondendo como uma cascavel embaixo de um tronco, deixando seu veneno ficar mais forte dentro dele, esperando pacientemente a hora de atacar de novo.

— Então vamos lutar contra ele! — exclamou Serafina.

Waysa a segurou pelos ombros com tanta rapidez que a assustou.

— Me escuta, Serafina — pediu, olhos nos olhos. — Ele criou um cajado com intenções perversas para canalizar seu poder. Permite que a pessoa que usa o cajado controle os animais, que fazem o que ele ordena, mesmo sem

Serafina e o Cajado Maligno

querer fazer. E não apenas isso, ele tem um novo aliado, um feiticeiro com um poder assustadoramente parecido com o dele. Os dois trabalhando juntos vão se tornar incontroláveis. Eles veem essas terras como se pertencessem a eles: a floresta deles, as montanhas deles. E planejam pegar tudo de volta. E quanto mais caçam, mais poderosos ficam. Não somos capazes de lutar contra eles!

— Minha mãe vai derrotar esses dois! — Serafina falou sem pensar, antes mesmo que pudesse parar. Mas, quando falou, seu peito se encheu com uma percepção terrível. — Minha mãe já lutou com o feiticeiro antes, não é?

Waysa confirmou lentamente.

— E é por isso que ela não vai lutar de novo... — deduziu Serafina.

— Isso mesmo — confirmou Waysa, mas depois hesitou.

Ela o fitou.

— O que é? Me conta.

Waysa levantou o rosto e encontrou o olhar da garota.

— Doze anos atrás, o feiticeiro matou seu pai — revelou Waysa suavemente.

— Meu pai?!? — Serafina perguntou, perplexa. — Meu pai de verdade? — Ela nem conseguia imaginar. — Mas como? Por quê? Como *você* sabe sobre o meu pai?

— Seu pai já foi um gato-mutante como nós, conhecido por todos os outros gatos-mutantes. Sua mãe escondeu isso de você porque não queria que você seguisse os passos dele, mas ele era um grande guerreiro, o líder mais forte e o combatente mais feroz que os gatos-mutantes já viram. Minha mãe e meu pai e todas as criaturas da floresta lutaram ao lado dele contra o feiticeiro há doze anos. Foi quando o feiticeiro quase foi derrotado. Seu pai liderou a batalha. Foi ele que ensinou ao meu pai a expressão que meu pai me ensinou.

— Expressão? — perguntou Serafina, confusa. — Que expressão?

— "Aguenta firme!" era o que o seu pai costumava falar quando os outros perdiam a coragem. Esse tem sido o mantra dos gatos-selvagens desde então. "Aguenta firme!"

— Meu pai que começou isso? — perguntou Serafina desconcertada. — Mas o que aconteceu com ele?

Waysa balançou a cabeça lamentando.

— Seu pai e sua mãe reuniram todos os aliados da floresta e lideraram um ataque contra o feiticeiro, que ficou barbaramente enfraquecido, com o poder praticamente todo sugado. Ele foi destruído quase por completo. Mas faz parte da espécie dele se fingir de morto. Seu espírito sobrevive. Ele se esconde numa escuridão onde seus inimigos não conseguem ver. Na batalha final, sua mãe foi absorvida pela Capa Preta e seu pai foi atingido. Ele aguentou firme. Salvou os gatos-mutantes e as outras criaturas da floresta naquela derradeira batalha. Mas perdeu a própria vida.

— O quê? – perguntou Serafina. – Como tudo isso pode ser verdade? Minha mãe nunca me contou nada…

— Sua mãe queria te proteger, Serafina. Ela não queria que você entrasse em batalhas que não conseguiria vencer. Ela pensou que você estaria escondida e segura dentro das paredes de Biltmore. Mas está claro agora que tudo lá está perdido também. Não vamos conseguir ganhar essa guerra.

— Mas quem é ele, Waysa? – perguntou ela novamente. – Quem é o velho da floresta? E quem é esse tal Sr. Grathan? Ele é o outro feiticeiro que você mencionou? Ou é só um dos seus demônios?

— Não sei que nomes ou formas ele e seus aliados adotaram dessa vez, mas sei que o feiticeiro voltou. E vai matar qualquer um que resista. Mesmo que sua mãe sempre tenha defendido o próprio território com a maior bravura, ela sabia que, por mais perigoso que fosse, tinha que deixar esse lugar para trás, tinha que seguir adiante o mais rápido possível e procurar um novo território para ela e os filhotes. Ela se embrenhou fundo nas Montanhas Smoky, fazendo o reconhecimento de florestas desconhecidas, falando com os gatos-mutantes de lá, procurando um novo lugar para nós morarmos. Nós vamos encontrar um novo território naquelas montanhas distantes, um lugar luminoso e livre, e vamos guardar bem nossa nova morada. As Montanhas Great Smoky serão a última fortaleza da nossa espécie, Serafina, a última pátria para os poucos de nós que sobreviveram.

Serafina, perplexa, escutou as palavras de Waysa. Ela conhecia o perigo de que ele estava falando. Já havia experimentado na própria pele os encantamentos do feiticeiro. Lembrava-se de como se sentira quando tivera o ar sugado dos pulmões. E havia testemunhado o poder do seu cajado maligno.

Serafina e o Cajado Maligno

Contudo, por mais tentador que fosse ir com Waysa e os filhotes encontrar a mãe nas montanhas distantes, o percurso com eles era como a cidade que ela havia visto no vale, e o trem na encosta da montanha, e os lobos viajando no penhasco para picos distantes: mesmo que esses novos caminhos se abrissem para ela, Serafina sabia que não eram os caminhos do seu coração. Ela queria voltar para o pai e Braeden, e para Essie e o Sr. e a Sra. Vanderbilt. Biltmore era o seu lar. Se o velho da floresta podia roubar a respiração de uma pessoa e controlar os animais, não haveria um fim para o mal que podia causar. Poderia forçar Cedric a se voltar contra Braeden. Poderia até matar o Sr. Vanderbilt com a mordida de um lobo. Seu espião, o Sr. Grathan, já havia aberto seu caminho para dentro da casa como um rato através de um cano de esgoto. Talvez fosse Grathan que estivesse em poder do cajado maligno do qual Waysa falara, assim como o Sr. Thorne vestira a Capa Preta. Ela não sabia exatamente quais eram os planos deles, mas precisava detê-los.

— De alguma maneira, temos que descobrir um jeito de lutar — disse ela ferozmente. — Eu não vou me acovardar e voltar as costas para o pessoal de Biltmore.

— Serafina, você já viu os feitiços e os demônios desse feiticeiro — argumentou Waysa. — Não podemos lutar contra aquilo. Eu vi todo o ar sendo sugado dos pulmões da minha irmã enquanto ela tentava se despedir de mim. Venha comigo e os filhotes para encontrar a sua mãe. Vamos subir para as Montanhas Smoky e ficar seguros lá. Tem árvores, vales e rios por centenas de quilômetros.

— Sinto muito, Waysa — rebateu Serafina, balançando a cabeça. — Preciso voltar.

— Você me contou que o pessoal de Biltmore falou que você não era um deles — disse Waysa. — E me contou que fugiu de lá. Você é uma gata-mutante, Serafina. Você tem *a gente* agora. Não precisa mais deles!

As palavras de Waysa a atingiram, mas ela tentou não dar ouvidos. Ela *não podia* dar ouvidos. Serafina ajoelhou-se e abraçou seus pequenos irmãos.

— Vão sem mim — disse a Waysa. — Tome conta dos filhotes. Siga o caminho da minha mãe como você planejou.

— Serafina... — insistiu Waysa, a voz forte — você não precisa deles!

Serafina sentiu a emoção crescendo dentro dela, quase forte demais para suportar. Ela se levantou e abraçou Waysa. Apertou-o por um longo tempo. E depois o soltou, sabendo que talvez fosse a última vez que o veria.

— Mas eu preciso deles *sim* — disse ela. — E, mais do que isso, *eles* precisam de mim.

Serafina olhou para seu companheiro gato-mutante mais uma vez, depois se virou e seguiu na direção de Biltmore.

— Você não pode salvar Biltmore sozinha! — gritou Waysa depois que ela deslizou para dentro da vegetação rasteira.

— Não estarei sozinha! — gritou Serafina de volta.

26

Logo antes do amanhecer, Serafina passou sorrateiramente pela floresta que circundava Biltmore. Na lenta troca matinal da escuridão para a luz não havia vento nem som, apenas uma quietude no ar frio e a respiração da terra. A névoa flutuava como fantasmas cinzentos e alongados entre os galhos das árvores. Ela estava ansiosa para seguir até a mansão. Mas então avistou a silhueta do que parecia ser uma figura de manto e capuz no nevoeiro. Precisou se agachar, procurando enxergar através da neblina da manhã, tentando descobrir quem – ou o que – via naquele momento. Será que chegara tarde demais? Será que o feiticeiro já estava lá?

A figura aparentava ser um homem de barba grisalha com uma bengala, movendo-se vagarosamente entre as árvores. Enquanto Serafina o examinava, o homem parecia entrar e sair do nevoeiro, desaparecendo durante algumas batidas do coração, depois reaparecendo de novo. Será que era o tal velho da floresta? Então ela o viu cutucar o chão com a bengala, tirar uma coisa pequena da sua bolsa, se ajoelhar e enterrar o objeto.

Robert Beatty

Enquanto se arrastava para mais perto, Serafina viu que ele não usava o manto que ela achava ter visto, mas um casaco comprido e leve para o frio da manhã. Era o estranho idoso que tinha visto caminhando para a floresta com o Sr. Vanderbilt. E ela o vira novamente junto com os outros hóspedes na noite em que fugira.

Estreitando os olhos, observou-o, tentando entender o que ele estava fazendo. O homem caminhou mais uns cinco metros, olhou em volta, pareceu tomar uma decisão, e depois se ajoelhou de novo. Serafina levou diversos segundos para perceber que as pequenas coisas que ele puxava de dentro da bolsa eram bolotas, sementes de carvalho. Ele estava plantando árvores!

As lembranças inundaram seu cérebro como uma enxurrada que havia sido bloqueada por uma represa durante séculos. Ele não era um estranho, não mesmo. Serafina havia observado esse homem anos antes. Seu nome era Sr. Frederick Law Olmsted. Era o paisagista que havia projetado o terreno da Mansão Biltmore, e um dos mentores e amigos mais próximos do Sr. Vanderbilt. Biltmore havia sido seu último e mais ambicioso projeto paisagístico antes de se aposentar. Ela tentou se recordar da última vez que o vira. Fazia três anos? Quatro? O rosto do Sr. Olmsted estava bem mais envelhecido do que se lembrava, e seu corpo mais frágil, como se algo tivesse lhe abatido enquanto se encontrava longe dali.

Quando Serafina ainda estava aprendendo a fazer a ronda do terreno, havia visto o Sr. Olmsted supervisionando centenas de homens construindo os jardins e preparando o terreno de acordo com seu projeto. Mas houvera outras épocas, momentos mais calmos como esse, quando ele achava que não havia ninguém observando, em que ela o viu sozinho, com sua bengala nodosa na mão e a bolsa de couro no ombro, parecendo perambular pelos campos e matas, plantando árvore após árvore após árvore, como se estivesse moldando o destino da floresta. Era como se pudesse visualizar de que forma ficaria cem anos adiante. E, mesmo quando já era famoso, uma celebridade que liderava um exército de jardineiros, de vez em quando, secretamente, ainda gostava de plantar algumas sementes e mudas ele mesmo, como se tocasse o solo só por tocar. Uma nogueira ali. Um rododendro acolá. À sua própria maneira, ele podia ver o futuro.

Serafina e o Cajado Maligno

Era difícil visualizar agora, tantos anos mais tarde, com a jovem floresta do Sr. Olmsted crescendo por todos os lados, mas, quando o Sr. Vanderbilt e o Sr. Olmsted chegaram àquela região, a grande maioria das árvores havia sido derrubada e o terreno havia se tornado o que seu pai chamava de *escaldadura* – uma terra arrasada, empobrecida e improdutiva. Seu pai havia lhe contado que foram o Sr. Olmsted e o Sr. Vanderbilt que haviam decidido mudar tudo aquilo.

Conforme o Sr. Olmsted penetrava a floresta, Serafina deduziu que ele estaria indo na direção da Clareira do Posseiro, ou Posse, como ela chamava, uma das poucas áreas remanescentes da propriedade que não haviam sido semeadas com jardim ou floresta. Ficou aliviada pelo fato de o andarilho idoso ser o Sr. Olmsted, mas ficou se indagando por que ele voltara para visitar Biltmore depois de tantos anos longe. E o que esse homem normalmente pacífico estava tão determinado a fazer que o levava a despertar antes mesmo que o sol nascesse?

Deixando o Sr. Olmsted para trás, Serafina deslizou silenciosamente pela escuridão adentrando os jardins de Biltmore, passando pelo lago, ao longo do caminho das azaleias até a estufa, com seus milhares de painéis de vidro embaçados brilhando na luz da manhã. Ela se lembrou de uma vez, quando tinha oito anos, em que seu pai tinha ido consertar o aquecedor da estufa de plantas e ela zanzara entre flores exóticas, fingindo ser uma onça-pintada nas selvas da América do Sul.

Abrindo espaço pelo jardim de arbustos com suas encruzilhadas e seus caminhos sinuosos, Serafina sentiu o aroma da floração de inverno do jasmim--carolina. Chegando com o ar frio da estação, e a explosão de viscos e azevinhos verdes e vermelhos na floresta vizinha, a flor amarela do jasmim sempre a lembrara que o Natal estava se aproximando. Porém, ela precisava deixar de lado o Sr. Olmsted e as flores natalinas, pensou, interrompendo seus devaneios. Não haveria Biltmore nenhuma se ela não detivesse o Sr. Grathan e as forças sombrias que vira na floresta.

Engatinhou pelos dutos de ar na fundação traseira da casa e escalou pela grade de metal. Depois de ficar longe por diversas noites, os corredores escuros, silenciosos e isolados do porão representavam um lar acolhedor.

O cheiro dos doces na cozinha, dos lençóis quentes na lavanderia e de todas as outras coisas com as quais ela crescera desencadeou uma celebração de memórias afetuosas dentro do seu coração.

Serafina entrou na oficina, passando pelas bancadas e ferramentas, e foi até as prateleiras de suprimentos, onde encontrou o pai roncando. Pensou em dar uma deitadinha no seu próprio colchão para dormir, mas mudou de ideia. Sem fazer nenhum som nem perturbá-lo, ela se aconchegou ao lado dele. Nunca na vida se sentira tão feliz por estar em casa.

Ela não o acordou, porque ainda estava envergonhada pelo incidente que a havia levado a fugir. Não sabia como ele reagiria quando acordasse. Mas tinha certeza de que, de alguma maneira, ele sabia, no seu sono, que ela estava lá, encolhida ao lado dele, que ainda estava viva, ainda rondando as sombras da casa e da floresta, e que ainda o amava com toda a força do seu coração.

Assim que o pai abriu os olhos, levantou-se da cama e esfregou o rosto como se quisesse se certificar de que não estava sonhando.

— Pa... — disse ela suavemente.

Ele tomou a filha nos braços, a puxou contra seu largo tórax e a girou pelo cômodo, como se quisesse capturá-la e nunca mais soltá-la.

— Eu fiquei tão preocupado... — disse ele, o alívio fluindo pelas palavras. Conforme sentia a aluna ficando bem leve de tanta alegria, Serafina sabia que finalmente estava em casa.

Depois se acomodaram, e ela explicou ao pai tudo o que havia causado sua fuga, e também que nunca pretendera machucar ninguém. E, ao começar a preparar o café da manhã, o pai a repreendeu com doçura.

— Quando alguma coisa ruim acontece, Sera, por mais desagradável e dolorosa que seja, você não sai correndo e foge. Ocê chispa pra casa, sua moleca. Você vem pra mim, e a gente conversa sobre o que aconteceu, seja o que for. É pra isso que a família serve. Entendeu?

Ela aquiesceu. Sabia que ele estava certo.

— Entendi, Pa.

Enquanto tomavam o café da manhã, Serafina voltou a se encher de pensamentos sombrios.

Serafina e o Cajado Maligno

— Me diga o que está acontecendo aqui, Pa. Está tudo bem? Como está o Braeden?

O pai balançou a cabeça.

— Acho que o garoto tá passando por maus momentos.

— O Gideão morreu? – perguntou ela, a voz tremendo.

— O bicho tava muito machucado, o veterinário nem tinha como ajudar. Não sei, mas acho que sacrificaram. O coitado tava sofrendo demais da conta.

O rosto de Serafina ardeu, de tão vermelho que ficou. Ela apertou os lábios para impedir as lágrimas quentes de ferverem sob as pálpebras. Então, inspirou fundo e cobriu o rosto com as mãos; após vários segundos, tentou continuar.

— Todo mundo está bem?

— Não, tenho outra notícia ruim – disse o pai. – Infelizmente, o chefe dos estábulos, o Sr. Rinaldi, faleceu enquanto você...

— O que aconteceu com ele? – interrompeu Serafina. – Estava doente?

O pai balançou a cabeça como se ainda não pudesse acreditar.

— Ele levou um coice de um cavalo e bateu as botas.

Serafina olhou para ele, alarmada.

— Foi um daqueles garanhões?

— Não sei que cavalo foi, mas foi um troço medonho. O povo todo ficou chocado!

— Sinto muito pelo Sr. Rinaldi.

— Mas, tirando isso, uns outros hóspedes chegaram para as festas de Natal, e o Sr. Vanderbilt tem andado muito ocupado.

— E a Sra. Vanderbilt? Está se sentindo melhor?

— Alguns dias, ela até se levanta, anda por aí, mas em outros... ela nem aparece.

— O detetive Grathan ainda está lá em cima? – perguntou Serafina.

— Ele veio até aqui embaixo ontem te procurar – o pai disse.

— O que você falou pra ele? – perguntou Serafina, surpresa.

— Eu falei que você tinha ido embora e que eu não fazia ideia de onde você tava, o que era verdade.

— Ótimo! – comemorou Serafina. Era a melhor coisa que seu pai podia ter dito. Quanto menos Grathan soubesse sobre ela, melhor. – O que quer que ele diga, o que quer que ele faça, não confie naquele homem, Pa.

Serafina deu uma espiada em volta do quarto para ver no que o pai estava trabalhando.

— Conseguiu consertar as engrenagens do elevador como você queria?

O pai fez que sim, satisfeito.

— Aquela engrenagem toda tá justa como as cordas de um violino agora, funcionando direitinho, como eu já tinha previsto. Mas as pragas tão dando trabalho de novo.

— Como assim? – perguntou Serafina, confusa.

Ele foi até uma das bancadas e mostrou um rolo de cabos revestidos de um material preto.

— O que é isso? – indagou ela, indo na direção dele.

— A casa é protegida por um sistema de alarme de incêndio que tá todo conectado a um ponto central por esses cabos aqui, mas dá uma olhada…

Primeiro, a garota pensou que ele estava mostrando um cabo cortado por um alicate, porém, quando ela olhou mais de perto, viu pequeninas marcas de dentes. Os cabos tinha sido *roídos*.

— Acho que os ratos fizeram a festa enquanto você tava fora – explicou o pai. – Aqueles malditos vermes roeram o isolamento do fio e depois passaram a morder o cobre do interior. Nunca vi nada igual. Se eu não tivesse percebido e consertado, o sistema inteiro teria sido inutilizado. Talvez a mansão até sofresse um incêndio; e tudo ia ficar fora de controle antes mesmo que a gente pudesse conter as chamas. E, pior ainda, as pessoas não iam ter tempo de sair.

— Vou dar um jeito nesses danados, Pa – prometeu Serafina, furiosa por ter se afastado do serviço durante tão pouco tempo e os ratos já terem voltado.

Enquanto ela e o pai punham a conversa em dia, a menina percebeu como tinha sido boba por sentir vergonha de vê-lo. Ele não demonstrava nenhuma reprovação, nenhuma raiva, nada além de amor e preocupação por ela.

— Você ficou fora alguns dias – disse ele, parecendo sentir o que ela estava pensando. – Até onde você foi?

Serafina e o Cajado Maligno

— Subi a Serra Negra.

— Foi pra lá? – perguntou ele, surpreso. – É muito lá em cima nas pedras. Deve estar um gelo nessa época do ano, filha.

— Nem tanto – disse ela. – O Superintendente McNamee e seus homens foram para a floresta procurar aquele caçador?

O pai fez que sim.

— Eles foram, voltaram, não viram nada, mas encontraram todo tipo de pegada lá.

— Tem uma coisa ruim chegando, Pa.

— Do que ocê tá falando?!? – perguntou o pai, encarando a filha, que exibia uma expressão grave nos olhos. Houvera um tempo em que ele não dava ouvido às histórias dela, mas esse tempo ficou no passado.

Apesar disso, na hora em que ele expôs a pergunta, Serafina percebeu como seria difícil explicar tudo o que ela havia descoberto.

— Descobri uma coisa horrível na floresta, e ela está vindo para cá – respondeu Serafina. – Só tenha cuidado, Pa. E me conta se vir qualquer coisa estranha, está bem?

Seu pai a encarou, em silêncio, sem piscar, sem gostar nada da resposta da filha. Ele agora dava total e completa atenção à garota.

— Você está agindo como se tivesse visto uma assombração ou coisa parecida – disse ele, quase sussurrando.

— E eu vi, Pa – confirmou ela. – Eu vi.

Ela não queria dizer que tinha literalmente visto um fantasma, mas fora a única forma que encontrara de capturar a essência do que vira. Um homem, uma aparição, um demônio, um espírito… – Serafina não fazia ideia do que se tratava de verdade, mas sabia que ele viria. E Grathan já estava perambulando embaixo dos narizes deles. A primeira coisa que precisava fazer era arranjar uma maneira de ganhar a confiança de Braeden de novo, adverti-lo sobre aquilo de que tinha tomado conhecimento e desenvolver um plano de ataque. Ela sentia náuseas toda vez que tentava pensar no que diria a Braeden sobre o que havia acontecido com Gideão, mas sabia que precisava fazer isso.

Quando escutaram os primeiros sons dos criados descendo, Serafina e o pai perceberam que era hora de começarem o dia.

Ela se despediu dele e atravessou o corredor.

Quando passou pela porta aberta do lavatório dos criados, viu seu reflexo no pequeno espelho em cima da pia. Foi apenas uma olhadela ao passar, mas então ela parou, voltou e olhou novamente, surpresa com o que via.

Dada a maneira como tinha se ocupado enquanto estava fora, não era de se estranhar que o vestido que Essie lhe emprestara estivesse rasgado e todo manchado. Serafina precisaria se desculpar com Essie e substituí-lo de alguma maneira. E ela viu, também, que o rosto estava marcado por uma horrorosa variedade de cortes e arranhões para acompanhar a cicatriz acentuada do machucado no pescoço que sofrera havia algumas semanas. Não era uma visão agradável. Mas o que realmente a fez parar foram os olhos. Por toda a sua vida, seus olhos tiveram uma cor de âmbar dourado suave, mas agora eles pareciam de um amarelo vivo. Ela franziu a testa e resmungou um pouco, frustrada. Parecia estar mudando de uma aparência meramente peculiar para uma positivamente sinistra.

Serafina subiu as escadas traseiras para o andar principal, mergulhou em um duto de aquecimento, depois escalou uma viga de metal para o segundo andar. Rastejar pela saída de ar para a extremidade da casa onde ficavam os aposentos de Braeden a fez recordar das aventuras dos dois algumas semanas antes. Ela chegou à saída que dava no quarto de Braeden e espiou para dentro do cômodo através da grade de metal decorativa que ficava na parede bem embaixo da mesa dele.

Sentiu o coração estufar ao ver o amigo lá dentro. Queria desesperadamente empurrar a grade e falar com ele, explicar o que tinha acontecido e tentar convencê-lo mais uma vez de que nunca tivera a intenção de machucar Gideão. Mas então ela viu um coisa que a deixou perplexa. Gideão estava deitado no chão perto de Braeden. Ele estava vivo! Ela não sabia como isso era possível, mas ficou extremamente feliz e aliviada. Gideão estava deitado em uma cama macia de almofadas, que Braeden havia feito para ele, os olhos fechados enquanto seu dono acariciava sua cabeça. Era óbvio que o cão ainda estava gravemente ferido, mas havia sobrevivido!

— Estou aqui com você, garoto — Braeden disse ao cão enquanto afagava suas orelhas delicadamente.

Serafina e o Cajado Maligno

Enquanto as lágrimas vazavam e escorriam pelas bochechas de Serafina, ela rapidamente recuou da grade e se arrastou pelo duto alguns centímetros abaixo. Sentada sozinha no escuro, abraçou os joelhos contra o corpo, cobriu o rosto e deixou a mente trabalhar. Se ela observasse Braeden e Gideão por mais tempo, começaria a soluçar – de tristeza, mas principalmente de alívio por ele ainda estar vivo –, e ela não queria ninguém ouvindo seu pranto na saída de aquecimento.

Serafina escutou o som fraco de passos se aproximando, então rastejou até a saída adjacente, que dava para o corredor.

Quem quer que fosse, tinha parado de andar. E estava de pé justamente do lado de fora da porta de Braeden. O que estaria fazendo?

Ela podia ver os sapatos e as calças, mas não o rosto porque sua posição era baixa demais. Sabia que não era o Sr. Vanderbilt, porque conhecia bem seus sapatos. Ela se contorceu e tentou olhar para cima. Agora podia ver que o homem no lado de fora da porta de Braeden segurava uma bengala de madeira espiralada com um pegador de chifre em forma de gancho e tinha um cabelo desgrenhado marrom cor-de-rato.

De repente, o confinamento do duto onde se escondia começou a angustiá-la, aquele ar empoeirado movendo-se para dentro e para fora dos pulmões. Tentou se manter calma, mas seu peito se enchia e esvaziava de maneira cada vez mais pesada enquanto aguardava e observava.

Ela esperava que o homem batesse à porta, mas ele não o fez.

Ele se inclinou para frente, pressionou a orelha contra a porta e escutou.

O rato estava espionando Braeden.

27

Serafina ficou observando, o coração batendo forte como um bumbo. Quando Braeden foi em direção à porta, o espião deu um passo atrás para a sombra de um canto e se ocultou.

Serafina inspirou e se preparou para saltar para fora da grade de ventilação e entrar em ação, mas, no momento em que Braeden saiu do quarto e passou pelo homem, este permaneceu escondido e não atacou.

Para surpresa de Serafina, Gideão caminhava ao lado de Braeden. O cão se movia devagar, com cuidado, mas estava andando sozinho. Serafina não conseguia acreditar. Como isso era possível? Tinha ficado longe havia apenas alguns dias. Como os ossos quebrados do cachorro podiam ter sarado tão rápido?

O espião esperou até Braeden se afastar e depois escorregou silenciosamente para dentro do quarto.

Aquele rato imundo e nojento, pensou Serafina enquanto rastejava de volta à outra saída para observá-lo melhor.

O intruso vasculhou apressadamente a escrivaninha de Braeden e abriu as gavetas da cômoda. Ela ficou com medo de que ele escutasse sua respiração,

Serafina e o Cajado Maligno

empurrasse a tampa da saída de ar e a visse escondida lá dentro, mas precisava ficar e testemunhar o que ele estava aprontando. Quando o homem se abaixou para olhar embaixo da cama de Braeden, ela viu a lateral do seu rosto marcado. Como suspeitava, era Grathan.

Serafina sentiu o medo crescendo dentro de si.

Por que ele estava bisbilhotando as coisas de Braeden? Será que realmente procurava evidências do assassinato do Sr. Thorne? Ou apenas pistas do paradeiro da Capa Preta?

Ou será que Braeden tinha alguma conexão com tudo isso que ela não soubesse?

O detetive encontrou um pequeno mapa das trilhas de montaria no qual Braeden vinha trabalhando, mas pareceu frustrado por não conseguir achar mais nada. Quando finalmente saiu do quarto do garoto, Serafina suspirou de alívio, mas não conseguiu relaxar.

Desceu pelo duto até o andar principal e olhou através de uma saída bem a tempo de ver Gideão deitado ao sol da manhã no Saguão de Entrada junto com Cedric, o imenso cão são-bernardo do jovem amo. Isso significava que Braeden não devia estar muito longe. Mas encontrá-lo e continuar escondida não seria fácil.

Muitos dos elegantes e bem-vestidos hóspedes estavam dando uma volta. Os criados passavam apressados pela casa cumprindo suas tarefas nos diversos andares. Vários membros da família Vanderbilt chegavam de Nova York para passar as Festas de final de ano. Serafina andou sorrateira de ponta a ponta, evitando um grupo barulhento de arrumadeiras e depois se escondendo ao passar por um par de lacaios, um deles com a mão ainda enfaixada por causa de sua mordida alguns dias antes.

De tarde, a casa estava tão cheia que ela precisou se refugiar no compartimento oculto embaixo da escada do lado sul no segundo andar. Quando entreouviu duas camareiras falando que o amo tinha saído para a varanda do lado sul, ela correu para lá.

Escapando por uma porta lateral, moveu-se rapidamente ao longo das colunas na frente da casa, embaixo das estranhas criaturas entalhadas nos topos das colunas e das gárgulas encravadas por quase toda a extensão da beirada do telhado. Estranhamente, poucas pessoas pareciam notá-las, mas Serafina sempre ficara fascinada pela coleção de entalhes góticos que adornavam a casa – quimeras e dragões enigmáticos, cavalos-marinhos e serpentes marinhas, homens barbados e feras com dentes afiados, moças esquisitas com asas, figuras misteriosas de capa e capuz, e centenas de outras criaturas fantásticas, frutos da imaginação de mentes extravagantes. Sempre ficara imaginando de onde os entalhadores de pedra de Biltmore haviam tirado aquelas ideias.

Correu descendo os degraus até a comprida pérgula enfeitada de glicínias que margeava o terraço sul – um pátio aberto, plano, coberto de grama, com uma vista impactante do vale, do rio e das montanhas distantes. Braeden e Lady Rowena estavam no terraço sozinhos, admirando o cenário. Serafina tivera esperança de que o pai da adolescente afinal tivesse chegado e a levado embora, mas claramente aquilo não tinha acontecido.

Serafina queria desesperadamente falar com Braeden, avisá-lo sobre o que descobrira nas montanhas, mas não podia fazer isso na presença de Lady Rowena. Então, percorreu toda a cobertura da pérgula, subiu os degraus do lado oposto e então espiou o terraço.

Lady Rowena usava um vestido de passeio azul-pavão com uma lapela tripla trabalhada, gola de renda preta e um colarinho levantado alto em volta da nuca, como se para manter no lugar o penteado que adornava seus cabelos ruivos. Sobre o ombro, carregava uma sombrinha combinando com o resto do traje, para se proteger do sol. Lembrava a Serafina as garotas retratadas nas ilustrações de moda, coloridas à mão, das revistas femininas. Parecia ter um novo vestido ou traje para cada atividade e hora do dia.

No entanto, a visão de Braeden e Lady Rowena juntos não era a coisa mais surpreendente. O que deixou Serafina pasma foi que Braeden estava carregando uma grande ave de rapina na mão esquerda coberta com luva de couro.

Deve ser Kess, a fêmea de falcão-peregrino de Braeden que quebrou a asa.

Kess era uma ave extraordinariamente bela, com as costas e as asas de um tom azul-acinzentado, e o peito claro rajado de listras escuras. A garganta era completamente branca, mas a maior parte da cabeça era preta, como se estivesse usando um capacete e uma máscara, pronta para uma batalha aérea.

Serafina e o Cajado Maligno

Porém, o que Serafina mais amou foram os poderosos pés amarelos de Kess, com garras pretas longas e curvas, perfeitas para capturar sua presa no céu, em pleno voo.

— É uma criatura de aparência bem ameaçadora, não é? — Lady Rowena comentou com Braeden.

Quando ouviu a adolescente falar assim sobre uma ave de rapina tão deslumbrante, Serafina se esforçou para manter a calma. Ela queria gritar: *Essa é a coisa mais estúpida que eu já ouvi!* Mas tinha certeza de que pelo menos um deles descobriria quem estava se escondendo nos arbustos.

— Acho ela linda! — disse Braeden calmamente.

Havia qualquer coisa no tom do amigo que chamou a atenção de Serafina. Não parecia zangado nem incomodado como ela imaginava. Se é que dava para perceber algo, era que ele parecia um pouco distante, como se tivesse outras coisas na cabeça com o que se preocupar. Contudo, pouco a pouco, Braeden pareceu deixar seus devaneios de lado e se transportar para onde efetivamente estava e se concentrar naquele momento.

— Bem — disse ele —, vamos ver o que ela consegue fazer hoje…

Braeden havia dito a Serafina que a ave nunca mais conseguiria voar. Ela achou atencioso da parte dele levar Kess para fora, à luz do sol, pelo menos para o falcão poder olhar em volta e se lembrar de dias melhores. Mas então, para surpresa de Serafina, Braeden abaixou o braço e lançou a nova amiga de penas para o céu. Kess não apenas voou; ela bateu as asas ao vento e disparou para cima, gritando de pura alegria. Serafina podia ver o sorriso no rosto de Braeden enquanto o garoto apontava para o pássaro e conversava com Lady Rowena, compartilhando, animado, todas as curiosidades que sabia sobre aves de rapina. O voo de Kess tinha mudado seu humor completamente.

O peregrino voador tinha asas compridas e pontudas que o impulsionavam pelos céus, e uma longa cauda que usava para manobrar e frear. Serafina percebeu que Kess ainda estava protegendo a asa machucada, mas parecia extremamente feliz por estar no céu mesmo que por pouco tempo. Serafina estava impressionadíssima. Como Braeden conseguira consertar uma asa quebrada que não podia ser consertada?

Lady Rowena observava o voo em silêncio, como se nada que estivesse vendo a sensibilizasse. Serafina queria arrancar os olhos daquela chata mais do que nunca. Mas justo naquele momento uma coisa extraordinária aconteceu. Uma raposa vermelha subiu correndo os degraus, passou roçando em Serafina e saiu trotando pelo terraço sul em direção a Braeden e a Lady Rowena. A raposa tinha uma linda pelagem vermelha e prateada, pernas pretas, a parte de baixo branca e um rabo vermelho gigante e felpudo; tinha as orelhas levantadas, o focinho pontudo e os olhos alertas.

Quando Lady Rowena viu a raposa se aproximando, gritou:

– Uma fera selvagem!!!

A raposa, espantada, parou e se sentou a alguns metros de distância, como se lamentasse ter assustado a adolescente do vestido elegante.

Braeden, porém, agachou-se e fitou a raposa.

– Vem cá, rapaz. Nós não vamos te machucar – disse, estendendo a mão. –Você é bem-vindo aqui conosco. Como está a sua pata?

O animal andou até Braeden e se sentou aos seus pés.

Serafina assistiu, admirada. Um cão ou mesmo um cavalo era uma coisa, mas como Braeden podia fazer amizade com uma raposa selvagem?

Mantendo-se abaixada, ela rastejou alguns centímetros para olhar mais de perto.

O falcão-peregrino continuava fazendo seus círculos no ar para além do terraço onde estavam Braeden e Lady Rowena. Quando o garoto assobiou, a ave inclinou a asa e olhou para ele.

Braeden sorriu.

– Você viu isso? Viu como ela olhou para nós? Ela está tão feliz!

– Bem, devo admitir, parece que *esse bicho* gosta mesmo de você – disse Lady Rowena com um sorriso amarelo, finalmente cedendo ao entusiasmo de Braeden, enquanto observava o pássaro voando em volta deles.

– É uma fêmea – informou Braeden delicadamente. – O nome dela é Kess.

Ele parecia disposto a ensinar a Lady Rowena fatos sobre os animais e lhe mostrar uma maneira melhor de pensar, como se percebesse que ela vinha da cidade e não entendia de animais como ele. Serafina pensou que Braeden era bem mais paciente do que ela jamais seria.

Serafina e o Cajado Maligno

— Você consegue fazer com que essa ave faça qualquer coisa que você ordene? – perguntou Lady Rowena. – Ela segue os seus comandos?

— Não, eu não ordeno. Eu apenas peço – esclareceu Braeden. – Ela é minha amiga. Eu faço coisas por ela e ela faz coisas por mim.

— Ah, entendi – disse Lady Rowena pensativa, olhando para o falcão. De repente, a inglesinha ficou interessada no assunto. Virou-se e apontou em direção ao beiral da casa. – Você consegue fazer com que ela mate um daqueles pombos lá?

— Na verdade, aquelas são rolinhas-carpideiras, não pombos – explicou. – Conseguir eu até consigo – disse –, mas não quero que ela force a asa. E creio que ela não está com fome. Eu lhe dei galinha à la crème essa tarde, e ela parece ter gostado muito.

Serafina sorriu. Bem típico do Braeden: roubar uma refeição gourmet debaixo do nariz do chef francês de Biltmore para alimentar seus amigos animais. Quando seu estômago roncou, Serafina percebeu que não se importaria de comer um tanto daquela galinha sei-lá-o-quê ela mesma.

— Então... ela não pode *realmente* fazer nada de útil – disse Lady Rowena. – Você não ensinou nenhum truque ao bicho?

Braeden silenciosamente se ajoelhou e afagou a cabeça e as orelhas da raposa. Ele parecia ter ficado um pouco incomodado com as palavras de Lady Rowena.

— Eu tenho uma ideia – falou, levantando-se de pronto. – Vamos tentar o seguinte... – O garoto andou alguns metros e pegou um graveto.

— O que vai fazer com isso? – perguntou Lady Rowena.

— A asa de Kess ainda está se recuperando, mas vamos ver se ela quer brincar um pouco.

Com toda força, Braeden arremessou o graveto para o céu, logo depois deu um comprido assobio.

Tanto o assobio quanto o graveto dando cambalhotas velozes captaram imediatamente a atenção do falcão, que girou o corpo, juntou as asas e mergulhou, despencando pelos ares em altíssima velocidade. No último segundo, recolheu as asas, mostrou as garras e apanhou o graveto.

— A Kess conseguiu! – exclamou Braeden.

Robert Beatty

O coração de Serafina pulava com a emoção de ver a ave em ação.

– Bem, foi de fato incrível – disse Lady Rowena.

Até a Se Achante Srta. Nariz-Em-Pé está impressionada, pensou Serafina com um sorriso.

Mas então o falcão planou na direção de Lady Rowena na altura de sua cabeça.

– Ó, Deus! O que esse bicho está tramando? – perguntou Lady Rowena, curvando-se para trás e protegendo-se com a sombrinha. – Por que essa criatura está voando para mim? Mande-o parar, Braeden! Já!

O falcão voou por cima da adolescente e deixou o graveto cair em cheio na sombrinha dela.

– Socorro! Ela está me atacando!!! – gritou Lady Rowena enquanto o graveto quicava de maneira inofensiva na sombrinha e caía no chão. A raposa disparou, pegou o graveto e correu até Braeden como se estivessem todos se divertindo com o velho jogo de lançar e buscar.

– Só estão brincando com você – Braeden tranquilizou Lady Rowena.

Enquanto se ajoelhava e acariciava a raposa novamente, ele ergueu o olhar para ver o falcão planando.

– Ela é uma ave tão incrível – disse. Serafina percebia a admiração na voz do amigo, e talvez um pouco de tristeza. – Quando a asa estiver totalmente curada, ela vai estar pronta para voar longas distâncias de novo, e vai continuar sua migração para a América do Sul. Você consegue imaginar como é voar até tão longe como as florestas do Peru?

– Bem, devo admitir que é uma pena deixar que ela vá embora depois de todo o trabalho que você teve – disse Lady Rowena. – Você não devia perdê-la. Talvez possa usar uma corda para amarrá-la a um galho para que ela não possa ir embora.

– Como assim amarrar uma ave com uma corda? – replicou Braeden, horrorizado só de pensar.

– Um barbante, então, ou um cipó, alguma coisa para controlá-la, sei lá. Um cabo de aço com certeza funcionaria.

Enquanto Serafina se enfurecia com a cruel sugestão de Lady Rowena, Braeden deu um novo assobio, agora baixo e melódico.

Serafina e o Cajado Maligno

O falcão se virou e voou na direção dele.

— Cuidado! — gritou Lady Rowena.

Mas o pássaro chegou com uma aterrissagem quase perfeita no braço do garoto.

— Kess é minha amiga — disse Braeden. — A amizade é bem mais poderosa do que um cabo de aço.

A raposa correu de volta para a floresta, e Braeden e Lady Rowena caminharam de volta para a casa, o rapaz carregando Kess no braço.

— Gostaria de ir até os estábulos comigo enquanto eu guardo a Kess?

— Claro que não — respondeu Lady Rowena, franzindo o nariz.

— Venha comigo — Braeden lhe pediu. — Eu vou lhe mostrar a gaiola que construímos para a Kess.

— Eu não entro em nenhum tipo de estábulo. Pode sujar minha roupa — disse Lady Rowena de modo altivo. — Preciso subir e me trocar para o nosso passeio. — Assim, Lady Rowena se separou de Braeden e entrou na casa.

Serafina rapidamente seguiu Braeden quando ele se dirigiu aos estábulos. Ela esperava poder conversar sozinha com o amigo. Mas, quando chegou perto, seu estômago deu uma embrulhada. O que poderia dizer que fizesse alguma diferença? Como poderia explicar o que tinha acontecido? Antes que pudesse juntar coragem para falar alguma coisa, os tratadores apareceram e ela perdeu a oportunidade.

Alguns minutos mais tarde, quando o sol já estava começando a se pôr, Braeden encontrou Lady Rowena na frente da casa novamente.

Serafina ficou surpresa de ver que a inglesinha tinha mudado a aparência completamente em tão pouco tempo. O cabelo, as roupas e os acessórios estavam todos diferentes. Pelo visto, sair para um passeio pelos caminhos arborizados da propriedade requeria um traje completamente diferente do que ela vestia quando estava no terraço.

Lady Rowena agora usava o que parecia ser um traje esportivo feminino de uma ilustre loja de Londres, com uma jaqueta ajustada e cheia de botões, saia longa escura e vistosas botas de couro de cano curto. E, claro, o traje tinha um chapéu combinando, um pequeno par de binóculos, provavelmente para aproveitar melhor o cenário natural, e um elegante bastão de caminhada, enfeitado com penas, mas obviamente inútil.

Braeden e Lady Rowena andavam lado a lado pelas trilhas amplas e bem cuidadas da propriedade. Fora para um tipo de gente elegante como eles que o Sr. Olmsted tinha projetado aqueles caminhos: dava-lhes a real sensação de que estavam nas partes profundas da floresta, no coração da selva, mas sem as inconveniências e o desconforto. Serafina seguia a uma distância segura, tentando decidir o que fazer. Ela precisava falar com Braeden, mas lá estava Lady Rowena novamente atrapalhando seus planos! Quando a dupla passou por um bosque de pinheiros, carvalhos e bordos, ela não conseguiu ouvir direito o que eles diziam, mas pareciam estar conversando animadamente.

Enquanto Braeden continuava o papo com Lady Rowena, Serafina ficou com uma pulga atrás da orelha. Primeiro ela pensou que pudesse ser pelo tom aborrecido e pedante do sotaque agudo e forte de Lady Rowena ou pela inclinação irritantemente desnecessária do seu chapéu excessivamente elegante, mas pouco a pouco percebeu que era algo muito mais sério.

Serafina examinou a floresta e avistou uma figura sombreada num galho bem alto de uma árvore próxima. Ver aquilo a fez sentir um nó na garganta, e ela ficou completamente imóvel, sem querer se mover nem mais um centímetro, com receio de que a criatura a visse. Estava bem encoberta por galhos, camuflada, mas, pela silhueta, parecia uma coruja ou algum outro tipo de pássaro grande. Não dava para distinguir os detalhes ou as cores da ave, mas dava para ver que tinha a cabeça redonda, sem penachos nas orelhas. Corujas em geral dormem de dia, mas à medida que a noite caía, essa específica, empoleirada na copa de uma frondosa árvore, parecia observar silenciosamente Braeden e Rowena lá embaixo na floresta.

Serafina decidiu que não podia mais esperar, estando Rowena lá ou não. Ela precisava falar com Braeden.

Quando se levantou para abordá-lo, recordou-se de Braeden de joelhos, chorando aos prantos, desesperado com uma poça do sangue de Gideão do lado, e Rowena gritando que ela fosse embora de Biltmore. Recordou-se de

Serafina e o Cajado Maligno

morder o lacaio e sair correndo de tanta vergonha. Uma onda de calor atravessou seu corpo. As pernas vacilaram. Mas ela se obrigou a continuar. Saiu dos arbustos, andou para trás de Braeden e Rowena, e falou.

– Amigo, aqui, sou eu...

— *Serafina...* — *disse Braeden* com suavidade. Ele não se moveu para alcançá-la nem falou mais nada. Era como se ele estivesse observando algum tipo de animal raro na floresta e não quisesse assustá-lo.

Ela não se mexeu.

— Olá, Braeden... – ela retrucou, a voz tremendo. Todas as emoções que sentia estavam presentes naquelas duas simples palavras: a tristeza pelo que acontecera com Gideão, o arrependimento por seu papel no ocorrido e o medo da reação dele.

— Você voltou... – continuou Braeden. Quando Serafina ouviu o fraco e inseguro tom de surpresa e esperança na voz do amigo, percebeu que ele não a odiava; ele havia sentido *saudades* dela, e aquilo era muito mais do que ela esperava.

Serafina fez um gesto com a cabeça para deixá-lo saber que, sim, era sua intenção voltar.

— Eu sinto muitíssimo por tudo o que aconteceu – disse ela.

Serafina e o Cajado Maligno

Assim que Braeden começou a se mover em sua direção, Serafina voltou a notar Lady Rowena, imóvel atrás dele. Esperava que a garota estivesse zangada, talvez até mesmo começasse a gritar para ela voltar à floresta, que era o seu lugar, mas a adolescente não fez isso. O rosto de Rowena estava pálido de medo.

— O que está fazendo em Biltmore? – perguntou, cautelosa. – Por que você voltou depois do que fez?

— Rowena – disse Braeden, levantando a mão para acalmá-la.

— Você não é bem-vinda aqui – Rowena atacou Serafina.

— Rowena, pare – pediu Braeden, tocando no braço dela. – Você está errada. Ela é bem-vinda aqui, sim!

— Obrigada – agradeceu Serafina suavemente para Braeden. Ela sabia que não merecia a lealdade dele, mas estava aliviada por tê-la. – Acho que sei o que aconteceu com Gideão, eu sei por que ele me atacou.

Braeden parecia não captar as palavras dela.

— Você soube o que aconteceu com o Sr. Rinaldi? – ele lhe perguntou, a voz trêmula de tristeza e confusão.

— Meu pai me contou que ele levou um coice de um cavalo. Foi um dos garanhões?

— Não... – respondeu Braeden, a vergonha tão dolorosa na voz que ela quis abraçá-lo. – Foi um dos *meus* cavalos.

— Não foi culpa sua, Braeden – disse Serafina enfaticamente.

— Mas fui eu que o treinei – explicou ele, balançando a cabeça. – Jamais pensei que um dos meus cavalos pudesse algum dia fazer uma coisa dessas.

— É exatamente disso que eu estou falando – esclareceu Serafina. – Não foi culpa do seu cavalo. E não foi Gideão que me atacou. Os animais estavam sob o comando de alguém.

Braeden levantou a cabeça.

— O que você está dizendo?

Rowena subitamente deu um passo para ficar entre eles.

— Ela está falando em feitiçaria. Está tentando nos enganar!

— Ela não está tentando nos enganar – replicou Braeden.

— Não é possível que você ainda queira essa criatura aqui. Não é possível! – exclamou Rowena.

— Sim, eu faço questão que Serafina fique em Biltmore — afirmou Braeden. — Ela é minha amiga.

— Mas você viu... — argumentou Rowena. — Ela morde!

— Muitos dos meus amigos também mordem quando estão acuados.

Serafina sorriu. Rowena, porém, parou e olhou para Braeden, confusa, a testa franzida. Serafina podia ver, pela expressão no rosto, que a inglesinha metida estava lutando de verdade para entender o que ocorria. Mas como ela poderia? Muitas coisas horríveis e incompreensíveis estavam acontecendo em Biltmore.

Serafina se virou para ela.

— Eu sei que isso tudo deve parecer muito estranho, Rowena, mas eu não quis machucar Gideão. Nunca faria nada para machucar nem ele nem Braeden, nem qualquer um aqui em Biltmore, incluindo você.

Rowena a encarou e pareceu absorver o que ela dissera, mas ainda estava desconfiada. Com ar de dúvida, olhou para Braeden.

— O que ela está falando sobre os animais não pode ser verdade — disse. — Esse negócio de magia negra não existe.

— Pode acreditar — Braeden rebateu com firmeza. — Às vezes existe.

— Você está dizendo que realmente acredita nela? — perguntou Rowena. Não era raiva, mas uma genuína perplexidade.

— Acredito — respondeu ele. — As peças se encaixam.

— Isso tudo faz sentido para você? — questionou Rowena sem acreditar, balançando a cabeça.

— Braeden e eu já passamos por isso juntos uma vez, Lady Rowena — disse Serafina. — Aprendemos a confiar um no outro.

— E aprendemos a confiar no que vemos mesmo quando o que vemos parece impossível — completou Braeden.

Rowena olhou para Braeden.

— Mas isso é o que você quer de verdade, Braeden? Você quer ficar perto dessa esfarrapada?

— Sim, quero — respondeu Braeden. — Eu nunca deveria ter duvidado dela. Ela é a minha amiga mais próxima, Rowena. Mas isso não significa que Serafina e eu não possamos ser seus amigos também.

Serafina e o Cajado Maligno

O rosto de Rowena se contorceu de decepção, e ela se virou de costas para eles. Deu vários passos na trilha. Por um momento, Serafina pensou que ela ia voltar a Biltmore sozinha mesmo com a noite caindo.

Mas então Rowena hesitou.

Serafina sabia que não tinha gostado nada de Rowena desde o primeiro momento em que a vira montando um cavalo com Braeden e detestava a maneira como ficava assustada com as coisas que não entendia. E a garota tinha definitivamente tirado todas as conclusões erradas sobre *ela*, porém, ao vê-la parada ali no meio do caminho, pensou que talvez Rowena fosse bem mais esperta e durona do que parecera a princípio. Quem sabe ela não fosse a única que tivesse tirado conclusões precipitadas. A inglesinha que se achava parecia estar refletindo sobre aquilo tudo agora, tentando entender a situação em que se encontrava.

Serafina observou quando Rowena soltou um suspiro longo e irregular, e em seguida deu meia-volta e olhou para ela e para Braeden.

A indiferença e o desdém que sempre foram a armadura de Rowena tinham se dissipado um pouquinho e se transformado em alguma outra coisa. Havia, nos olhos de Rowena, uma seriedade que Serafina nunca vira antes. Ela parecia um garota que não desistiria, que estava determinada a descobrir onde se encaixava, qual era o seu lugar. E esse tipo de garota era alguém com quem Serafina podia se relacionar.

Serafina andou lentamente na direção dela.

— Eu sei que somos muito diferentes — disse Serafina —, mas não sou sua inimiga.

Lady Rowena não respondeu, mas, pela primeira vez, estava olhando para a outra e ouvindo-a de verdade.

— Nós duas dissemos coisas e fizemos coisas uma com a outra que não deveríamos ter feito — continuou —, mas existe um perigo em Biltmore bem mais importante do que qualquer uma dessas coisas: magia negra, feitiços malignos. Pode chamar como quiser, mas é muito real. E precisamos deter isso.

Rowena a estudou sem falar uma palavra por vários segundos. Serafina não conseguia dizer se era desconfiança ou cautela ou medo, ou se de alguma maneira tinha conseguido atingi-la. Mas então Rowena falou.

— Bem, eu não sei se já disseram isso, mas você é uma garota bastante intensa.

— E você anda emperiquitada demais — disse Serafina. — Todos nós temos nossos, digamos, defeitos.

Quando Lady Rowena encarou Serafina, o canto de sua boca se curvou em um pequeno sorriso.

— Com certeza temos — disse finalmente.

Enquanto conversavam, o sol poente havia pouco a pouco retirado sua luz das árvores, lentamente eliminando as cores do mundo em torno dos três, e trazendo os detalhes da floresta à vida, da maneira como Serafina estava tão acostumada.

— Agora, conte o que você descobriu, Serafina — pediu Braeden. — O que está acontecendo com os animais?

— Primeiro, me fale de Gideão — pediu Serafina. — Como é possível ele já estar andando?

— Gideão ainda está fraco, mas vem se recuperando rápido — Braeden respondeu à pergunta de Serafina.

— Nunca vi nada assim antes — acrescentou Rowena.

— Que ótima notícia! — exclamou Serafina, aliviada, sentindo a confusão na cabeça de Braeden.

— Quando vi o Gideão deitado lá no chão com todo aquele sangue… — disse Braeden — eu jurava que ele não sobreviveria. O corpo dele estava todo quebrado. Os olhos mal abriam. Eu fiquei de joelhos e me curvei para lhe dizer minhas últimas palavras. Quando coloquei as mãos nele, o corpo já estava totalmente inerte, sem reação. Pensei que fosse tarde demais, que ele nunca ouviria minhas palavras, que já tivesse ido embora. Mas então eu senti o coração dele batendo fraquinho. E, alguns segundos depois, meu amigo abriu os olhos e me olhou com uma emoção enorme.

Serafina engoliu em seco.

— Como isso é possível?

— Não faço ideia — admitiu Braeden.

Sentindo um arrepio descendo pela coluna, Serafina olhou para cima, na direção das árvores, bem a tempo de ver uma coruja abrir as asas e desaparecer na escuridão.

– Você se lembra daquilo que aconteceu, Braeden, com a Capa Preta... – começou ela. – Acho que está acontecendo de novo; não com a capa em si, mas uma coisa parecida. Encontrei o homem barbudo de novo. Ele é uma espécie de feiticeiro. Os moradores das montanhas chamam ele de velho da floresta. Os índios Cherokee chamam de Escuridão. Acho que Grathan é seu espião aqui em Biltmore. Ou talvez seu aprendiz ou um dos seus demônios. Não tenho certeza. Mas os dois estão trabalhando juntos. Precisamos ficar de olho em Grathan e descobrir como fazer para acabarmos com ele.

Braeden concordou.

– Nós temos que descobrir em que quarto ele está hospedado e, quando tivermos certeza de que ele não está lá, fazemos uma busca.

– Vocês estão falando do Detetive Grathan? – perguntou Lady Rowena. – Ele está no Quarto Van Dyck, no terceiro andar.

Tanto Serafina quanto Braeden olharam para Lady Rowena, surpresos por ela saber alguma coisa sobre o inimigo.

– Por acaso ouvi quando ele contou aos empregados que sairia esta noite e só voltaria de manhã – disse Rowena.

Braeden sorriu, obviamente impressionado.

– Eu podia ser muito mais útil se realmente entendesse sobre o que vocês estão falando – completou Rowena.

– Se o que você diz é verdade, então já foi bem útil – disse Braeden.

– Mas espere... – Serafina demonstrou estar com dúvidas. – Falou que ele vai sair *esta noite*?

– Isso – respondeu com convicção Lady Rowena.

– Mas por quê? – perguntou Serafina. – Que razão ele deu para sair à noite? A casa não está cercada de mais nada além de jardins e da floresta por muitos quilômetros.

– Ele avisou aos empregados que ia levar a carruagem até a cidade – disse ela. – Mas é claro que eu sabia que ele estava mentindo.

– Sabia? – perguntou Serafina surpresa. – Como?

Serafina e o Cajado Maligno

– Ele estava com o tipo errado de sapato. Calçava botas velhas, gastas e enlameadas. Completamente horrendas. Ninguém em perfeito juízo usaria uma coisa tão medonha para ir à cidade.

Serafina sorriu. Ela estava gostando cada vez mais de Rowena.

– Conte para nós o que mais você percebeu.

– Bem, ele é uma pessoa que se veste com muito mau gosto; eis algo que eu posso afirmar com convicção. O casaco dele está todo gasto e na estação totalmente equivocada. Alguém precisa dizer àquele homem que já estamos praticamente no ano 1900.

Serafina assentiu. A crítica de moda era esperada, mas então Lady Rowena continuou.

– Ontem, aquele nojento me seguiu no Jardim das Rosas. Provavelmente achou que eu não soubesse que ele estava lá, mas uma dama bem sabe quando um homem a está seguindo, seja ele um respeitável cavalheiro ou um reles plebeu, como o Sr. Grathan. E ele também anda observado Braeden com um zelo exagerado. Ah, e está procurando por você, Serafina. Sabia disso? Ele me perguntou no jantar duas noites atrás se eu sabia se você de fato tinha ido embora de Biltmore. E ele se mantém afastado do Sr. Vanderbilt e da Sra. King, mas fica encurralando os criados e fazendo perguntas sobre alguém chamado Sr. Thorne e alguma coisa sobre um anjo esculpido em pedra, lá na floresta. Não sei o que tudo isso significa, mas toda noite no jantar ele leva alguns hóspedes para um canto e praticamente os interroga.

Serafina encarou Lady Rowena, perplexa, mal acreditando. A garota era uma enciclopédia ambulante de intrigas e fofocas da casa.

– Veja... – Lady Rowena falou em resposta à expressão de surpresa de Serafina – eu tenho andado muito entediada aqui sozinha. Precisava arrumar *algum* tipo de hobby, não é?

– E o Sr. Olmsted? – Serafina perguntou.

– O que ele tem a ver com tudo isso? – Agora foi a vez de Braeden.

– O que *você* tem visto, Rowena? – insistiu Serafina.

– Bem, ele espreita pelos jardins no final da tarde. Depois do jantar, passa horas intermináveis na Biblioteca examinando fotografias e desenhos antigos, como se estivesse preso ao passado. Mas toda manhã no café o Sr. Vanderbilt pergunta por onde ele planeja caminhar, e ele diz que está "apenas flanando, indo para onde o vento me levar". Mas também está mentindo, exatamente como o Sr. Grathan.

— Mentindo? – Braeden perguntou, surpreso.

— O Sr. Olmsted está mentindo para o Sr. Vanderbilt? – indagou Serafina.

— Ah, sim. Com certeza. Ele diz que está saindo para um passeio de lazer, mas vai direto para a mesma direção todos os dias, como se tivesse algum tipo de missão na floresta.

— Lady Rowena, a senhorita parece ser nossa principal fonte de observações – disse Braeden, divertindo-se com essa virada surpreendente.

Serafina absorveu tudo o que a inglesinha havia dito, depois se concentrou no passo seguinte.

— Braeden, você se lembra dos quatro garanhões de que eu falei?

— Claro.

— Fui até os estábulos e verifiquei, mas os garanhões não estão mais lá. Os cavalariços me contaram que os animais só ficaram aqui um curto período, e depois não foram mais vistos.

Serafina franziu a testa.

— Você consegue descobrir exatamente quem era o dono deles?

— Normalmente, eu perguntaria ao Sr. Rinaldi. Que ele descanse em paz. Mas posso voltar lá e ver se registrou os donos dos cavalos no diário.

— Ótimo, por favor faça isso – pediu Serafina. – Pode nos dar mais pistas sobre como tudo isso se encaixa.

— E quanto a mim? – perguntou Lady Rowena. – Se Braeden tem uma tarefa, então eu também devo ter.

Serafina a examinou. Era difícil acreditar que essa era a mesma Rowena de antes, mas agora ela aparentava ter uma vontade genuína de ajudar e fazer parte do grupo.

— Se houver algum tipo de espionagem para fazer, então eu sou a garota certa – disse Rowena. – O que vocês querem que eu descubra?

Serafina não tinha certeza do quanto podia confiar em Rowena, mas lhe daria uma tarefa como teste.

Serafina e o Cajado Maligno

— Quero que arrume uma lista de todos os hóspedes de Biltmore e em que cômodo cada um está alojado. Todos os quartos têm nome, então anote quais são, da mesma maneira como descobriu o do Sr. Grathan. E, se alguém novo chegar, nós precisamos saber imediatamente. Também precisamos apurar tudo o que é conversado durante o jantar, principalmente o que envolve o Sr. Grathan.

— Pode deixar — garantiu Rowena. — Estou tão satisfeita com isso tudo. É muito mais interessante do que ficar sentada em volta das senhoras mais velhas, bebericando chá. Nós vamos ter um aperto de mão secreto?

— Um o quê? — perguntou Serafina confusa.

— Você sabe, como espiões de verdade.

— Não entendi — disse Serafina.

— E codinomes secretos?

Achando graça, Braeden olhou para Serafina e sorriu.

— Sim, o que acha de codinomes secretos, Serafina?

— Olhem — disse Serafina —, se alguém vir qualquer coisa fora do normal, como a chegada de um estranho ou uma sombra inexplicável no jardim, qualquer coisa do tipo, então vocês precisam me encontrar e me contar na mesma hora.

— Entendi — concordou Braeden.

— Pode contar comigo — disse Rowena.

— E, Lady Rowena — disse Serafina —, isso é importante. Não pode contar a ninguém sobre o que estamos fazendo. *Ninguém.* Entendeu?

— Sim.

— Jura?

— Juro — prometeu Rowena.

— Para qualquer um de nós três, a qualquer hora, se alguma coisa acontecer e for uma emergência, então parem o relógio principal e os outros dois vão ver.

Braeden topou, gostando do plano.

— Pelo amor de Deus, como nós conseguiríamos fazer isso? — Rowena perguntou desnorteada.

— Tem um relógio enorme no pátio da cocheira — explicou Braeden. — Ele funciona com engrenagens e controla outros quatorze relógios da casa de forma que todos os cômodos estejam na mesma hora, como nas estações de trem do meu bisavô.

— Que jeito maravilhoso de garantir que os criados não vão ter desculpa para se atrasarem! – exclamou Lady Rowena.

Serafina balançou a cabeça, desaprovando o comentário.

— Então, como aciono o sinal? – perguntou Rowena.

— No terceiro andar da cocheira, tem um quartinho com o mecanismo de engrenagem do relógio – explicou Braeden. – Basta puxar a alavanca para parar o relógio. Mas não quebre nada ou vai dar um trabalho danado para o pai de Serafina.

— Isso sem falar do seu tio – acrescentou Serafina. – Se alguém der o sinal, então nós três nos encontramos no telhado imediatamente. Mas só usem o sinal em caso de extrema emergência.

— No telhado?!? – exclamou Lady Rowena. – Como eu chego lá?

— Suba as escadas até o quarto andar, cruze o saguão, desça o corredor à esquerda e pule a segunda janela – explicou Braeden, como se fosse a coisa mais simples do mundo.

— Lembrem-se, não parem o relógio a não ser que seja uma extrema emergên... – começou Serafina, mas, antes que pudesse completar a frase, ouviu alguém caminhando, subindo a trilha na penumbra. Os pelos da sua nuca se eriçaram.

— Abaixem-se! – mandou ela, puxando Lady Rowena e Braeden para os arbustos.

— O que você está fazendo? – reclamou Lady Rowena. – Meu vestido vai enganchar num espinho!

— Shhh! – pediu Serafina enquanto arrastava a garota para o chão e tapava sua boca com a mão.

Serafina sentiu a tremulação da luz de uma tocha nas folhas das árvores ao redor. Ouviu o barulho de passos se aproximando, botas pesadas quebrando gravetos pelo caminho.

Uma figura escurecida pelas sombras subia a trilha, na mesma direção em que eles se encontravam. O peito dela se apertou quando viu o casaco comprido e gasto do homem. Depois notou a bengala espiralada e o cabelo escuro.

Serafina e o Cajado Maligno

Seu coração disparou. Era ele! Era o rato demoníaco do Grathan. Rowena estava certa. Ele não estava indo para a cidade passar a noite. Estava vindo na direção dos três!

À medida que seguia rapidamente pela trilha, uma determinação feroz nublava o rosto marcado de Grathan. Era como se ele tivesse descoberto alguma informação nova. Não ia mais investigar, interrogar ou espionar. Ia *matar*. Segurava a bengala como se pudesse transformá-la numa arma brutal a qualquer momento.

Serafina deu uma olhada para Braeden agachado rente ao chão, os olhos fixos no inimigo. Lady Rowena começou a se contorcer, em pânico, o peito inchando e esvaziando dentro do espartilho, mas Serafina a segurou firme. Ela tentou acalmá-los, mas *seu* peito também estava inspirando toneladas de ar agora, de maneira rápida e forte, preparando o corpo para a batalha. Seus músculos se contraíram, prontos para explodir.

Grathan estava a dez metros de distância, movendo-se com certa rapidez. Ela podia ouvir o movimento das suas roupas junto com o peso dos seus pés.

Seis metros de distância...

Se fosse preciso, Serafina achava que podia correr rápido o suficiente para escapar dele, mas Rowena não conseguiria com seu vestido comprido.

Três metros...

Serafina decidiu que, se Grathan avistasse qualquer um deles, ela precisaria atacar imediatamente.

O detetive estava bem acima deles agora. Ela se posicionou, pronta para o ataque.

Por um momento, nada aconteceu. Serafina pensou que Grathan iria passar por eles sem vê-los escondidos nos arbustos a apenas alguns centímetros da trilha. Mas então, uma fera urrou a distância.

Braeden e Lady Rowena ficaram assustados, com os olhos arregalados. Serafina segurou os braços dos dois e os manteve no lugar.

Não.

Se.

Mexam.

Escutando o urro, Grathan parou abruptamente. Tudo o que Serafina podia ouvir agora era o som da respiração dele e do crepitar da chama de sua tocha. Observando-o através das samambaias, ela acalmou a respiração até ficar completamente estática, sem mover um músculo sequer. Porém, ao seu redor, seus companheiros se tremiam de medo. Até mesmo as roupas deles roçando faziam barulho.

Grathan olhou na direção do urro. As cicatrizes no seu rosto pareciam marcas de garras de um animal selvagem. Quando viu o brilho da chama da tocha refletida nos olhos do detetive, Serafina sentiu um redemoinho de pavor girando pelo corpo.

Serafina observou Grathan parado no meio do caminho. Ele inclinou a cabeça como se estivesse ouvindo outro uivo. Em seguida, após vários e demorados segundos, correu com uma urgência redobrada.

Grathan finalmente virou em uma curva e desapareceu, mas Serafina manteve sua posição. Ela sentia que Braeden e Rowena estavam ansiosos para se mexer, pois não tinham o hábito de ficar longos períodos estáticos como ela conseguia. Porém, manteve-os parados também, as mãos segurando os dois no lugar por mais alguns minutos, até ter certeza de que não havia mais perigo.

Finalmente, olhou para os companheiros, levou o dedo aos lábios e apontou na direção de Biltmore. Os três dispararam sem falar uma palavra.

Serafina podia correr mais rápido do que os outros dois, com facilidade, mas ficou na retaguarda, olhando para trás para se certificar de que Grathan não tinha voltado. Ela sabia que haveria um momento no futuro próximo em que teria que lutar com ele, mas a última coisa que queria era confrontá-lo *agora*, despreparada, na escuridão da floresta, e com seus dois companheiros. Precisava encontrar uma maneira de ganhar alguma vantagem sobre ele.

Quando alcançaram a extremidade externa dos jardins, ficou feliz de ver as luzes de Biltmore.

— Você viu aquilo? – disse Lady Rowena, orgulhosa, enquanto corriam para a porta lateral da mansão. – Ele passou do nosso lado e nem nos notou! – Ela se abaixou e agitou as mãos à frente de si como se fosse a grande mestra do disfarce e da camuflagem. – Eu fiquei totalmente invisível! Agi como um ladrão no meio da noite! – gabou-se.

Serafina sorriu, mas Braeden parecia confuso.

— Para onde ele estava indo? – perguntou o rapaz. – O que tem lá na floresta?

— Eu disse que não podemos confiar naquele homem – lembrou Rowena.

— Vamos voltar logo pra casa – propôs Serafina enquanto os três atravessavam o gramado.

— Hoje à noite vai ter um jantar formal – informou Braeden, parecendo sentir o que ela estava pensando –, então a casa vai ficar lotada.

— Assim que as coisas se acalmarem, depois que o jantar terminar e todos forem para a cama – disse Serafina –, vou subir escondida até o terceiro andar e vasculhar o quarto de Grathan.

Serafina os levou para a porta lateral. Os três se esconderam nas sombras sob a Grande Escadaria e olharam para o Saguão de Entrada.

A casa estava suavemente iluminada com velas posicionadas aqui e ali nas cornijas e mesas, o que conferia aos cômodos uma atmosfera quase etérea. Tudo estava muito silencioso, a não ser pela música delicada dos violinos e violoncelos tocando no Salão de Banquetes. Era bom ver a família Vanderbilt e todos os seus amigos celebrando juntos. Serafina adorava os vestidos brilhantes das damas. O Natal seria dali a alguns dias.

Uma jovem dama, com uns vinte e poucos anos, linda e elegantemente vestida, e um atraente cavalheiro igualmente jovem desciam lentamente a Grande Escadaria de braços dados. O rapaz usava fraque preto, gravata branca e luvas brancas. Serafina adorava a maneira como os botões prateados da camisa e do colete brilhavam à luz das velas e combinavam com a corrente

Serafina e o Cajado Maligno

do relógio pendurada em seu bolso. A jovem dama que o acompanhava usava um volumoso vestido prateado com alças largas, espartilho ajustado e uma cauda comprida que fazia barulho ao escorregar de degrau em degrau enquanto ela descia de forma majestosa. Usava graciosas luvas brancas de cetim e carregava um leque prateado combinando com o vestido. Um colar de pérolas brilhantes envolvia seu pescoço. O cabelo bem escuro havia sido puxado para trás e preso num penteado superelaborado que Serafina nunca tinha visto.

— Quem é ela? – perguntou Lady Rowena, hipnotizada.

— Sua Graça Consuelo Vanderbilt, Duquesa de Marlborough – sussurrou Braeden. – E o marido, Charles Richard John Spencer-Churchill, o nono Duque de Marlborough. São meus primos.

Serafina sorriu. Não tinha ideia de como ele se lembrava desses nomes, mas a garota era bonita de verdade. Ela adorou a maneira como a Duquesa Consuelo balançava o leque enquanto andava.

Serafina observou ansiosa quando o jovem casal desfilou passando pelo Saguão de Entrada e em volta do Jardim de Inverno a caminho da refeição noturna.

No Salão de Banquetes, os criados preparavam a mesa principal de doze metros para o jantar das oito horas, enquanto todos os cavalheiros, em fraques pretos e gravatas brancas, acompanhavam suas damas em seus elegantes vestidos longos. O reluzir das travessas de prata e o brilho das taças de cristal à luz de velas pareciam luminosos comparados à escuridão da qual ela, Braeden e Lady Rowena tinham acabado de escapar.

— É melhor vocês subirem e trocarem de roupa para o jantar – Serafina cochichou para os companheiros. – Quando forem para a cama hoje à noite, mantenham-se seguros. Tranquem as portas. Amanhã, consigam aquelas informações que combinamos. E fiquem de olhos abertos para novas pistas.

— Entendido – disse Braeden.

— Farei isso – concordou Lady Rowena.

Quando Lady Rowena se afastou e subiu a Grande Escadaria, Serafina não conseguiu deixar de se sentir surpresa em relação à garota, que não era de modo algum como ela esperara.

Robert Beatty

— O que você vai fazer agora, Serafina? — perguntou Braeden quando Lady Rowena já tinha ido.

— Eu vou ficar de vigia.

— Então, vou vigiar com você — disse ele.

Serafina olhou para o amigo.

— Você não tem que fazer isso, Braeden. Vá jantar com sua família e depois vá para a cama. Durma um pouco. Estou muito feliz de estar em casa.

— Eu mal consegui dormir enquanto você esteve fora, sabia? — contou.

Ela olhou para ele e sentiu o calor das suas palavras a envolvendo.

— Obrigada, Braeden. A mesma coisa aconteceu comigo. Eu não tenho intenção nenhuma de fugir de novo, acredite em mim e fique tranquilo.

Sorrindo, Braeden pediu:

— Me deixe contar ao meu tio que eu voltei, e depois encontro você aqui.

— E o jantar? — perguntou ela, gesticulando na direção das pessoas glamorosas reunidas no Salão de Banquetes.

— E o seu? — devolveu ele, movendo a mão e apontando para o local da reunião, como se fizesse um convite. — Tenho certeza de que podemos encontrar um vestido para você usar.

Serafina sorriu desconfortável, sentindo um novo tipo de medo atravessar seu coração.

— Obrigada — disse ela hesitante —, mas não estou pronta para isso ainda.

Ele assentiu, compreensivo.

— Então onde você vai jantar?

— Meu pai faz frango assado no fogão da oficina.

— Parece bom, se você e seu pai não se importarem de outra boca para alimentar... — disse ele.

— Hum... sim... isso seria... b-bom — gaguejou Serafina, surpresa e um pouco assustada com a ideia de Braeden jantar com ela e o pai. — E Lady Rowena? Ela não vai sentir sua falta no jantar?

— Ah, Lady Rowena pode precisar de nós na floresta, mas não em um jantar. É o território dela, e ela vai ficar ótima sem nossa companhia. Espere que eu só vou pedir licença ao meu tio para me ausentar do jantar de hoje,

Serafina e o Cajado Maligno

e vou mandar uma mensagem a Rowena para que não pense que fui raptado por uma capa preta ou algo do tipo.

Serafina sorriu, e, antes mesmo que pudesse detê-lo, Braeden saiu e fez exatamente o que dissera. Falou por dois minutos com o tio e, para surpresa de Serafina, voltou até ela. Não houve conflito nem discussão.

– Mostre o caminho – disse ele, rindo. – Estou morrendo de fome.

Quando ela entrou na oficina com Braeden do lado, seu pai quase caiu morto de choque, mas tentou lidar com a situação da melhor forma que pôde e o mais rápido possível. Puxou um banco e o limpou para Braeden se sentar. Deu a Braeden seu canivete mais afiado para cortar o frango. E até conseguiu remendar, em poucos minutos, o que parecia algo notavelmente similar a um guardanapo, para Braeden botar no colo. Serafina se sentou recostada, comeu seu jantar e sorriu à visão dos dois juntos, tentando conversar.

Braeden falava um inglês tão refinado e seu pai falava feito caipira, como os moradores das montanhas, que algumas vezes ela precisou ajudá-los a se entenderem. Pela primeira vez na vida, Serafina experienciou não apenas um sentimento de *pertencimento*, mas algo como a cola que juntava o mundo.

Após o jantar, Serafina convidou Braeden para fazer o que ela imaginava que todos os amigos americanos fizessem depois de uma boa refeição juntos. Foram caçar ratos.

– Meu pai me contou que algum tipo de roedor andou mastigando os cabos – explicou Serafina.

– Então vamos pegar esses vermes! – concordou Braeden, todo animado.

Enquanto os últimos e glamorosos cavalheiros e damas lá em cima se recolhiam aos seus aposentos para passarem a noite e os criados limpavam o Salão de Banquetes, Serafina guiou Braeden pelos quartos dos fundos do porão. Dentro de mais ou menos uma hora, quando todos estivessem dormindo profundamente, ela entraria escondida no quarto de Grathan no terceiro andar e faria uma busca, mas, até então, a caçada estaria em curso. Assim, começaram a ronda pelos corredores escuros e depósitos ensombreados do seu antigo domínio, trazendo de volta memórias da sua vida no mundo subterrâneo.

Depois de tudo o que lhe acontecera nas semanas anteriores, Serafina sabia que pegar alguns ratos mascadores de cabos seria uma tarefa fácil.

Contudo, ela e o amigo procuraram e procuraram... e não conseguiram encontrá-los. À medida que a noite se desenrolava, eles ficavam cada vez mais surpresos. Serafina usava os olhos e os ouvidos e o nariz da mesma maneira como sempre fizera, mas as pragas não estavam em lugar nenhum. Seu pai tinha afirmado que havia roedores na casa. E ela era a Caçadora Oficial de Ratos. Sempre encontrava os safados. Mas, por alguma razão, esta noite...

— Sou eu? – perguntou Braeden. – Estou fazendo muito barulho?

— Não, eu não acho que seja isso – respondeu Serafina. – Inspecionamos todos os esconderijos preferidos. Se eles estiverem aqui embaixo, temos que ver ao menos um deles.

— E lá em cima?

Ela balançou a cabeça.

— Não tem rato nenhum lá em cima. Eu jamais deixaria eles irem tão longe. – Ela franziu a testa, sem saber o que fazer.

— Talvez seu pai tenha se enganado quanto aos ratos – disse Braeden.

— Pode ser, mas eu vi os cabos, e parecia que tinham sido mastigados de verdade.

Logo após a meia-noite, Serafina e Braeden desistiram da busca e subiram de volta para o andar principal. Não havia mais ninguém lá. Todas as luzes estavam desligadas e as velas, apagadas. Os criados haviam se retirado para seus quartos. Os músicos haviam fechado seus estojos e ido embora. O Salão de Banquetes e todos os outros cômodos do andar principal estavam escuros e vazios.

— Venha – disse ela, fazendo um sinal para que ele a seguisse à medida que se esgueirava pela sombria Grande Escadaria. – Vamos vasculhar o quarto de Grathan.

No topo do segundo andar, agacharam-se e olharam para cima a fim de se certificarem de que as escadas estavam livres; depois subiram silenciosamente para o nível seguinte.

Quando alcançaram o terceiro andar, agacharam-se mais uma vez, protegidos por nada além da escuridão e da curva da escada. Naquele momento, Serafina percebeu que estavam no ponto exato onde ela e Gideão tinham

Serafina e o Cajado Maligno

caído por sobre o parapeito. Ela olhou para a sala de estar vazia e escura. A lua brilhava através das janelas, lançando uma sinistra luz prateada sobre a sala.

Um arrepio a percorreu.

Ela ouviu alguma coisa do outro lado da entrada da sala de estar.

Quando olhou para Braeden, pôde ver pela sua expressão que ele também tinha escutado.

Era baixo e difícil de distinguir. Ela colocou as mãos atrás das orelhas para amplificar o som.

Então ouviu novamente.

Havia alguma coisa deslizando logo à frente.

O som de pés muito pequenos se arrastando no assoalho.

Serafina tocou Braeden para não usar a voz, e juntos avançaram engatinhando, margeando a parede.

Quando o som parou, também pararam. Quando o som voltou, rastejaram para frente mais uma vez.

Agora ela podia ouvir as criaturas respirando, o arranhar das unhas dos pés no chão e o rastejar dos rabos. Sentiu o tremor familiar nos dedos e a contração muscular nas pernas.

— São os ratos — sussurrou para Braeden.

Lenta e silenciosamente, os dois engatinharam pelo cômodo escuro até alcançarem o corredor entre as torres norte e sul. Quando ela examinou do outro lado da curva, um medo sombrio expandiu-se no seu peito. No final do corredor, havia o armário com a porta secreta que levava ao sótão onde os andorinhões-migrantes a haviam atacado.

Será que os ratos estavam lá?

Ela seguiu em frente devagar, ainda escutando, ainda tentando descobrir onde exatamente os roedores se encontravam. Ouviu o que parecia ser o barulho de uma centena de ratos triturando algo.

Agora ela estava parada no ponto exato onde Gideão a havia atacado naquela noite.

— Serafina... Serafina... — sussurrou Braeden, a voz cheia de terror, enquanto sua mão trêmula a procurava e encontrava o braço dela.

Robert Beatty

E então ela viu. Presa a uma parede havia uma grande caixa de madeira com a frente de vidro contendo um alarme de incêndio e instrumentos em cobre. Estava lá havia anos. O problema era que, amontoada dentro da caixa, nesse exato momento, encontrava-se uma massa de pelo escuro, alucinada, uniforme, e um emaranhado de rabos escamosos. Os dentes estalavam como o som de milhares de baratas. Os ratos estavam mastigando os cabos elétricos.

Ela observou em pânico, chocada demais para se mover. Braeden apertou ainda mais seu braço.

Foi então que o som parou abruptamente.

De uma só vez, todos os ratos viraram os pescoços e olharam para ela.

Uma sinistra ratazana rastejou para fora da caixa. Os ratos se levantaram nas patas de trás e encararam Serafina. Depois todos começaram a lentamente se mover na direção dela.

A garota não podia acreditar no que estava vendo. Não era ela que estava caçando os ratos... eram eles que estavam caçando Serafina!

Furiosa, ela irrompeu na direção deles, pensando em como iria capturar todos. Mas eles não estavam se movendo como ratos normais. Não estavam correndo para longe com medo dela. Estavam correndo *na direção* dela.

— Serafina! — sussurrou Braeden apavorado, olhando ao redor.

Quando Serafina olhou para baixo, viu o que ele estava vendo: centenas de aranhas e centopeias brotando de dentro do madeiramento.

— Serafina! — gritou Braeden novamente, enquanto ela tirava as aranhas das pernas freneticamente.

Serafina escutou um terrível som de *tique-tique-tique* e um assobio longo e rouco. Sentiu um ar quente de respiração na nuca. Girou em pânico, mas não havia nada além do corredor escuro.

— Corra, Braeden! — gritou ela.

Os dois se viraram e correram. Dispararam pelo corredor e começaram a descer a Grande Escadaria. Ela olhou para trás. Um tapete marrom deslizante de centenas de ratos inundava a escada. Era como uma cachoeira. Serafina aumentou a velocidade, mas Braeden não conseguia nem de longe manter o mesmo ritmo. Eles iam devorá-lo vivo.

Serafina e o Cajado Maligno

Contudo, bem na hora em que Serafina diminuiu o ritmo para esperar pelo amigo, alguma coisa passou deslizando por ela.

– Vamos, lerda! – gritou Braeden enquanto escorregava a uma velocidade inacreditável pelo liso e interminável corrimão de madeira da escada em espiral.

A onda de ratos bateu nos pés dela e subiu arranhando suas pernas nuas. Ela tentou enxotá-los, mas não tinha como – eram muitos. Dando um salto voador para cima do corrimão, ela o agarrou e deslizou para baixo atrás de Braeden.

Parecia que ela tinha sido jogada da beira de um precipício. O barulho da descida em espiral fez seu estômago se revirar. Ela e Braeden aceleravam cada vez mais, descendo até o nível seguinte, depois correram, saltaram e deslizaram novamente, seguindo o grande arco do corrimão até o andar principal. Quando eles finalmente alcançaram a base da escada, pularam para fora do *escorrega* e correram para o porão.

Serafina sabia que não devia, entretanto, no final da escada do porão, virou-se e olhou para trás, mas... Surpresa!

31

Os ratos haviam sumido.

Aquelas criaturas enlouquecidas, sujas e horrorosas perseguiram Serafina por três andares e, do nada, desapareceram.

Será que eles tinham sumido como num passe de mágica, ou teriam se esgueirado para dentro das paredes de novo? Será que o ataque de ratos teria sido algum tipo de feitiçaria?

Serafina rosnou de frustração, enraivecida e confusa pelo que acabara de acontecer. A garota era a Caçadora Oficial de Ratos! Supostamente não deveriam haver roedores na Mansão Biltmore. Havia anos que ela se encarregava disso. E agora, de repente, apareceram centenas de ratazanas enormes, de um tipo que ela nunca vira!

E desde quando as aranhas saem de dentro das paredes e partem para o ataque? Foi como se o único objetivo dos monstrengos fosse assustá-la e afugentá-la do terceiro andar.

Braeden estava sentado no chão ao seu lado, ofegante, as costas apoiadas na parede enquanto tentava desesperadamente acalmar a respiração.

Serafina e o Cajado Maligno

— Que noite! – exclamou ele, balançando a cabeça. – Se caçar ratos é desse jeito, vou ficar de fora da próxima vez!

— Anda, venha – chamou Serafina, tocando o ombro do amigo.

— Me diga para onde vamos – pediu Braeden, levantando-se.

— Vamos voltar lá.

— O quê?!? – soltou ele, sem se mexer. – Por favor, diz que não é verdade.

— Não quer ver se eles ainda estão lá? É a Grande Escadaria de Biltmore! Como é possível que os ratos circulassem nela?

— Juro por Deus, sua curiosidade vai acabar matando você um dia desses, Serafina. E vai sobrar pra mim também.

— Levanta – chamou ela. – Precisamos ver.

Reunindo toda a coragem, subiram sorrateiramente a escada do porão para o andar principal, em seguida deram uma volta bem lenta e cautelosa e olharam para a Grande Escadaria. Não havia ratazanas, aranhas ou lacraias. Não havia qualquer vestígio desses animais. Tinham desaparecido.

O luar lançava uma luz prateada sobre a escadaria, como se os convidasse a subir mais um lance. Porém, ao encarar a ameaça agourenta dos degraus vazios e sentir os pelos da nuca se eriçando, a dupla percebeu que não havia possibilidade de tentar voltar ao terceiro andar naquela noite. Tratava-se do último lugar da Terra onde gostariam de estar.

— Não era para Biltmore estar infestada de ratos – murmurou Braeden.

— Não era para existir rato *nenhum* na casa! – corrigiu Serafina, furiosa, alisando a nuca com a mão. – Alguma coisa não está certa, Braeden.

— Uma porção de algumas coisas nojentas de quatro patas – concordou Braeden. – Venha, vamos descobrir um lugar seguro para descansarmos.

Para evitar a Grande Escadaria, eles subiram pela escada dos fundos até o segundo andar e depois andaram de mansinho até o quarto de Braeden.

Gideão cumprimentou o amigo na porta, todo contente, e depois se aproximou de Serafina, o toco de rabo abanando. Ela se ajoelhou. Fechou os olhos, abraçou e afagou a cabeça do cachorro, sentindo o coração aquecido. Ficou extremamente feliz ao notar que, pelo visto, ele não guardava uma lembrança, confusa que fosse, acerca da batalha que tinham travado um contra o outro naquela terrível noite.

Robert Beatty

Enquanto Braeden dormia na cama, Serafina ficou feliz de se aninhar em Gideão, ambos recebendo a luminosidade e o calor da lareira, e tentou não ter pesadelos com ratazanas destemidas.

Acordou algumas horas mais tarde, logo antes do amanhecer. Ela havia voltado a estabelecer uma ligação com Braeden e com o pai, e até mesmo com Lady Rowena e com Gideão agora, mas, após tudo o que havia acontecido – quebrou o vaso Ming, lutou contra Gideão, mordeu um lacaio, aterrorizou os hóspedes e tudo mais –, Serafina não tinha mais certeza se todos na casa iriam ficar contentes ao vê-la. Assim, ficara na dela, silenciosa e reservada. Contudo, havia mais uma pessoa em quem ela achava que podia confiar. E poderia ser uma maneira perfeita e furtiva de entrar com segurança no quarto do Detetive Grathan quando ele não se encontrasse lá.

Subiu correndo a escada dos fundos até o quarto andar, passou escondida pelo saguão e deslizou até o terceiro quarto à direita.

– Ah, é a senhorita que está aí! – exclamou Essie, sorrindo, surpresa. Tendo acabado de vestir o uniforme de doméstica e estando pronta para começar seu dia de trabalho, Essie pousou a escova de cabelo e se aproximou de Serafina.

– Ouvi falar de tudo o que aconteceu. Eu fiquei preocupada com a senhorita! Para onde foi?

– Fugi para bem longe, nas montanhas.

– Ah, senhorita, não devia ter feito isso – comentou Essie. – É perigoso demais para uma mocinha. Tem onça-parda lá!

Serafina sorriu.

– Esse foi o menor dos meus problemas.

– Sério?!? O que aconteceu? – perguntou Essie, agarrando o braço da garota.

– Eu estou bem – respondeu Serafina. Mas logo deu um passo atrás e desculpou-se pelo estado deplorável do vestido. – Sinto muito por arruinar seu lindo vestido, Essie.

– Ah, não tem importância, senhorita – disse Essie, voltando a puxar Serafina para si. – Venha e sente aqui na cama. Vejo que está matutando sobre alguma coisa.

Serafina e o Cajado Maligno

— Sabe aquele homem, o Detetive Grathan?

— Sei, já vi ele aqui – respondeu Essie. – Ele andou fazendo todo tipo de pergunta sobre o Sr. Vanderbilt e o Sr. Olmsted, e também sobre a senhorita e o amo Braeden... ah, e sobre os cachorros.

— Perguntou sobre o Gideão e o Cedric?

— Ã-hã. Ele fez perguntas principalmente sobre o cachorro do jovem amo. Agora, de uma coisa eu tenho certeza: todo mundo tá pra lá de cansado daquele homem.

Na noite anterior, Serafina não tivera certeza se devia confiar em Lady Rowena, mas, por enquanto, o que a moça havia contado sobre o detetive tinha se mostrado verdadeiro.

— Foi você que fez a limpeza do quarto do Detetive Grathan? – indagou Serafina, finalmente mencionando o objetivo de sua visita.

Essie fechou a cara.

— Maggie e eu estamos incumbidas de limpar o quarto, mas ele não dá a menor chance.

— Como assim?

— Ele sempre tranca a porta e deu ordens explícitas para a gente nunca entrar. Ele podia bem ter um gato morto lá dentro, e a gente não poderia fazer nada a respeito.

— Um gato morto? – perguntou Serafina, alarmada.

— É só força de expressão – explicou Essie.

— Você tem uma chave-mestra ou coisa parecida?

— Ah, não, senhorita. Eu não tenho permissão para isso. A maioria dos hóspedes não tranca a porta. Não tem por quê. Mas a Sra. King diz que, se um hóspede quer privacidade, então a gente deve respeitar.

Serafina balançou a cabeça, frustrada. Parecia ter chegado a outro beco sem saída.

— Então, por que o grande interesse no Detetive Grathan? – perguntou Essie.

— Acho que ele está tramando alguma coisa que não é nada boa, e eu queria pegar ele com a boca na botija – disse Serafina, o que era a mais pura expressão da verdade.

Robert Beatty

— Bom, tome cuidado — pediu Essie, toda séria. — Tenho a impressão de que ele é um homem bem malvado.

Serafina concordou com um gesto da cabeça. Lembrando-se dos roedores da noite anterior, disse:

— Vou fazer o possível.

Então mais um pensamento lhe veio à mente.

— Qual é o quarto do Detetive Grathan? — perguntou a Essie. Serafina pensou que seria bom confirmar o que Rowena tinha contado.

— Bom, logo que ele chegou, a Sra. Vanderbilt nos mandou preparar o Quarto Sheraton, que é um lugar muito agradável, mas o Detetive Grathan teve algum tipo de problema com o quarto.

— Problema? O que ele disse?

— Ninguém conseguiu entender por que estava se lastimando, mas ele se queixou tanto do quarto, em alto e bom som, que afinal cederam e colocaram ele onde queria. Mas que falta de educação ser hóspede de alguém e ainda exigir um determinado quarto!

— Que quarto ele exigiu? — perguntou Serafina.

— O Quarto Van Dyck, o que fica no alto da escada do terceiro andar.

Era o mesmo que Lady Rowena havia mencionado; portanto, não se tratava propriamente de uma informação nova, mas, quando Serafina ouviu Essie dizer essas palavras, seu coração disparou. *O quarto no alto da escada do terceiro andar.* Tinha sido precisamente ali que ela e Braeden haviam dado de cara com as ratazanas, e precisamente onde Gideão a havia atacado e, antes disso, onde os andorinhões-migrantes a haviam perseguido. E então se lembrou que o Sr. Thorne, que usara a capa preta, se hospedara no mesmo cômodo.

— Quando eu estava voltando do banheiro hoje de manhã — continuou Essie —, ouvi as outras moças falando do Detetive Grathan.

— O que elas disseram?

— Bem, sabe que ele faltou ao jantar na noite passada, o que foi extremamente grosseiro com o Sr. e a Sra. Vanderbilt. Chegou tarde, foi direto para o quarto, deixando um monte de pegadas de lama pelo caminho, sendo que a coitada da Betsy teve que limpar tudo antes que a Sra. King visse de manhã,

Serafina e o Cajado Maligno

e aí ele tocou a campainha. Teve o desplante de pedir pra servirem o jantar no quarto. O chef teve que sair da cama, reabrir a cozinha, preparar um prato só para ele e mandar um lacaio até lá em cima. Não teria sido um incômodo, absolutamente, se ele tivesse mostrado uma migalha de gratidão, mas não deixou o lacaio nem entrar. Gritou pra ele deixar a bandeja no chão diante da porta do quarto e ir embora.

Serafina escutava fascinada.

— Então, o Detetive Grathan voltou aqui para a casa...

— Ah, sim, ele voltou, mas eu não derramaria nem uma lágrima se o Sr. Vanderbilt pusesse aquele homem porta afora de novo. Todos os outros hóspedes são tão gentis e agradecidos, principalmente em épocas festivas, mas ele não passa de um homem grosseiro e extremamente exigente.

— Muito obrigada por todas as informações, Essie — agradeceu Serafina, agarrando-a pelo braço. — Você tem sido uma boa amiga. Vou pagar pelo seu vestido assim que conseguir.

— Sei que fará isso, senhorita — disse Essie. — Ainda tenho alguns minutos antes de sair. Quer que eu penteie seu cabelo? Parece que a senhorita passou por maus bocados.

Serafina sorriu e aquiesceu, agradecida.

— Seria ótimo.

— Como quer que eu faça? — perguntou Essie, ficando de pé atrás de Serafina e segurando o cabelo da garota.

— Por acaso já viu o da Consuelo Vanderbilt, a Duquesa de Marlborough? — perguntou Serafina, com um brilho no olhar.

— Ah, senhorita, isso ia levar uma hora! — respondeu Essie. — Já estou me preparando para ir trabalhar!

— Está bem, então um coque torcido — pediu Serafina, rindo.

Depois de conversar com Essie, a garota se aventurou até os andares mais baixos. Passando de um esconderijo para outro, observou o vaivém da casa pelo resto da manhã, mas não percebeu nada suspeito ou fora do comum. Não havia qualquer sinal do Detetive Grathan. O rato parecia ter ido se esconder. Serafina ficou imaginando se seus dois aliados haviam descoberto alguma coisa. Tinham que inventar, fosse como fosse, um plano para derrotar Grathan de uma vez por todas. Eles não podiam mais ficar evitando o detetive. No entanto, até o momento não tinham conseguido entrar no quarto dele. Serafina sentia que precisava preparar algum tipo de armadilha.

Naquela tarde, ela saiu para patrulhar o terreno da propriedade e ficou pensando se haveria algum momento em que o velho da floresta atacaria. De que direção e em que forma viria o ataque? Ou será que partiria de dentro da casa, do próprio Grathan?

Avistando o Sr. Vanderbilt e o Sr. Olmsted andando juntos em um dos caminhos do jardim, Serafina correu para escutar a conversa.

— O senhor já inspecionou as equipes de plantio trabalhando ao longo do rio? – o Sr. Vanderbilt perguntou ao Sr. Olmsted.

— Estão progredindo bastante – informou o Sr. Olmsted. – O Sr. Schenck leva jeito com a terra. – Serafina reconheceu o nome do lenhador que havia sido contratado para administrar o terreno de reflorestamento de Biltmore. – Tudo o que precisamos agora são mais algumas décadas, e aí teremos uma floresta encantadora de novo.

Os dois homens sorriam, mas Serafina pôde notar uma expressão séria no Sr. Olmsted, nas rugas em torno de seus olhos. O velho estava escondendo alguma coisa do Sr. Vanderbilt, exatamente como dissera Lady Rowena.

— O importante é continuar progredindo – o Sr. Vanderbilt disse para o Sr. Olmsted enquanto os dois amigos caminhavam lado a lado.

— Não se preocupe, George – garantiu o Sr. Olmsted. – Vamos deixar Biltmore tão linda que ninguém nem vai saber como era antes. Sua família e seus convidados vão poder desfrutar a generosidade da natureza durante muitos e muitos anos.

— Fico grato por isso, Frederick – disse o Sr. Vanderbilt.

— Aprendi muito tempo atrás – continuou o Sr. Olmsted – que plantar e cultivar requer uma imensurável quantidade de paciência, seja uma delicada rosa-chá, seja um gigantesco carvalho.

— Nem sempre tenho paciência – disse o Sr. Vanderbilt.

— Nem eu – admitiu o Sr. Olmsted.

Serafina e o Cajado Maligno

A garota pensou que o Sr. Olmsted deveria ter rido ou sorrido ao dizer aquilo, mas tal não aconteceu. Havia uma aura sombria em torno dele que ela não conseguia compreender. Ele nutria certos pensamentos que não estava compartilhando com o Sr. Vanderbilt. Serafina ficou pensando de novo por que ele teria retornado a Biltmore agora, justo naquele momento.

Enquanto observava e escutava, Serafina refletia sobre a própria vida. Anos antes, muitas vezes havia visto aqueles dois homens juntos, caminhando e plantando, conversando sobre que espécies de árvores cresceriam em cada porção do terreno, como poderiam trazer mais água para aqui ou proteger uma área do vento ali, como pastores da floresta. Nunca pensara sobre o assunto, mas nos últimos tempos começara a perceber que antigamente todas as comodidades, todos os prédios e máquinas ao seu redor não tinham sido nada mais do que o sonho de alguém. Em um passado não muito distante, essas coisas tinham sido apenas ideias. Na época da juventude do avô do Sr. Vanderbilt, as pessoas tinham que caminhar ou cavalgar para viajarem grandes distâncias, mas ele havia imaginado trens ziguezagueando pelos Estados Unidos. Foi apenas graças a esses trens que seu neto foi capaz de se aventurar de Nova York para o interior selvagem do oeste da Carolina do Norte. E então o neto teve os próprios sonhos, e um deles foi construir uma imponente casa nas montanhas. O Sr. Edison tinha imaginado uma lâmpada que levaria luz para as noites mais escuras. Outras pessoas tinham imaginado o elevador, o gerador, e todas as demais invenções nas quais seu pai trabalhava todos os dias. Porém, diferentemente dos homens do ferro, o Sr. Olmsted tinha sonhado com amplos jardins e florestas intermináveis. Essas eram as coisas às quais ele dava vida. Pensando mais ainda no passado, Serafina ficava imaginando se as montanhas e os rios e as nuvens e até os seres humanos tinham sido um sonho de *Deus* há bilhões de anos.

Enquanto meditava sobre tudo isso, não conseguia parar de pensar em si mesma. *Quando você enxergar o que quer ser, então vai encontrar uma maneira de chegar lá*, dissera-lhe Waysa na gruta por trás da cachoeira. Serafina sabia que não iria inventar uma máquina ou construir um grande prédio, mas tinha que imaginar quem e o que queria ser quando crescer. Tinha que visualizar o seu futuro e depois partir em busca dele com coragem e determinação.

Ao retornar sorrateiramente para casa naquela noite, enfiou-se no duto de ar do segundo andar e tentou pensar sobre o que poderia fazer. Que armadilha poderia planejar para capturar Grathan? Havia tentado entrar no quarto dele, em vão. Ela mal conseguia saber onde ele estava. Porém, o homem tinha que ter alguma fraqueza.

Indócil por ainda não ter nenhum plano, Serafina engatinhou pelo duto e verificou o quarto de Braeden, que estava vazio. Assim, encaminhou-se para a Biblioteca. Como de hábito, entrou pelo duto perto do teto. Assim que começou a descer pelas prateleiras para a passagem do segundo andar, ouviu passos se aproximando. Correu para um esconderijo, agachou-se e esperou que alguém entrasse no cômodo.

No entanto, ninguém entrou.

Ela continuou a aguardar, curiosa. Estava certa de que tinha ouvido algo. Era como se a pessoa tivesse feito uma pausa logo atrás da porta para decidir se entraria ou não. Quanto mais o tempo passava, mais curiosa ela ficava. Será que…

De repente, uma figura apareceu na sala, mas não através da porta principal como ela esperava. Alguém entrou por detrás da parte superior da impressionante cornija da lareira. Era Lady Rowena! Serafina percebeu que ela devia ter usado a passagem secreta que saía do segundo andar da casa diretamente no nível mais alto da Biblioteca.

Serafina pensou que deveria se revelar para Rowena, mas havia algo de furtivo nos movimentos da adolescente; por isso, agachou-se e ficou só observando.

Rowena desceu rápido a escada lindamente trabalhada que levava para o andar principal da Biblioteca, seu exuberante vestido em um tom pastel, rosa, formando ondas atrás. Olhou ao redor como se para se assegurar de que não havia mais ninguém no cômodo e depois se lançou para a parede de painéis de nogueira logo à esquerda da lareira.

Serafina rastejou ao longo do parapeito, porém, antes que conseguisse chegar a um melhor ponto de observação, ouviu um leve barulho metálico

Serafina e o Cajado Maligno

de uma alavanca, um som de algo girando e logo em seguida um clique inconfundível. Aquilo foi seguido por um rangido do que parecia ser uma dobradiça. Rowena devia ter encontrado algum tipo de compartimento, bem pequeno, na parede. Houve um farfalhar de papel e depois um longo som de algo deslizando.

Rowena voltou a ficar visível com uns rolos de documentos nas mãos. Levou-os até uma das mesas e os abriu. Era difícil dizer de longe o que continham, mas pareciam ser plantas baixas de arquitetura.

O que Rowena estaria procurando? Será que estava estudando um mapa da casa de modo a conhecê-la tão bem quando Serafina e Braeden? Ou talvez tivesse conseguido a lista de convidados e agora os estava combinando com os vários quartos da casa, como Serafina lhe havia pedido. Parecia errado Rowena ficar bisbilhotando na Biblioteca enquanto não havia mais ninguém lá, mas então Serafina percebeu que ela própria estava fazendo a mesmíssima coisa. Talvez Rowena estivesse pesquisando alguma teoria sobre o Detetive Grathan. Quando convidara Rowena a se juntar a ela e a Braeden, não fizera ideia de que a moça fosse se empenhar tanto. Ela parecia estar genuinamente gostando do papel de espiã. Serafina estava ansiosa para ouvir o que a adolescente havia descoberto.

No momento em que pensou em aparecer diante de Rowena, Serafina ouviu o som de passadas atravessando a Galeria das Tapeçarias em direção ao andar principal da Biblioteca. Lady Rowena também escutou e rapidamente enfiou os rolos de volta no compartimento escondido na parede, sentou-se no sofá na frente da lareira e fingiu ler um livro.

Essa garota é boa, pensou Serafina enquanto, sorrindo, observava tudo. Naquele truque ela nunca tinha pensando. O velho truque de agir-como-se--tudo-estivesse-ótimo-por-aqui.

Um lacaio entrou na Biblioteca.

— Com licença, minha senhora — pediu o lacaio, fazendo uma leve mesura. — O jantar será servido às oitos horas como de costume, mas peço o favor de a senhora ficar atenta porque muitos relógios da casa pararam. Por isso, estamos avisando aos nossos hóspedes que agora são sete horas, para o caso de eles desejarem se vestir para o jantar. Obrigado.

Serafina sentiu um choque ao ouvir as palavras do lacaio. Os relógios haviam parado! Se Lady Rowena estava lá na Biblioteca, significava então que Braeden havia soado o alarme! Ele estava em apuros!

Aparentemente Rowena entendeu da mesma forma, pois na mesma hora passou correndo pelo lacaio e saiu às pressas.

Serafina disparou para fora do esconderijo e correu para o telhado.

Serafina escalou a janela do quarto andar até chegar ao telhado e correu ao longo da lateral superior do domo de cobre da Grande Escadaria. Seguiu entre as telhas inclinadas de ardósia, as chaminés elevadas, as torres pontiagudas e as estátuas de gárgulas de pedra que constituíam todo o domínio do telhado da Mansão Biltmore. As bordas do telhado eram cobertas por um debrum de cobre enfeitado com desenhos em relevo de folhas e frutos de carvalho, além das iniciais douradas de George Vanderbilt, que brilhavam vivamente na noite enluarada.

Quando chegou à extremidade do telhado, teve uma visão privilegiada da cobertura de vidro do Jardim de Inverno, assim como dos muitos pátios e jardins da propriedade lá embaixo. Como as estrelas reluzentes em cima e as montanhas cobertas de florestas a distância, o telhado lhe fornecia uma visão deslumbrante do seu mundo.

Ela ouviu uma barulheira vindo em sua direção e deu um giro.

– Todos os relógios parados! – Lady Rowena disse sem fôlego enquanto tentava atravessar a janela e subir até o telhado com seu vestido elegante.

Serafina seguiu em seu auxílio. O vestido de Lady Rowena, enfeitado com uma profusão de rosas de tafetá de seda, era tão comprido e complexo que, quando ela tentou subir pela abertura, as pernas ficaram presas. As duas tentaram juntas e conseguiram afastar o tecido, tomando o cuidado de não pisarem na barra da saia coberta com as flores. Lady Rowena foi atravessando a pequena janela.

— Estamos... quase... lá — gemeu Lady Rowena. — Só... mais... um pouquinho.

Afinal, ela passou de uma vez e caiu sobre o telhado.

— Presente! — exclamou, colocando-se de pé como um soldado a postos. — Alguém fez o relógio parar!

— Eu fiz — disse Braeden, atravessando facilmente a abertura da janela e chegando ao telhado.

— O que aconteceu? — perguntou Serafina. — Você viu alguma coisa?

— Gideão e Cedric sumiram. — A voz de Braeden estava embargada.

— Como assim, *sumiram*? — perguntou Serafina. Por natureza alguns cães gostavam de vaguear, mas não conseguir encontrar um dobermann ferido e um gigantesco são-bernardo parecia quase impossível para ela.

— Já procuramos por toda parte, dentro e fora de casa. Cedric não costuma sair do lado do meu tio, e Gideão nunca sumiu antes, mas ninguém consegue encontrar nenhum dos dois — completou Braeden, triste e com ar de desânimo.

Serafina tentou refletir sobre o caso. Caminhou até a beirada do telhado e olhou para baixo, primeiro para os jardins, com inúmeras estátuas e trilhas, e depois mais além, na direção da floresta.

Ela se lembrava do que vira nas sombras escuras dos pinheiros na última vez em que fora até lá.

Não queria pensar naquilo.

Não queria que fosse verdade.

No entanto, a lembrança não deixava de crescer em sua mente.

— Acho que sei onde eles podem estar... — disse ela, sentindo o estômago se embrulhar só de pronunciar aquelas palavras. Era o último lugar da Terra para onde Serafina queria ir.

— Obrigada por nos receber, senhor — Serafina agradeceu ao Sr. Vanderbilt quando ele entrou na Biblioteca.

— Braeden me contou que você tem informações importantes a respeito do sumiço dos cães — disse o Sr. Vanderbilt, a voz séria. Ela não sabia avaliar se ele ainda estava zangado com ela pelo que acontecera algumas noites antes, quando Gideão ficou machucado, mas era óbvio que estava profundamente preocupado.

— Serafina pode nos ajudar, tio — confirmou Braeden. — Eu colocaria minha vida nas mãos dela, e também as de Gideão e Cedric. As coisas estranhas que têm acontecido em Biltmore, a maneira como Gideão atacou Serafina, a morte do Sr. Rinaldi, o sumiço dos cães... está tudo relacionado.

— De que maneira? — perguntou ele.

— Sr. Vanderbilt — começou Serafina —, o senhor me conheceu algumas semanas atrás quando as crianças desapareceram.

O rosto do Sr. Vanderbilt se tornou ainda mais sombrio.

— Sim — disse, encarando Serafina. — Trata-se da mesma coisa?

— Não, não exatamente – respondeu ela. – Mas o senhor viu naquela ocasião que podia confiar em mim.

— É verdade – concordou, analisando-a.

Serafina encarou de volta o Sr. Vanderbilt, o olhar fixo no dele.

— Eu nunca quis machucar Gideão. E não acredito que ele quisesse me machucar. Não tenho certeza, mas acho que talvez eu saiba onde os cachorros estão. Na floresta. Mas não quero ir lá sozinha. Acho que nós devíamos formar uma equipe de busca, com homens, cavalos e armas, e eu guio o caminho. Seja o que for, vamos lutar juntos desta vez.

O Sr. Vanderbilt a fitou por um bom tempo, claramente surpreendido pelas palavras da menina. Ele parecia compreender como ela estava assustada.

— Isso é tão perigoso assim? – questionou ele, baixo e pensativo.

Ainda o encarando, Serafina movimentou a cabeça devagar, respondendo que sim.

O Sr. Vanderbilt refletiu sobre tudo o que ela havia dito, depois olhou para Braeden.

— Precisamos resgatar os nossos cães, tio, e Serafina é a única pessoa que pode nos levar até eles.

— O que vamos encontrar quando chegarmos a esse lugar a que você se refere? – o Sr. Vanderbilt lhe perguntou.

— Não tenho certeza – respondeu ela –, mas acho que animais enjaulados.

— Enjaulados… – repetiu ele, o rosto anuviando-se de assombro ao tentar imaginar. – E quando você quer fazer isso?

Serafina engoliu em seco.

— Agora, senhor – respondeu ela, tendo náuseas só de falar.

— Está escuro como breu.

— Eu não acho que temos tempo para esperar, senhor. Se minhas suspeitas estiverem certas, os animais estão correndo um perigo horrível. Acho que ele vai matar os cachorros, senhor. Precisamos ir esta noite. E mais uma coisa: só devem ir o senhor e seus homens de *total* confiança.

— Muitos homens aqui vão querer ajudar – disse o Sr. Vanderbilt. – E se houver algum crime em potencial, o Detetive Grathan vai insistir em nos acompanhar.

Serafina e o Cajado Maligno

Serafina contraiu os lábios.

– Principalmente ele *não* deveria ir, senhor. Eu acredito que o Sr. Grathan seja um grande perigo para todos nós.

O Sr. Vanderbilt a encarou com seus penetrantes olhos escuros por longos segundos, parecendo absorver tudo o que ela havia dito. Serafina manteve o olhar nele, esperando pela resposta.

– Entendo – falou, aquiescendo lentamente. – Faremos exatamente como você disser.

Meia hora depois, o Sr. Vanderbilt já havia reunido a equipe de busca no pátio conforme prometera, incluindo onze cavaleiros escolhidos a dedo, e Serafina a pé junto com dois batedores e seus cães. A maioria dos homens carregava tochas, as chamas estalando e tremulando na escuridão. Quando Serafina viu Braeden adentrando o pátio com seu puro-sangue, seu coração ficou apertado, mas ela podia ver, pela expressão determinada no rosto do amigo, que não conseguiria impedi-lo de ir. E Lady Rowena cavalgava ao lado dele, parecendo tão determinada quanto. Ela não montava mais de lado, e sim como deve ser, uma perna de cada lado, tendo abandonado qualquer vestígio de sua fingida fragilidade refinada. As bochechas estavam coradas no ar frio. Ela usava uma jaqueta de montaria elegante, mas também escura e pesada, e apropriada para a tarefa. Havia puxado o cabelo ruivo para trás e o enfiado dentro do capuz da jaqueta. Suas mãos estavam cobertas por luvas de couro, e carregava um chicote de montaria como muitos dos homens. Estava pronta para a tarefa à frente. Serafina não ficara surpresa com o fato de a adolescente fazer questão de ir – apenas esperava que Lady Rowena não se arrependesse quando lá chegassem.

O Sr. Vanderbilt e o líder das caçadas deram o sinal verde, e os cavalos começaram a trotar. A equipe de busca saiu de Biltmore logo após a meia-noite, sob o brilho esmaecido de uma lua coberta por névoa.

À medida que Serafina atravessava a floresta rodeada pela equipe de busca montada a cavalo, sentia-se como um general liderando um exército invasor em uma batalha. Mas as batidas dos cascos, as selas se deslocando, as rédeas ressonantes e os homens ofegantes faziam tanto barulho que era impossível para ela ouvir qualquer outra coisa. Serafina separou-se dos outros e seguiu adiante deles no meio das árvores de maneira a poder escutar melhor a natureza ao redor.

Ela sabia que não deveria ficar muito à frente. Uma neblina circulava bem próxima ao solo e nos galhos das árvores, movendo-se pela floresta como ondas fantasmagóricas, uma após a outra, dançando entre as pedras e os troncos, às vezes até bloqueando sua visão.

Olhou para trás, para Braeden, Rowena e o Sr. Vanderbilt montados em seus cavalos, junto com os homens da equipe, com formação em V. Sabia que o proprietário de Biltmore sempre amara a beleza do bosque, mas ele não era um caçador, nem em espírito nem em experiência, e havia pedido ao líder das caçadas da propriedade para guiar os cavaleiros e os batedores durante a busca.

Serafina e o Cajado Maligno

O líder das caçadas ia na frente não só dos dois Vanderbilt, mas de todos os demais cavaleiros. Era um homem grande, imponente, com voz áspera e aparência robusta, e dava a impressão de ter passado a maior parte da vida em cima de uma sela. Serafina podia ver o líder das caçadas observando-a com olhos fixos, seguindo seus movimentos no meio da vegetação adiante deles. Ela era a única que conhecia o caminho.

Os batedores – dois sujeitos de aparência rude com casacos pesados – andavam a pé como ela, levando uma matilha de seis cães da raça plott hound, animais imponentes, atléticos e malhados de preto, que haviam sido criados para caçar ursos nessas montanhas desde o século 18.

Porém, conforme Serafina guiava a equipe de busca montanha acima à procura da área de pinheiros onde as jaulas estavam localizadas, os batedores pareciam confusos. Seus cães mantinham os focinhos no chão, agitados, mas também pareciam desorientados, latindo e farejando tudo em volta. Em vez de escolher um cheiro distinto que pudessem seguir, os cães começaram a rosnar.

– Controlem os cães! – o líder das caçadas ordenou aos batedores com firmeza.

– Jesse está agindo como se estivesse farejando um gato-do-mato – um dos batedores disse enquanto apontava para os cães nas coleiras. – Bax parece que está farejando um urso. E o velho Roamer está rosnando como se tivesse alguma coisa além da montanha que ele nunca farejou antes.

O líder das caçadas olhou para Serafina.

Haviam finalmente chegado à área de pinheiros que ela procurava, mas as árvores eram tão grossas e os galhos tão baixos que não tinha como passar com os cavalos. E ela conhecia o suficiente sobre caçadas para saber que não havia nada que o líder gostasse menos do que ordenar aos seus cavaleiros que desmontassem. Ele preferia contornar algum obstáculo a seguir a pé, mas Serafina tinha certeza de que as jaulas estavam *entre* os pinheiros.

– Bem no meio dessas árvores – disse, sinalizando com a mão.

Ela não tinha autoridade nenhuma para dizer ao homem como conduzir sua busca, mas precisava contar-lhe o que sabia. Deu uma olhada na direção do Sr. Vanderbilt, que havia freado o cavalo ao lado do líder das caçadas.

No entanto, antes que o mestre pudesse dar o comando de desmonte, uma explosão de estranhos uivos irrompeu das árvores. Os ganidos e latidos provocaram um arrepio que desceu pela coluna de Serafina. Não eram uivos de cães de caça ou de lobos, mas de alguma outra coisa. O grupo observou ao redor, os olhos vidrados de medo enquanto os cavalos giravam, indóceis, trombando uns nos outros.

Muitos pares de olhos brilhantes, pelo menos cinquenta, vinham na direção deles no meio da escuridão, movendo-se para um lado e para o outro.

Os cães latiram e rosnaram, prontos para lutar.

– Nas suas posições, homens! – gritou o líder das caçadas, tentando trazer ordem à situação que se deteriorava rapidamente. – Mantenham-se firmes nas selas!

Uma criatura semelhante a um lobo, que rosnava e agitava a cabeça, surgiu da escuridão e partiu para o ataque contra o cavalo do líder. O animal entrou em pânico, relinchou e ergueu-se sobre as patas traseiras, empinando e batendo os cascos.

– Para trás! – gritou o líder, enquanto mais criaturas já chegavam mordendo as pernas dos cavalos, saltando nos cavaleiros e puxando-os para fora da sela.

O pânico explodiu dentro de Serafina. Não eram cães nem lobos. Eram coiotes, um bando enorme deles, levados para as montanhas por uma força sobrenatural. Coiotes normalmente não frequentavam aquelas florestas, já que os lobos eram seus inimigos.

Embora morta de medo, a garota correu em direção a Braeden, Rowena e o Sr. Vanderbilt, por entre cavalos escoiceando, coiotes rosnando e homens aos berros. Suas pernas a impulsionaram para frente, levando-a para o meio da confusão. Serafina se abaixava e mergulhava, e se esquivava dos ataques ferozes dos coiotes enquanto corria.

As feras derrubaram os dois batedores mesmo com os cães da equipe de busca avançando contra elas – a quantidade de coiotes era bem maior do que a de cães.

Braeden e o Sr. Vanderbilt eram exímios cavaleiros e se mantiveram atentos ao perigo; assim, nenhum dos dois caíra da sela quando a agressão os

Serafina e o Cajado Maligno

apanhou de surpresa. Mas o cavalo do Sr. Vanderbilt dava pinotes e se virava e se jogava no ar, chocando-se contra os galhos de árvores, e quase derrubou um impotente Sr. Vanderbilt da garupa. Parecia que agora até os cavalos tinham se transformado em inimigos.

– Para trás! Todos para trás! – gritou novamente o líder das caçadas ao mesmo tempo em que atingia o focinho de um coiote com a tocha.

– Braeden, vamos! – chamou Rowena, berrando para que eles recuassem enquanto lutava para controlar seu apavorado cavalo, que se debatia.

– Nós precisamos seguir em frente! – gritou Braeden desesperadamente, determinado a ajudar Cedric e Gideão; afinal, até mesmo ele foi forçado a recuar com os outros.

Muitos dos homens que foram derrubados das suas montarias haviam fugido a pé, apavorados. Aqueles que conseguiram se manter sobre as selas puxaram as rédeas dando meia-volta e dispararam para longe dali. Mas os coiotes os perseguiram, mordendo as pernas e as ancas dos cavalos, tentando encurralar e emboscar os pobres animais que se moviam com dificuldade na vegetação fechada.

Enquanto a equipe de busca batia em retirada para Biltmore de forma confusa, Serafina se agachou rente ao chão na base de uma árvore. Ela não sabia o que fazer. Viu-se completamente sozinha em uma parte escura e silenciosa da floresta. Observou e escutou o caos que se instalou no manto da neblina. Uma sensação de derrota a invadiu. Ela não conseguiria lutar sozinha com um bando inteiro de coiotes. Não conseguiria acalmar os espíritos daqueles cavalos apavorados tampouco tranquilizar aqueles guerreiros. Um nó se formou na sua garganta quando teve um último vislumbre de Braeden, Rowena e o Sr. Vanderbilt indo embora. Ela queria desesperadamente segui-los para casa. O pensamento de ser deixada para trás naquele lugar a aterrorizava.

Mas não se moveu.

Um pensamento sombrio e assustador surgiu em sua mente. A única chance que teria para conseguir salvar Gideão e Cedric era prosseguir sozinha, furtivamente, engatinhando embaixo dos galhos enegrecidos das árvores cobertas por uma espécie de piche enquanto os homens lutavam contra os coiotes a distância. Sua única esperança era criar coragem suficiente para rastejar, sem ser vista nem ouvida, para dentro do covil do inimigo.

Durante o tempo em que arquitetava um plano, ouviu algo se movendo devagar na sua direção. Primeiro pensou ter escutado quatro patas na terra, mas depois percebeu que não era um cão de caça nem um coiote no seu encalço. As pernas da frente pisavam de maneira mais macia, mais cuidadosa. Já as de trás acompanhavam com mais dificuldade, parecendo mais pesadas.

Só que não eram *quatro patas*.

Eram duas mãos e dois joelhos.

35

Uma cabeça apareceu sob a vegetação rasteira.

— Ah, Braeden... você não devia ter voltado! — repreendeu-o Serafina. — Por que fez isso?

— Caí do cavalo — explicou ele, tentando soar inocente.

— Seu mentiroso — disse ela. — Você nunca cai do cavalo!

— Mas os coiotes estavam atacando e eu...

Ela balançou a cabeça.

— Não, não foi isso, não. Eu te vi, Braeden. Você não caiu do cavalo!

— Tudo bem — admitiu ele finalmente. — Eu me afastei do grupo principal, mas meu cavalo estava assustado demais para voltar para cá e eu não consegui convencer o bicho a dar nem mais um passo adiante. E eu também não queria deixar você aqui, então saltei e deixei que ele voltasse com os outros. Ele vai ficar bem.

— Não é com o cavalo que eu estou preocupada! — exclamou Serafina, perturbada. — Você devia ter ficado lá com eles.

— Eu não queria deixar você aqui sozinha, nesse lugar horrível, no escuro.

— A escuridão é o meu ambiente — explicou ela. — Mas não o seu.

Braeden gesticulou na direção da área de pinheiros.

— Eu posso não conseguir enxergar no escuro como você, Serafina, mas, se nossos cachorros estão lá dentro, então eu preciso ajudar.

— O que aconteceu com a Lady Rowena e com o seu tio? Eles estão bem?

— Estão sim. Ficaram com o resto da equipe de busca.

— E é lá que você devia estar. — Ela o encarou, zangada com a teimosia do garoto. Ele não fazia ideia de onde estava se metendo. Mas a amiga também sabia que não havia jeito de conseguir fazê-lo desistir.

— Tudo bem — concordou Serafina finalmente, e engatinhou para perto dele. — Vamos entrar juntos, mas você tem que ficar perto de mim, e em completo silêncio.

Os dois se abaixaram sob os galhos inferiores e engatinharam juntos para dentro da espessa área de pinheiros. Troncos, galhos e até mesmo o chão estavam cobertos de seiva preta grudenta, que brotava das cascas das árvores como um sangue escuro. A seiva permeava tudo com um cheiro agridoce, enjoativo e fedido. Os galhos mais altos bloqueavam a luz do luar e o brilho das estrelas, encobrindo toda aquela área como um sombrio e lúgubre mundo.

Serafina precisou estender a mão à frente para não trombar em galhos mortos pendurados, mas, cada vez que seus dedos tocavam alguma coisa na escuridão, o piche pegajoso agarrava nas unhas, lentamente cobrindo suas mãos com um muco oleoso. Os pés e os joelhos grudavam na terra, fazendo pequenos barulhos de sugar e estalar enquanto se movia.

Ela sabia que Braeden devia estar totalmente cego; por isso, pegou a mão dele e a colocou no seu ombro.

— Segure em mim enquanto passamos por aqui — sussurrou ela. Dava para sentir a mão dele tremendo ao tocá-la. Serafina mal podia imaginar como devia ser apavorante para ele engatinhar às cegas naquele lugar.

Enquanto avançavam, movendo-se de um tronco de árvore para o outro ao longo da terra coberta de gosma, o nariz dela se franzia com o fedor desagradável. Primeiro pensou que deveria ser o cheiro da seiva de pinheiro podre, mas depois percebeu que era de animais, de restos de animais. E logo o odor ficou muito, muito pior.

Serafina e o Cajado Maligno

Ela ouviu adiante um som fervilhante, de borbulhas e assobios, e percebeu, a distância, a luz laranja tremeluzente de uma espécie de fogueira para cozinhar.

– O que é aquilo? – sussurrou Braeden inseguro, finalmente conseguindo ver alguma coisa.

– É para onde nós vamos – respondeu ela.

Engatinharam para frente, entrando na névoa enfumaçada do fogo, e a mão de Serafina tocou inadvertidamente uma superfície chata, fria e musgosa que ela pensou ser uma pedra. Olhando para baixo, levou vários segundos para perceber o que era. Uma lápide se encontrava caída, tão antiga que as letras e os números estavam gastos e não havia restado nada além de uma superfície em branco.

Na frente da lápide, na área do solo onde o corpo jazia embaixo, havia uma espécie de grade de proteção – uma jaula pesada de ferro, aparafusada no chão, comprida e estreita, nas mesmas proporções de um corpo. Ela não sabia se o objetivo da grade era manter os ladrões de sepulturas afastados ou os defuntos encarcerados, mas agora estava sendo usada para um propósito bem mais horripilante. Uma pequena porta havia sido construída no fundo da jaula e, lá dentro, havia um veado e dois jovens cervos fitando-a, tão encolhidos que nem conseguiam ficar de pé.

Olhando para a direita e para a esquerda, Serafina viu que havia muitas dessas antigas lápides e jaulas de ferro, centenas delas, até onde a vista alcançava. Ela havia encontrado as jaulas ali algumas noites antes, mas não tinha percebido que foram construídas a partir dessas proteções de túmulos de ferro de um antigo cemitério. Havia um cemitério inteiro embaixo da floresta cerrada de pinheiros. O cemitério tinha sido abandonado havia muito tempo e a floresta crescera por cima. Ela olhou em volta. As jaulas estavam cheias de animais de todos os tipos. Na jaula mais próxima, uma fuinha corria para frente e para trás, sem parar, procurando desesperadamente uma saída. A jaula perto de Braeden tinha uma amiga dele: um filhote de raposa vermelha, totalmente encolhido e tremendo de medo, os olhos suplicantes encarando Braeden.

– Temos que soltar esses animais! – disse Braeden, a voz trêmula.

— Espere — sussurrou Serafina. Ao ver todos aqueles animais enjaulados, ela sabia que o inimigo deveria estar perto. Eles só teriam tempo de concluir o que tinham ido fazer. Enquanto rastejavam entre as jaulas em direção ao fogo, passaram por uma doninha e uma família de guaxinins. Serafina sentiu a pulsação começando a disparar nas têmporas e os membros começando a tremer. Olhou para todos os lados, esquadrinhando as jaulas. A garota sabia que, em algum lugar no meio da névoa, estavam Gideão e Cedric, indefesos, presos embaixo dos galhos baixos e gotejantes dos pinheiros.

De repente, a mão de Braeden agarrou seu ombro com tanta força que até doeu. Ela prendeu a respiração quando viu a silhueta de um homem andando a distância. Era o homem de barba grisalha da floresta, com suas botas e seu casaco comprido e gasto pelo tempo. Ele se movimentava com força e propósito, concentrado no trabalho. Conforme alimentava uma fogueira com punhados de galhos, espirais de fagulhas subiam. A chama estalou e assobiou com um novo abastecimento de material inflamável. E então ela percebeu a fonte do terrível odor: o homem estava cozinhando alguma coisa em uma panela de ferro preta pousada no fogo.

Os músculos de Serafina se contraíram. Queria fugir correndo. Contudo, naquele momento, ouviu um barulho de *tique-tique-tique* e em seguida um horroroso grito estridente quando surgiu uma ave. Ela empurrou Braeden para rente ao chão, escondendo-se com medo sob os olhos investigativos do pássaro que voava em círculos sob os galhos dos pinheiros, passando pertinho deles, e por cima da fogueira e do barbudo. A coruja deixou cair um pequeno galho retorcido aos pés do homem e depois continuou seu voo.

Em resposta à coruja, o homem levantou o queixo e emitiu um grito assustador, pronunciando o som de *tique-tique-tique* seguido por um longo assobio. Ela viu então que a coruja não era somente conhecida dele, ou uma ave domesticada e a seu comando. Havia uma aliança, uma certa reciprocidade naquele assobio, um amor macabro e horroroso.

— Nós vamos queimar aquele lugar até destruir tudo! — gritou ele para a coruja. Serafina podia ver as feições embrutecidas e transtornadas do homem, que parecia possuído por um ódio e uma insanidade tão sanguinários como ela jamais vira.

Serafina e o Cajado Maligno

Braeden estremeceu ao lado da amiga, o rosto pálido como o de um fantasma, a boca lutando para respirar. Ela o segurou para lhe passar coragem.

O homem se curvou e pegou o galho que a coruja havia soltado. Serafina achou que ele fosse jogá-lo na fogueira, mas, no minuto seguinte, uma espécie de truque aconteceu bem diante de seus olhos: o pequeno galho se transformou numa vara comprida e robusta. Era o bastão de poder que Waysa havia mencionado. O Cajado Maligno era enegrecido, espinhoso, profundamente nodoso, e tinha o que parecia uma cobra deslizando ou um cipó envolvendo-o e circulando por toda a sua extensão. E nesse momento o cajado pareceu se apoderar de uma força efervescente, pulsante, demoníaca, como se sentisse que logo iria adquirir ainda mais energia.

Aos pés do homem, havia uma pilha escura de peles de animais, pretas e castanhas e brancas, restos dos animais que ele havia usado na sua terrível receita. Ela não conseguia imaginar que coisa medonha ele estaria fazendo, mas então ele ergueu o Cajado Maligno para o alto e o mergulhou na panela, cobrindo-o várias vezes com o líquido grosso, viscoso, enquanto murmurava palavras que Serafina não conseguia entender.

Depois o feiticeiro retirou da mistura pútrida o cajado ainda encharcado e andou até uma das jaulas próximas. Serafina olhou e viu, horrorizada, quem estava preso lá dentro. Era Gideão! Estava agachado sobre os quadris, os dentes rangendo de raiva, mas os olhos cheios de medo à medida que ele se aproximava. O velho apontou o cajado para a jaula. A porta se abriu. Gideão, o corpo inteiro tremendo, rastejou para fora e se dirigiu para onde estava o homem. *Morde ele, Gideão!*, ela queria gritar. *Ataca o velho e foge!* Mas Gideão não conseguiria. O homem estava usando o Cajado Maligno para controlá-lo.

Quando estendeu a mão para tapar a boca de Braeden, Serafina percebeu que era tarde demais. Vendo Gideão sob o controle do cajado, Braeden emitiu um som aflito. O pescoço do homem barbudo virou na mesma hora, e ele olhou diretamente para Braeden, as pupilas prateadas brilhando.

Serafina correu para o ataque. Fez uma investida direta, sabendo que sua única chance seria derrubá-lo antes que ele pudesse levantar a mão e lançar um feitiço.

Mas o maldito feiticeiro agiu rápido, levou a mão aos lábios e soprou por cima da palma aberta.

Ela sentiu a respiração da morte atingi-la. Seu corpo esfriou. Seus músculos ficaram moles. E ela desabou no chão.

Braeden desabou atrás dela.

Deitada no chão com a respiração suspensa e o coração paralisado, um dos lados do rosto na terra, ela olhava tudo com olhos que não conseguiam piscar. Braeden estava caído no chão do seu lado, a apenas alguns centímetros de distância, um olhar arregalado, vidrado e estático, fitando-a aterrorizado. Ela não conseguia virar a cabeça, mas, nos galhos das árvores escurecidas pelo piche, viu a sombra oscilante do homem barbudo se aproximando.

Pouco a pouco, Serafina foi tomando ciência de que estava acordada, mas não conseguia abrir os olhos e nem se mexer. Podia sentir a terra fria embaixo de si e o ar se movendo bem devagar para dentro e para fora dos seus pulmões, mas não conseguia emitir qualquer som.

Sentia o odor do local onde seu rosto se encostava no chão – cheiro de pinheiro já apodrecendo e daquela seiva. Também sentia gosto de terra.

Estava deitada de lado, o braço direito na cabeça, o esquerdo dobrado embaixo do corpo, torcido para trás em um ângulo forçado, as pernas encolhidas perto do corpo. Sentia um formigamento devido ao piche pegajoso na pele exposta das pernas, braços e rosto, mas não conseguiu se erguer para se livrar daquilo.

Não conseguia ouvir nada além do som baixo e solitário do vento nas árvores.

É assim que eu vou morrer?, pensou. E então imaginou que devia ser isso mesmo. Sentiu-se afundando na escuridão.

Os olhos foram se fechando, bem lentamente, até que...

— Serafina! — alguém sussurrou com insistência, como se determinado a não fazê-la perder a esperança. A voz não tinha corpo nem rosto. Não era a voz de Braeden, nem do pai. E logo a certeza de ter escutado a voz sumiu com o vento.

Ela perdeu a consciência de novo e depois a recuperou. Algum tempo se passara. Ela não tinha certeza de quanto. Poderiam ter sido alguns segundos, alguns minutos, ou mesmo algumas horas.

Quando ela finalmente foi capaz de abrir os olhos, ainda não conseguia levantar a cabeça. Viu principalmente o chão preto e, logo acima, barras de ferro cruzadas e uma tela de arame, e ao lado uma outra jaula que continha um dos cisnes brancos que ela vira no lago de Biltmore algumas noites antes.

— Serafina! — a voz chamou novamente.

O som vinha do outro lado do cisne.

Aos poucos, ela foi levantando a cabeça.

Partiu seu coração ver um garoto de pele bronzeada com cabelos escuros compridos e desgrenhados preso na jaula. Ele parecia tão pequeno e frágil no cativeiro que ela quase não o reconheceu, mas seus olhos castanhos estavam retribuindo seu olhar, o espírito selvagem e inabalável, como um gato feroz enjaulado.

— Aguenta firme, Serafina! — disse ele, a voz carregada de uma emoção debilitada.

— Waysa… — ela se esforçou para falar, mas mal ouviu a própria voz, seca e rouca. Quando tentou se levantar, a cabeça bateu nas barras de ferro que a mantinham no solo. O feiticeiro a havia enjaulado dentro de uma lápide com a grade de proteção, como a todos os outros animais.

Esticando o pescoço e espreitando entre as barras de ferro, ela olhou para fora da jaula. Podia ver o homem barbudo trabalhando no acampamento a uma curta distância. O corpo dela deu um solavanco de medo ao vê-lo, mas a jaula a conteve. Ela não tinha como escapar. O fogo crepitante e sibilante brilhava com uma luz cor de laranja oscilante, as fagulhas subindo em espiral e a névoa da fumaça flutuando através dos galhos retorcidos das árvores.

O homem se movimentava em torno do fogo, colocando combustível aos poucos enquanto cuidava da panela de ferro. Fragmentos de imagens dispersas

Serafina e o Cajado Maligno

brotavam na mente de Serafina conforme ela se lembrava de tudo o que havia visto: a coruja, o cajado, os cães de caça, a carruagem, os cavalos, os ratos, os coiotes... O que aquilo tudo significava? O homem mergulhava o Cajado Maligno diversas vezes na mistura, infundindo nele seu terrível poder.

– O que aconteceu com você, Waysa? – sussurrou ela. – Como você veio parar aqui?

– Eu tinha que salvar os filhotes – respondeu ele, a voz grave. Serafina imaginou que, quando o homem barbudo atacara, Waysa se transformara para lutar contra ele em vez de fugir, dando à sua mãe e aos filhotes a fração de segundo de que precisavam para escapar.

Uma impetuosa onda de emoções encheu seus músculos dando-lhes um pouco de força. Ela tentou virar o corpo.

Os olhos de um lobo a espreitavam através das barras de ferro de uma das jaulas adjacentes. Era seu velho companheiro, o lobo que ela vira no penhasco da montanha. Apesar de suas corajosas tentativas de liderar a alcateia para a segurança das terras altas, eles não conseguiram fugir da floresta. Quando o lobo a fitou por detrás das grades, seu coração ficou apertado. Não havia nada que ela pudesse fazer por ele, nem ele por ela.

Serafina ficou ao mesmo tempo aliviada e arrasada ao notar Braeden deitado em uma jaula próxima, o corpo virado de bruços e estendido embaixo das barras de ferro. Lembrava um zumbi que havia se arrastado para fora do túmulo mas não conseguira ir além, preso embaixo das barras. Seu corpo parecia completamente sem vida, a pele pálida e úmida, mas seus olhos estavam abertos, perdidos no nada, desorientados.

– Ei Braeden, sou eu – ela sussurrou, tentando trazê-lo de volta. Tinha quase certeza de que ele estava vivo, mas o encanto do feiticeiro o havia atingido de forma intensa. – Acorde! Sou eu! Serafina!

Todavia, ao mesmo tempo em que tentava despertá-lo, ela se perguntava o que eles fariam. O que viria a seguir? Ela estava cercada de animais enjaulados. Ela *era* um animal enjaulado. As barras de ferro aparafusadas e a tela de arame eram fortes demais para romper. Serafina puxou e empurrou a jaula. Deu chutes e forçou com o ombro. Mas não fez diferença alguma. Ela não conseguiria escapar.

37

Serafina tentou cavar fundo na terra, para além das agulhas de pinheiro espalhadas pelo chão. Cavou até seus dedos sangrarem, mas não adiantou nada. A grade de proteção estava muito bem presa à superfície. Se cavasse mais, só encontraria tábuas, ossos e cadáveres decompostos.

O espaço entre as barras de ferro das grades era apertado o suficiente para impedir que um adulto passasse, porém, na maior parte das jaulas, incluindo a que ela estava, o feiticeiro havia instalado uma tela de arame para se certificar de que os animais menores não iriam fugir.

— Já tentei arrancar o arame — disse Waysa enquanto ela examinava a tela da sua jaula. Usando toda a sua força, ele começou a chutar a tela. Ao ver o arame deformando com a potência dos chutes, Serafina teve uma ideia.

Ela pressionou o corpo mais perto da parte de baixo da sua jaula. A tela de arame consistia de quadrados grandes o suficiente para passarem alguns dedos. Assim, Serafina segurou um fio do arame bem apertado entre o polegar e o indicador e o dobrou. Depois dobrou de volta. E dobrou de novo. E de volta mais uma vez. Várias e várias vezes.

Serafina e o Cajado Maligno

– O que você está fazendo? – sussurrou Waysa.

Serafina não respondeu, apenas continuou dobrando o arame para frente e para trás, para frente e para trás... Seus dedos já estavam ficando feridos e seus músculos ardiam. Até que, finalmente, ela sentiu o arame ficar quente. Continuou dobrando e dobrando o mais rápido que conseguia. Então, ufa, o arame se partiu! A garota conseguira romper um fio.

Quando viu a expressão atônita no rosto de Waysa, Serafina não conseguiu evitar um sorriso. Ela havia acabado de quebrar metal com as próprias mãos. Ela era uma respeitável mágica.

Serafina imediatamente começou a fazer o mesmo com o arame seguinte, dobrando, dobrando e dobrando, até ele se partir nos seus dedos.

– Obrigada, Pa! – murmurou para si mesma enquanto passava para o arame seguinte. Trabalhando em um fio de cada vez, conseguiu, bem devagar, abrir uma área na tela de arame perto do chão onde o espaço entre as barras de ferro era um pouco maior. Tentou se arrastar pelo buraco, mas estava apertado demais. Ela não conseguia passar.

– Se abaixe, Serafina! – Waysa sussurrou em aviso.

Serafina congelou onde estava, paradinha na terra como um animal assustado enquanto ouvia o som de *tique-tique-tique* e o piado rouco da coruja. O pássaro voou bem acima das cabeças deles ao entrar no sinistro acampamento. O homem arremessou para o céu o cajado, que se reduzira a um graveto. A coruja o pegou no ar com as garras, e depois desapareceu entre as árvores.

Serafina não entendia o que estava acontecendo, mas estava mais determinada do que nunca a escapar. Pressionou o rosto contra a terra e enfiou a cabeça no buraco. Fazendo um apoio com os pés do outro lado da grade de proteção, usou a força das pernas e do torso para empurrar a cabeça através do buraco, roçando tanto as orelhas que elas cortaram e sangraram. Mudou a posição do pescoço, deslocou sua escápula na clavícula separada, e se contorceu dentro do buraco. Uma vez tendo conseguido passar a cabeça, o ombro e o braço, estendeu a mão procurando alguma coisa para se agarrar, mas não havia nada, absolutamente nada para puxar. Ela então agarrou a terra, mas não ajudou. Agora estava entalada, presa no buraco. Não conseguia se mover nem para frente nem para trás.

Quando procurou um galho, uma pedra ou alguma coisa para se segurar, viu Braeden na jaula próxima trabalhando furiosamente para dobrar os fios de arame como ela havia feito.

— Espere um pouco, Serafina! – sussurrou Braeden, mas ela sabia que não tinha jeito. O corpo dele era mais largo do que o dela. Mesmo se ele conseguisse estourar a tela, não conseguiria caber entre o vão das barras.

Nada estava funcionando. Sentindo o pânico do aprisionamento, Serafina começou a ficar com dificuldade de respirar. Seu coração estava aos pulos. Tentou manter o controle, mas respirava cada vez mais rápido. Olhou na direção do fogo. Quanto tempo mais eles teriam antes de o homem barbudo ir checar os prisioneiros?

Finalmente, Braeden conseguiu abrir um pequeno buraco na tela da sua jaula. Como ela suspeitara, ele não conseguia fazer o corpo passar pelo espaço estreito entre as barras de ferro. Então, ele enfiou a mão pelo buraco e esticou o braço na direção dela. Primeiro, Serafina não entendeu o que ele tentava fazer, mas depois percebeu. Ela se pressionou contra as barras da jaula e esticou o braço para fora na direção de Braeden. Deu vários impulsos, os dedos estendidos. Vencendo o espaço entre as jaulas, as mãos deles finalmente se encontraram no meio do caminho.

— Peguei! – exclamou ele ao segurar a mão da amiga. Depois puxou-a na sua direção.

Agora, com Braeden puxando-a pelo braço e ela se empurrando com as pernas, Serafina conseguiu o impulso de que precisava. Contorceu-se o máximo que pôde dentro do buraco e se arrastou para fora. A garota tinha conseguido! Havia escapado!

Rapidamente rastejou até a jaula de Braeden e tentou abrir o ferrolho pelo lado de fora.

— Ele está vindo! – sussurrou Waysa, agitado.

Serafina ouviu o som pesado dos passos do feiticeiro se aproximando.

Usando a base da mão, deu um tranco e conseguiu abrir a jaula de Braeden.

Serafina e o Cajado Maligno

— Vá soltar os cachorros! — sussurrou para ele. Depois correu até a jaula de Waysa e a abriu.

O homem barbudo estaria lá em questão de segundos.

Enquanto Waysa se arrastava para a liberdade, Serafina dava uma olhada para trás a cada dois segundos. Gideão e Cedric estavam agachados e eufóricos, olhando para Braeden, que abria suas jaulas. Serafina usou o último minuto para rapidamente abrir a jaula do lobo. Seu jovem amigo a encarou, a gratidão estampada nos olhos. Depois ela correu, sabendo que o homem barbudo estava apenas alguns passos atrás.

Ela, Braeden e os outros cativos fugiram das jaulas, refugiando-se embaixo dos galhos dos pinheiros enquanto corriam.

Atrás de si, Serafina ouviu o rosnar e o ataque do lobo quando ele saltou da sua jaula direto sobre o maldito feiticeiro. Ela não sabia o que aconteceria a seguir, mas pelo menos o lobo tinha uma chance na luta.

Serafina, Braeden, Waysa e os dois cães fugiram usando os pinheiros como cobertura. Waysa guiava o caminho, frequentemente espionando na frente para ver se não havia perigo. Serafina não sabia como era possível, mas Gideão parecia ter recuperado um tanto da sua força e velocidade. Cedric era um cão pesado, desacostumado a correr distâncias longas, mas estava determinado a acompanhá-los. Serafina corria ao lado de Braeden, certificando-se de que ele não ficasse para trás. Finalmente se afastaram dos pinheiros escurecidos e entraram na área dos carvalhos, mas não diminuíram o ritmo. O medo os impulsionava. Correram por quilômetros.

No entanto, no meio do caminho de volta a Biltmore, Braeden desabou, cansado demais para continuar. Ela o deixou descansar um minuto, depois o puxou para ficar de pé novamente.

— Levanta, Braeden! — ela mandou. — Precisamos ir para casa!

Correram mais um tanto, mas Braeden acabou por sucumbir à exaustão. O garoto não tinha forças para nem mais um passo, quanto mais seguir correndo. Mas não desistiu nem pediu aos outros para desacelerarem. Chamou Cedric para perto.

— Eu preciso da sua ajuda, amigão — disse, enquanto subia nas costas do são-bernardo e se segurava.

– Vamos, Cedric! Vamos garoto! Você consegue! – Serafina incentivou o cão, e juntos eles correram. Vindo de uma longa linhagem de cães de resgate, Cedric parecia entender exatamente o que fazer. Lançou-se adiante com velocidade e propósito renovados, carregando o jovem amo nas costas.

38

𝒫*assaram correndo pelas* nogueiras e pelas tsugas, pelos amieiros e pelos ulmeiros. Cruzaram matagais e prados, riachos e ravinas, impulsionados por um medo mais sombrio do que qualquer outro que eles jamais houvessem experimentado.

Quando a fraca luz da Mansão Biltmore finalmente pôde ser vista, quase ao amanhecer, Serafina teve a sensação de que tinham escapado do horror que ficara para trás. Desacelerou e olhou para Waysa. Todos respiravam de forma pesada, encharcados de suor, enquanto andavam lado a lado.

— Eu preciso voltar para Biltmore — disse ela.

Waysa concordou.

— Vou procurar sua mãe e os filhotes, e garantir que fiquem seguros. — Ele a deteve com a mão e a encarou com uma nova ferocidade no olhar. — Você estava certa. Não podemos fugir dessa luta. Eu vou me unir a vocês de novo, em breve. Aguenta firme, Serafina.

— Aguenta firme, Waysa — retribuiu quando se abraçaram rapidamente, e logo Waysa mergulhou na vegetação rasteira e desapareceu.

Braeden a observou se despedindo de Waysa e disse:

— Estou vendo que você encontrou o garoto da floresta.

— Ele estava junto com a minha mãe e os filhotes. O nome dele é Waysa.

— Ele me faz lembrar você – disse Braeden, a voz fraca e cansada, mas repleta de uma gentileza que ela não esperava.

— Também acho – concordou ela.

— Você quer ir junto com ele? – perguntou Braeden, inseguro. Ele olhou para a casa a distância. – Daqui eu e os cachorros conseguimos chegar sozinhos a Biltmore.

— Não. Eu quero ir para casa com vocês.

Braeden ficou feliz, e eles continuaram juntos em direção a Biltmore acompanhados de Gideão e Cedric.

— Olhe! – apontou Serafina quando, ao longe, viu uma amazona galopando em alta velocidade pelo amplo gramado na frente da casa. A amazona estava de pé nos estribos, inclinada para frente na sela, o cabelo ruivo comprido voando atrás. Era Lady Rowena!

Rowena cavalgou para dentro do pátio do estábulo.

Quando Serafina, Braeden e os dois cães começaram a se aproximar do pátio alguns instantes depois, uma força de trinta homens já estava reunida, alguns a pé, outros a cavalo.

— Montem, homens! – o Sr. Vanderbilt gritou de cima do seu cavalo. – Nós todos vamos voltar lá.

Serafina e Braeden olharam para o maltratado grupo. Vários homens da equipe de caça original estavam feridos e exaustos. Tinham passado a noite lutando com os coiotes na floresta. Os cavalos foram os que mais sofreram, e os batedores haviam perdido cinco dos seis plott hounds. O líder das caçadas, muito abalado, que havia desmontado do seu cavalo suado e assustado e agora estava sentado no chão, parecia chocado demais por tudo o que tinham passado, ao ponto de mal conseguir se levantar. Mas a maioria dos homens estava com novas montarias, e outros se juntavam ao grupo.

Rowena estava lá com o Sr. Vanderbilt, montando um novo cavalo, prontinha para cavalgar. Tinha o cabelo solto, o rosto arranhado e uma aparência exausta, mas parecia determinada a ajudar na busca.

Serafina e o Cajado Maligno

– Venham rapazes, depressa – Rowena circulava por entre os homens e os encorajava. – Temos que partir à procura deles!

O pai de Serafina, diversos cavalariços e uma dúzia de outros criados também haviam se juntado ao grupo.

Porém, ao dar a volta com o cavalo, o Sr. Vanderbilt viu Braeden, Serafina e os cães indo em sua direção.

– Graças a Deus! – exclamou o Sr. Vanderbilt. Então desmontou, largou as rédeas e pegou o exausto Braeden nos braços.

– Sera, minha filha... – disse o pai dela, aliviado, enquanto se aproximava e a puxava contra o peito.

– Eu estou bem, Pa – informou ela. – Não estou machucada.

Enquanto se encontrava envolvida pelo pai, Serafina viu Rowena desmontar e abraçar Braeden, obviamente aliviada por ele ainda estar vivo. Os outros homens afagavam as costas do jovem amo e davam-lhe as boas-vindas à casa.

O Sr. Vanderbilt se ajoelhou e fez festinha no pescoço de Cedric.

– Que bom ver você, garoto – disse, enquanto acariciava o cão. Então, os olhos escuros do Sr. Vanderbilt se ergueram e fitaram Serafina.

– Sinto muito, senhor – disse ela, a voz tremendo, com medo de que ele estivesse zangado por ela os ter liderado para tal catástrofe. Serafina e o pai se viraram para o Sr. Vanderbilt. – Eu não tinha ideia de que aquilo poderia acontecer – lamentou.

– Ninguém aqui nunca tinha visto nada igual. – O Sr. Vanderbilt não estava zangado com Serafina. Sua voz parecia motivada pelo objetivo comum. Eles estavam juntos, faziam parte de uma equipe.

– Os coiotes podem estar infectados... com raiva? – o pai de Serafina perguntou.

– Deus queira que não – respondeu o veterinário, ouvindo a conversa enquanto tratava da perna cortada de um cavalo. – Se for raiva, então todos os homens, cavalos e cães que foram mordidos na noite passada estarão mortos dentro de alguns dias, e não há nada que possamos fazer a respeito.

– Não me pareceu raiva – disse o Sr. Vanderbilt, balançando a cabeça. – Havia pelo menos cinquenta coiotes, e o comportamento deles mostrava saúde e determinação.

Robert Beatty

O líder das caçadas balançou a cabeça.

– Aqueles animais estavam possuídos – murmurou ele, os olhos vidrados, sem acreditar.

– Precisamos voltar lá, tio – disse Braeden.

– Voltar?!? – questionou o Sr. Vanderbilt, surpreso.

– Ainda tem animais lá que precisam da nossa ajuda.

O Sr. Vanderbilt balançou a cabeça.

– Sinto muito, Braeden, mas não vamos voltar. Não agora. Não podemos arriscar. Todo mundo está exausto. Precisamos descansar e nos reagrupar.

– Foi horrível, tio – contou Braeden, e começou a descrever o homem barbudo e os animais nas jaulas. – Serafina libertou a mim e aos cachorros, e aí nós fugimos.

Quando o Sr. Vanderbilt olhou para Serafina, ela percebeu a gratidão na sua expressão, mas sabia que a guerra não estava ganha.

– Nós precisamos encontrar o Sr. Grathan, senhor – disse ela. – Ele está envolvido nisso.

– É, eu suspeitei dele desde o início – revelou o Sr. Vanderbilt. – Ele se apresentou como um agente da lei; por isso, achei que não devia interferir nas investigações, mas contratei um detetive particular para verificar as credenciais e...

– O que o senhor descobriu? – interrompeu Braeden.

– O Sr. Grathan não tem ligação com nenhum órgão da cidade ou do estado. Ele é um farsante.

– E agora? O que vamos fazer, tio? – perguntou Braeden.

– Vou mandar uma mensagem à polícia de Asheville para vir imediatamente. Vão prender o impostor.

– Mas onde está Grathan agora? – perguntou Serafina.

– Já procuramos por ele, cômodo por cômodo. Na casa, com certeza, não está – o Sr. Vanderbilt disse –, mas ainda o encontrarão pelas redondezas.

– Acho que Grathan é bem mais perigoso do que parece, senhor – acrescentou Serafina –, e eu tenho medo de que a polícia venha a cavalo ou de carruagem e enfrente o mesmo problema que tivemos.

O Sr. Vanderbilt concordou.

Serafina e o Cajado Maligno

— Vamos armar diversos grupos de homens e começar a procurar por Grathan no terreno da propriedade. Se e quando a polícia chegar, voltamos àquela área, libertamos os animais e destruímos as jaulas. Até lá, quero que vocês todos fiquem dentro de casa e se mantenham seguros.

Enquanto o grupo continuava conversando, Serafina, Braeden e Rowena se reuniram embaixo do arco da garagem das carruagens.

— O que aconteceu? — perguntou Rowena, a voz falhando.

— Estamos bem — disse Braeden. — Resgatamos os cachorros. Isso é o que mais importa.

— Fiquei tão preocupada com vocês... — disse, olhando tanto para Braeden como para Serafina. Serafina percebeu que o perigo e a morte pareciam apagar as linhas que dividiam as classes. De repente, todos eram iguais, lutando para se agarrarem à vida e às pessoas ao redor. Ela havia percebido isso no Sr. Vanderbilt, no seu pai, no líder das caçadas, nos batedores e nos homens montados, todos determinados a enfrentar perigos assustadores para resgatar Braeden e a amiga. E agora ela percebia o mesmo em Lady Rowena.

— Obrigada por nos ajudar, Rowena — agradeceu Braeden.

— Quando meu pai me mandou aqui para Biltmore, ele me disse para fazer amizades — contou Lady Rowena, olhando para os dois e sorrindo languidamente. — Acho que talvez eu tenha feito.

— Sem dúvida que sim — confirmou Braeden. — Seu pai vai chegar logo em Biltmore? — perguntou Braeden.

— Acredito que mais cedo do que todos esperamos — respondeu Rowena. — Ele está vindo para o Natal.

Serafina notou algo estranho em Rowena quando ela disse aquilo. Seria tristeza? Preocupação? Mas não conseguiu definir.

— Está ansiosa para ver o seu pai? — perguntou Serafina.

— A verdade — respondeu Rowena —, é que o meu pai acha que eu não passo de uma garotinha boba e mimada.

— Tenho certeza de que isso não é verdade — disse Braeden.

Rowena balançou a cabeça.

— Pior que é. Acho que o meu pai nunca me levou a sério. Mas logo, logo, de uma maneira ou de outra, ele vai ter que começar a fazer isso. Ah, vai.

— Ele ficaria tão orgulhoso se soubesse como você foi corajosa na noite passada... — disse Serafina, tentando animá-la.

Mas, no meio da conversa, Rowena pareceu que ia desabar bem no lugar onde se encontrava. A exaustão finalmente começara a atingir a pobre garota. Braeden estendeu o braço para ampará-la.

— Se me dão licença — pediu Lady Rowena, tocando o braço de Braeden e fechando os olhos por um momento como se fosse desmaiar —, não estou me sentindo bem. Vou para o meu quarto tomar um banho e colocar roupas limpas.

Braeden aquiesceu.

— Descanse um pouco e nós vamos fazer o mesmo. Meu tio e os outros homens vão tomar conta das coisas agora.

Enquanto duas aias ajudavam uma Lady Rowena suja e enlameada a voltar para a casa, andando devagar e com dificuldade, Serafina a ouviu murmurar espantada e confusa:

— Ah, não, acho que sujei o meu vestido. — Ela estava exausta quase a ponto de delirar.

Serafina permaneceu com Braeden. Ao olhar para o Sr. Vanderbilt conversando com seu pai e com os demais, ela sabia que eles estavam tomando decisões sensatas, mas não conseguia superar o sentimento de que não era suficiente, de que todos, inclusive ela, estavam deixando alguma coisa escapar. Era como se estivessem montando um quebra-cabeça juntos, e achavam que já estava quase pronto, mas havia uma outra caixa inteira de peças que eles nem sabiam que existiam.

Ela ainda assistiu aos cavalariços lavarem o sangue das lajotas do pátio e as criadas limparem a lama dos degraus que levavam à casa.

— Venha — Serafina chamou Braeden, e eles começaram a caminhar na frente da casa. — Precisamos desvendar isso.

— Seja quem for, aquele homem na noite passada parecia louco — disse Braeden.

— Como se estivesse consumido por algum tipo de rixa ou vingança sangrenta.

Serafina e o Cajado Maligno

— Eu ouvi ele dizer que ia atear fogo em algum lugar "até destruir tudo" – recordou Braeden.

Serafina se lembrou das palavras assustadoras.

— Do que você acha que ele estava falando? – perguntou Braeden.

— Não tenho certeza.

— Acha que ele estava falando de Biltmore? – perguntou Braeden.

Quando atingiram a entrada na frente da casa, Serafina olhou para cima em direção ao arco de pedra entalhado sobre a porta. Retratava um homem barbudo de aparência estranha empunhando uma longa lança ou algum tipo de bastão.

— Não sei. Mas com certeza é possível. A família Vanderbilt tem inimigos? – perguntou ela. – E o seu tio? Alguém detesta o seu tio a ponto de querer fazer mal a ele?

— Não, acho que não – respondeu Braeden. – Ele é um homem bom.

— Eu sei. Mas existe alguma coisa no passado dele que não sabemos? E a sua vida em Nova York antes de vir para cá? E todas as viagens para a Europa e pelo mundo? Será que ele veio para as montanhas remotas da Carolina do Norte por algum motivo que desconhecemos?

— Você acha que ele estava tentando fugir de alguma coisa?

— Ou talvez de *alguém*? Não sei – disse ela.

— Venha – chamou Braeden, guiando-a para dentro da casa. – Tive uma ideia.

Os dois estavam esgotados, sujos e famintos, mas também empenhados demais em resolver o mistério para descansarem naquele momento. Serafina seguiu Braeden, passando pela galeria e entrando na Biblioteca.

— O que você está procurando? – perguntou Serafina, sem saber como a coleção de livros do Sr. Vanderbilt poderia ajudá-los.

— Meu tio guarda seus registros de viagem aqui – disse Braeden, aproximando-se de um dos armários. – Quem sabe encontramos algo?

Serafina se dirigiu até onde estava Braeden e tentou ajudá-lo a olhar. Mas não sabia o que deveriam procurar.

O garoto então encontrou um conjunto de diários encadernados em couro preto numa caixa intitulada *Livros Que Eu Li – G. W. V.* Folheando as páginas, viu que o Sr. Vanderbilt havia catalogado o título e o autor de cada livro que lera desde 1875, quando tinha doze anos de idade. Havia milhares de entradas ao longo dos anos, em inglês, francês e diversas outras línguas.

Braeden se deparou com inúmeros relatos das muitas viagens do tio pelos Estados Unidos, para a Inglaterra, França, Itália, China, Japão... E Serafina sabia que a casa era repleta de peças de arte, esculturas e objetos oriundos dessas viagens. Na verdade, ela tinha acabado de estilhaçar uma dessas peças. Qualquer um daqueles objetos podia ser assombrado ou mesmo amaldiçoado de alguma maneira, o que poderia explicar a vingança sangrenta contra o Sr. Vanderbilt.

Porém, quanto mais refletia sobre aquilo, mais um pensamento em particular teimava em aparecer. O homem que Serafina vira na estrada naquela primeira noite não lhe parecera um nova-iorquino ou algum tipo de habitante do norte do país. E nem do estrangeiro. A pele era marcada por uma teia encarquilhada de rugas esculpidas pelos ventos da montanha, a barba e o bigode eram longos e grisalhos como os de muitos anciãos locais, o sotaque lembrava demais o dos habitantes das montanhas. Serafina não podia ter certeza só pelos encontros rápidos e assustadores, mas ele parecia um homem dos Apalaches.

Ela se lembrou das palavras perturbadoras que o velho havia gritado para a coruja: "Nós vamos queimar aquele lugar até destruir tudo!"

— Que tal olhar os registros da Mansão Biltmore — sugeriu Serafina.

— E descartar os registros das viagens do meu tio?

— Isso, vamos nos concentrar em Biltmore — disse, mais confiante agora.

— Estão ali, ó — mostrou ele, levando-a para um grupo diferente de caixas.

À medida que vasculhavam os papéis, parecia difícil imaginar que resposta poderia ser encontrada ali; no entanto, quando Braeden abriu uma caixa de fotografias antigas e desbotadas, Serafina se inclinou para olhar mais de perto.

A primeira foto que examinou mostrava uma vasta extensão de terra limpa com nada além de tocos de árvores e ervas daninhas, umas vinte ou trinta mulas, algumas carroças com lenha empilhada e um grupinho de mal--encarados portando machados. Era difícil imaginar, mas, a julgar pela vista das montanhas ao fundo, parecia ser o topo da colina onde Biltmore fora

Serafina e o Cajado Maligno

construída. A clareira era aberta, pelada, sem árvores. Não havia jardins, nem floresta, apenas um terreno vazio e árido. Era assim a aparência do lugar na época em que o Sr. Vanderbilt comprou as terras anos antes.

A fotografia seguinte mostrava centenas de pedreiros, operários, carpinteiros e outros trabalhadores braçais construindo os andares mais baixos da Mansão Biltmore. Havia homens e mulheres, brancos e negros, americanos e estrangeiros, nortistas e sulistas, e muita gente das montanhas. O coração dela ficou comovido quando notou o pai em uma das fotos, trabalhando em um sistema de guindastes. Ela sorriu, afinal, em sua mente, sempre imaginara o pai trabalhando sozinho, construindo Biltmore quase por si só, já que era desse modo que sempre o vira trabalhando. Percebeu como tinha sido boba. Ele tinha sido apenas mais um entre os milhares de homens que trabalharam ali por seis anos. Era impressionante ver, de fotografia em fotografia, as paredes cercadas de andaimes de Biltmore crescendo do nada.

Algum tempo depois, enquanto ainda procurava no meio dos documentos de Biltmore, tentando encontrar as pistas de que precisavam, Serafina deu uma olhada em Braeden. Exausto, ele havia adormecido em uma das poltronas estofadas. Serafina o deixou dormir, mas continuou sua pesquisa.

– Estou morrendo de fome – anunciou Braeden quando acordou. Rapidamente, apanharam alguma comida na cozinha. Mas, logo que acabaram de comer e se limpar, voltaram ao trabalho.

Mais tarde, ao vasculhar uma nova caixa, Braeden se surpreendeu:

– Olha só essa!

Alguma coisa despertou o interesse de Serafina. Como as outras fotografias, esta mostrava uma porção de homens, andaimes de madeira e a semiconstruída Biltmore se erguendo ao fundo. Ela nem tinha certeza do que o fotógrafo estava tentando capturar, além do canteiro de obras em si. Alguns operários na foto estavam trabalhando, alguns conversando, outros apenas olhando para a câmera. Ao examinar a cena mais de perto, um dos homens chamou sua atenção. A imagem era tão pequena que ficava difícil discernir, mas ele tinha o rosto muito enrugado, uma longa barba e o bigode grisalhos. Não usava um casaco comprido nem carregava um cajado, porém estava olhando direto para a câmera e seus olhos pareciam bilhas de prata.

Era o inimigo deles – o homem que Serafina vira na floresta. Era a mesma pessoa. Ela tinha certeza. Isso significava que não se tratava de uma assombração da floresta nem de um espectro apavorante, mas de um ser de carne e osso. Pelo menos, assim havia se mostrado anos antes.

– Braeden, olha só isso – chamou Serafina, mostrando-lhe a fotografia. – É ele! Temos que descobrir quem é esse homem.

– Então precisamos falar com o Sr. Olmsted – disse Braeden.

Serafina examinava cuidadosamente o tal velho de barba grisalha – e que já começara a ficar careca – quando Braeden apareceu na Biblioteca com o Sr. Olmsted.

– Como posso ajudar? – perguntou ele ao entrar na sala usando sua bengala de madeira para se equilibrar. – É... parece que todos passaram por maus bocados ontem à noite, principalmente vocês dois.

Um pouco espantado pelo fato de o Sr. Olmsted mostrar-se tão a par do ocorrido, Braeden olhou para Serafina, parada bem perto do globo gigante.

A garota balançou a cabeça lentamente para Braeden, tentando passar uma mensagem, da forma mais discreta possível, para o amigo. *Não fale sobre isso. Concentre-se na nossa pergunta.*

– Senhor – começou Braeden –, já que o senhor ficou encarregado de muitas das equipes de trabalho durante a construção de Biltmore, estávamos imaginando se não poderia nos dar uma ajuda com algumas fotografias que encontramos.

Robert Beatty

— Com certeza posso tentar, Amo Braeden — respondeu ele enquanto se acomodava em um sofá na frente da lareira. — Aqui parece ser um lugar quente e agradável.

— Esta é a fotografia que nós…

— Talvez pudéssemos tomar uma xícara de chá quente antes de começar — propôs o Sr. Olmsted, parecendo não escutar o que Braeden já havia dito.

— Hum… — hesitou Braeden, olhando novamente para Serafina. — Com certeza, claro. — Ele caminhou até a parede e pressionou o botão para a copa.

— Enquanto esperamos pelo chá, quem sabe já podemos ir dando uma olhada nessa fotografia? — sugeriu Serafina, tirando a foto das mãos do amigo e andando até o Sr. Olmsted.

— Que ótima ideia, Serafina — disse o Sr. Olmsted. Ela ficou espantada. Nunca tinha percebido que ele sabia o nome dela, tampouco que ela existia. Mas então o Sr. Olmsted bateu na almofada do lado dele e a convidou a se sentar. Surpresa, a garota se acomodou no sofá e entregou a fotografia para o velhote.

— Ah, essa é antiga… — o Sr. Olmsted examinou a imagem com interesse. Suas mãos tremiam enquanto a seguravam.

— O senhor reconhece esse homem aqui? — apontou Serafina.

— Chamou, senhor Braeden? — perguntou um lacaio, vestido com sua libré branca e preta, ao entrar na Biblioteca.

— O Sr. Olmsted gostaria de uma xícara de chá, por favor — pediu.

— Em um instante, senhor — disse o lacaio e saiu.

Serafina observava o Sr. Olmsted examinar o rosto na foto. A expressão dele começou ligeiramente curiosa, como se estivesse se lembrando dos bons tempos quando projetava os jardins, arava, preparava a terra, e supervisionava as equipes que plantavam milhares e milhares de árvores, arbustos e flores. Mas então sua expressão mudou. Ele estreitou os olhos e levou a fotografia para mais perto do rosto.

— Talvez isso possa ajudar, senhor — disse Braeden, entregando-lhe uma lupa que havia retirado de uma escrivaninha próxima.

— Ah, que ótima ideia, muito gentil de sua parte, Amo Braeden — agradeceu o Sr. Olmsted e começou a examinar a foto. — Sim, eu me lembro desse camarad…

Serafina e o Cajado Maligno

— Quem era? – perguntou Serafina, aflita pela resposta.

Por vários segundos, o Sr. Olmsted pareceu perdido em seus pensamentos, como se estivesse tentando descobrir como responder àquela pergunta.

— Bem, contarei uma história sobre um pedaço de terra não muito longe daqui – disse, afinal. – Muitos anos atrás, George Vanderbilt estava viajando pelo país com a mãe. Ele ainda era jovem, tinha só vinte e seis anos. Um dia, saiu para cavalgar nas montanhas e fez uma pausa no topo de uma colina. Achou a paisagem vista dali belíssima. Ocorreu a ele que um dia gostaria de construir uma casa no local. Pediu ao seu advogado para conferir se era possível adquirir aquele específico lote de terra. Achando o preço barato e o dono ansioso para vender, instruiu o advogado a comprar o terreno. Após garantir milhares e milhares de hectares, George finalmente me convidou para ver o lugar e me levou para aquele ponto na colina. Ele me disse: "Então, eu trouxe você aqui para examinar essa terra e me dizer se cometi alguma estupidez."

O Sr. Olmsted sorriu ao se lembrar das palavras do amigo.

— O que o senhor disse a ele? – perguntou Braeden. – Era estupidez?

— Bem, eu relatei a dura verdade. O local tinha uma vista deslumbrante a distância, mas a terra em si havia sido explorada sem cuidados e com agricultura de subsistência por décadas, o solo estava esgotado e as árvores em estado deplorável, sendo que as laterais da colina sofriam com a erosão causada pelo desmatamento. Os posseiros que ocupavam a área não eram os donos da terra, mas haviam cortado muitas árvores para construir cabanas, produzir lenha e principalmente para vender a madeira. Eu vi quando esses posseiros levaram cortes de toras de nogueira para a cidade em suas carroças, vendendo a mercadoria pelo lance mais alto. Veja só, naquela época, a madeira era quase uma forma de moeda, e esses homens a roubaram direto da floresta até ela acabar, e depois partiram para a montanha seguinte. Haviam cortado e queimado quase toda a floresta naquela área.

— Queimado? – Braeden perguntou, magoado.

O Sr. Olmsted confirmou com a cabeça.

— Após derrubar todas as árvores, eles faziam campos de pastagem para o gado e os porcos. Cerejeiras, tulipeiros, nogueiras pretas, alfarrobas e bétulas nativas, que eram tão vitais para essas montanhas, foram todas destruídas.

Milho, grãos e tabaco foram cultivados ano após ano, até que o solo estivesse totalmente empobrecido. Tal prática não era incomum nos estados dedicados ao plantio de algodão depois da guerra. Grande parte da terra havia sido devastada e ficado em um estado lastimável.

— Então meu tio tinha cometido um erro terrível, bem como ele temia — disse Braeden, perplexo. — Ele acabou abandonando a propriedade e veio encontrar a terra de Biltmore com todas as suas lindas árvores?

O Sr. Olmsted exibiu sob o bigode um sorriso, leve mas malicioso, como se as palavras de Braeden o tivessem deixado satisfeito.

— Não exatamente. Eu disse ao seu tio que o topo da colina no qual ele esperava construir uma casa tinha, sem dúvida, uma vista agradabilíssima, e os hectares a distância tinham potencial. Expliquei que, com plantação extensiva, eu achava que podíamos reconstruir todo o ambiente natural que havia sido perdido. Levaria tempo e dinheiro, milhares de plantios e replantios, e anos para crescer. Aquilo nunca havia sido feito em larga escala, mas, se conseguíssemos fazer, então estabeleceríamos um exemplo de reflorestamento para o sul e, na realidade, para todo o país também. Mostraríamos a maneira correta de conservar e construir nossas florestas, em vez de derrubá-las.

— Espere — disse Braeden. — Eu não entendo. Você está falando que o tal lugar... *era Biltmore*?

O Sr. Olmsted sorriu.

— Você está, neste exato momento, pisando no ponto exato no qual seu tio, a cavalo, olhou a paisagem das montanhas e decidiu que construiria uma casa.

— Mas todas as lindas árvores e os jardins...

— Fomos nós que plantamos — contou o Sr. Olmsted com simplicidade.

Serafina estava encantada, ouvindo o Sr. Olmsted. Diferente de Braeden, que era um recém-chegado ao Estado, ela havia crescido lá, desde o início, com o pai, por isso já conhecia a história, mas ainda apreciava ouvi-la. Ficou fascinada com a forma como o Sr. Olmsted pensava nas coisas em uma escala tão ampla, além das montanhas e para o país inteiro, e durante a passagem de décadas. No caso de Serafina, parecia que ela passava a maior parte do tempo tentando sobreviver aos segundos seguintes. Não conseguia nem imaginar como seria vislumbrar paisagens dez, vinte, trinta anos adiante.

Serafina e o Cajado Maligno

Contudo, seus pensamentos logo se voltaram para a situação sombria que os havia levado àquele momento.

— Mas, afinal, quem é esse homem na fotografia? — perguntou ela.

— Ah, sim — disse o Sr. Olmsted, ficando mais sério. — É aí que a história continua. Naquele mesmo ano, enquanto começávamos o trabalho de reflorestamento, logo descobrimos que o desmatamento e a venda da madeira não eram apenas casuais. Não eram exploradores individuais fazendo aquilo. Havia um marginal conspirador chamado Uriah que organizava tudo. Ele não tinha nenhum direito a mais sobre essa terra do que os demais posseiros, mas era um vigarista. Fazia favores para as pessoas e depois cobrava caro. Emprestava dinheiro em termos aviltantes. A maioria dos posseiros da área devia a ele de um modo ou de outro, e os restantes o temiam, porque aqueles que se opunham a ele tinham fins trágicos. Quando chegamos, ele os controlava a todos com violência. Acho que deve ter sido um antigo dono de escravos, um capataz ou algo do tipo, porque parecia gostar de exercer poder sobre outras pessoas. Parecia obcecado em controlar *tudo*.

— Mas meu tio não tinha comprado as terras? — disse Braeden, confuso.

— É verdade. Mais de cinquenta mil hectares, cobrindo quatro condados. Ele comprou dos donos originais, dentro da lei, mas esses saqueadores florestais não se importavam a quem a terra pertencia legalmente, e Uriah também não. Eles vinham cortando as árvores há anos e ninguém iria impedi-los. Para Uriah, aquela terra era domínio dele, e só dele.

Domínio de Uriah, e só dele, pensou Serafina.

— Nenhum de nós percebeu, quando começamos a recuperação da terra e a construção da casa, que precisávamos lidar com esse tal de Uriah. Apesar do poder que o sujeito havia tido sobre os posseiros locais por muitos anos, era óbvio para nós que os melhores dias de Uriah tinham ficado para trás. Acho que ele deve ter sido ferido na guerra ou contraído alguma doença devastadora. Uriah estava com péssima saúde. Parecia desesperado ao tratar conosco, como se ainda estivesse tentando manter os últimos vestígios do império corrupto que tinha construído aqui. Nós não conseguíamos descobrir por que ele simplesmente não desistia das suas exigências ilegais e ia embora. Era como se a vida dele efetivamente dependesse disso. Em todo caso, era óbvio que ele não era do tipo de homem que vai embora facilmente, que aceita a derrota. E resolveu "declarar guerra".

— O que o meu tio fez? – perguntou Braeden.

— Bem, nós não deixávamos um homem como Uriah chegar nem perto do seu tio, claro. Mas o Sr. McNamee, o superintendente da propriedade, teve diversas discussões com o patife, assim como o Sr. Hunt, o arquiteto da casa, além de mim. Um confronto atrás do outro. Começamos a ignorar Uriah e tratar diretamente com os posseiros. Demos a eles emprego e terra para trabalhar. Precisávamos da mão de obra, e eles ficaram felizes em nos ajudar. Muitos se estabeleceram em choupanas na propriedade ou encontraram casas na cidade. Mas Uriah nos detestava, nos desafiava constantemente, dizendo o que podíamos ou não fazer, que limites podíamos ou não atravessar, como se ele próprio fosse o dono das terras. Estávamos no nosso direito, tanto em termos morais quanto legais, então teria sido fácil ignorar o homem, mas tentei lidar com ele de maneira justa. Nunca confiei nele, mas sentia que era muito mais perigoso do que parecia, e eu estava relutante em transformá-lo em um inimigo. Não existe nada mais perigoso do que um homem desesperado. Mas o Sr. Hunt não compartilhava meu receio em relação a Uriah. Ele o tratava com todo o respeito que merecia. O que quer dizer, nenhum. E Uriah ameaçava o Sr. Hunt por isso.

— Mas o tal Uriah não conhecia o Sr. Vanderbilt? – perguntou Serafina, confusa.

— Não pessoalmente, mas com certeza conseguiu muita informação *sobre* ele. O delinquente odiava George Vanderbilt mais do que todos os outros, por achar que George era o responsável por toda a sua desgraça.

— Mas não era culpa do meu tio! – insistiu Braeden.

— Não, não era – concordou o Sr. Olmsted. – Mas Uriah não via dessa maneira.

Serafina e Braeden se mantiveram quietos quando o lacaio entrou na sala com uma bandeja de prata portando a louça elegante com o monograma de Biltmore, e avançou para servir o chá do Sr. Olmsted. Devagar, peça por peça, dispôs um pires finamente decorado, uma xícara de chá, um bule, um açucareiro, uma colher de chá e um pote com creme, e então lentamente serviu o

Serafina e o Cajado Maligno

chá fumegante enquanto todos esperavam em silêncio. Parecia que estava levando uma eternidade. Quando enfim o lacaio saiu, Serafina pulou de volta para a conversa.

— E que fim levou o tal do Uriah? — perguntou.

O Sr. Olmsted tomou um gole de chá e pousou a xícara no pires com um leve tinido.

— Bem, ele nos confrontou muitas vezes, e nós, todos nós, perdemos a paciência. Eu me lembro que tivemos um bate-boca daqueles. Por fim, o Sr. McNamee ordenou aos seguranças, mais de vinte homens armados a cavalo, que amarrassem as mãos de Uriah e o levassem embora à força.

— O que eles fizeram com ele? — perguntou Braeden.

— Levaram o arruaceiro de trem para a costa. Acredito que mencionaram algo sobre enfiá-lo num navio que zarparia para terras estrangeiras. Em todo caso, ficamos felizes em vê-lo longe daqui.

— Uriah deve ter ficado com muita raiva por causa disso — falou Serafina.

— Raiva nem começa a descrever seu estado de espírito. Não vou repetir todas as obscenidades que nos lançou, mas nos amaldiçoou de todas as formas e jurou que voltaria para matar a todos nós. "Mesmo que leve cem anos", ele gritava, "eu vou voltar e queimar a casa até destruir tudo!".

— Espera — começou Serafina. — Foi isso realmente o que ele disse, essas exatas palavras? — Um nó se formou na sua garganta, por já saber a resposta. Podia se imaginar ouvindo-o gritar aquela ameaça. Na verdade, isso já havia acontecido.

Ela respirou fundo. Finalmente, tinha conseguido detectar seu inimigo. Esse homem, Uriah, era um mutante, o tal feiticeiro como Waysa tinha relatado, pertencia à família da coruja de rosto branco, bruxo da magia negra, com poderes ligados à terra. Era o velho da floresta sobre quem o povo da montanha contava histórias em volta das fogueiras à noite. Era o farsante e mestre dos posseiros desmatadores de árvores que o Sr. Olmsted havia conhecido. E era ele o inimigo contra quem sua mãe e seu pai e os outros gatos-mutantes haviam lutado e a quem haviam enfraquecido doze anos atrás. Quando Biltmore fora construída, Uriah não conseguira mais manter seu domínio perverso. Mas, quando fora enxotado para o mundo, começara a readquirir seu poder, encontrando novas artes diabólicas para exercer, transformando sua dor e seu ódio em uma magia negra e sinistra, agora mais poderosa do que nunca – tudo para que um dia ele pudesse regressar a essas montanhas, incendiar e destruir Biltmore e reconquistar seu domínio sombrio.

Serafina compreendeu que, quando ela vestira a Capa Preta, a magia a havia iludido, tentado convencê-la de que havia sido criada para o bem, mas não era verdade. Uriah tinha puxado o Sr. Thorne para a sua teia de mentiras e o enviado para dentro de Biltmore com o intuito de reunir almas, reunir poderes. E agora Uriah estava fazendo com que o Cajado Maligno lhe desse controle sobre os animais. Uriah queria as pessoas e os animais e a floresta e a terra… e iria usar seus demônios e seus apetrechos para conquistar seu perverso objetivo. Ele queria o controle de tudo.

– Você está bem? – perguntou Braeden, tocando no braço de Serafina.

A garota piscou, interrompendo seus pensamentos, e olhou para o amigo.

– Sim, estou bem, desculpe, continue.

– Sr. Olmsted – perguntou Braeden –, seria realmente possível alguém incendiar e destruir Biltmore?

– Eu não sou arquiteto, mas posso falar o que sei e…

– Com licença, Sr. Olmsted – interrompeu Serafina de repente quando uma pergunta surgiu em sua mente. – O que de fato aconteceu com o Sr. Hunt?

– No último ano da construção da casa, apenas alguns meses antes que o maior trabalho da vida dele estivesse concluído, nosso grande amigo Sr. Hunt infelizmente se foi.

– Ele morreu? – perguntou Braeden.

– Sim, ele faleceu. Ficamos todos tão chocados e devastados pela terrível sucessão de acontecimentos que…

– Como ele morreu? – interrompeu Serafina mais uma vez.

– Primeiro pegou um resfriado, e aí veio uma tosse forte, e depois teve um ataque de gota. Os médicos não tinham certeza, mas, no final, parece que sofreu um infarto.

Serafina e o Cajado Maligno

— Um resfriado? – exclamou Braeden, em choque. – Começou com um resfriado?

Essas novidades encheram Serafina de um novo medo. Ninguém morria de resfriado. Era isso o que estava acontecendo com a Sra. Vanderbilt? Seria a mesma doença? Será que Uriah tinha lançado um feitiço sobre a senhora de Biltmore?

— O senhor ia nos contar a respeito da possibilidade de um incêndio – Braeden incitou o Sr. Olmsted.

— Como você pode imaginar, o Sr. Hunt se preocupava muito com a hipótese de um incêndio em Biltmore e, sendo um homem astuto, incluiu várias proteções contra isso. Primeiro, ele construiu toda a estrutura de base da casa com vigas de aço, paredes de tijolos e pedra, em vez de madeira. Segundo, a casa é dividida em seis seções separadas de forma que, se um incêndio começar, ele não tem possibilidade de se alastrar. E terceiro, há detectores de fogo espalhados pela casa, todos conectados por um sistema elétrico de alarme.

Quando o Sr. Olmsted disse essas palavras, Serafina e Braeden se entreolharam. *Os ratos...*

— Tudo isso estava fora do meu alcance, claro – continuou o Sr. Olmsted. – Eu sou um plantador de árvores, não um engenheiro eletricista, mas me lembro de que era tudo muito avançado.

— Mas e se alguém colocasse fogo de propósito? – perguntou Serafina.

O Sr. Olmsted balançou a cabeça.

— Até poderiam tentar, mas, graças ao Sr. Hunt, seria difícil conseguir. Novamente: primeiro, precisariam desativar os alarmes de incêndio; segundo, precisariam conhecer os detalhes internos das seis seções da casa para saber exatamente por onde começar, onde, especificamente, atear fogo.

— Uriah viu isso tudo quando a casa estava sendo construída? – perguntou Braeden.

— Ah, não, ele não tinha acesso a esse tipo de informação. Não mesmo.

— Existe alguma maneira de alguém descobrir? – perguntou Braeden.

— Bem, acho que sim. Os detalhes da construção do Sr. Hunt estão descritos nos seus desenhos.

– Onde eles estão? – perguntou Serafina.

– Não se preocupem – tranquilizou-os o Sr. Olmsted. – Ninguém nunca conseguiria alcançar essas plantas. Elas estão escondidas e protegidas, trancadas a chave exatamente nesta sala onde estamos.

Após o Sr. Olmsted deixar a Biblioteca, Braeden olhou para Serafina.

– E agora? O que vamos fazer?

– Primeiro, você precisa contar ao seu tio o que descobrimos. Vou pedir ao meu pai para conferir se o sistema de alarme está funcionando. Mas, antes de fazer isso, você se lembra da noite que fomos atacados pelo bando de ratos?

– Estávamos indo vasculhar o quarto de Grathan.

– Mas os ratos impediram – disse ela. – Depois os cachorros sumiram. Eu não sei para onde Grathan foi, mas vou entrar escondida no quarto dele e fazer uma busca.

– Tenha cuidado – pediu Braeden, concordando com um gesto de cabeça. Ele olhou para fora da janela na direção do sol poente. – Quando eu falar com o meu tio, também vou procurar Rowena. Ela deve estar se perguntando onde nós estamos.

– Lady Rowena foi muito corajosa na noite passada – disse Serafina. – Vá procurar por ela. Vamos nos encontrar na galeria dos fundos em meia hora.

— Combinado!

Enquanto subia a escadaria dos fundos para o terceiro andar, Serafina tentou refletir sobre tudo aquilo. Estava claro que Uriah havia enfeitiçado o Cajado Maligno para ajudá-lo a destruir Biltmore e os Vanderbilt. Mas, como Waysa tinha explicado, Uriah não entrava na luta pessoalmente. Ele não estava empunhando o cajado ele mesmo. Havia mandado Grathan, seu aprendiz e espião.

Quando ela chegou ao corredor que levava ao Quarto Van Dyck, parou e respirou fundo. Já havia tentado entrar antes e falhado, mas, desta vez, estava determinada a conseguir.

Passou sorrateiramente pelo corredor e pressionou a orelha na porta, tentando escutar algum movimento. Como não ouviu nada, lentamente girou a maçaneta. Estava trancada. Desejou ter a chave-mestra da Sra. King, mas não era o caso.

Desceu o corredor às pressas, deslizou para dentro de uma tubulação de aquecimento e escalou a parede. Levou algum tempo para achar o caminho pelos dutos, mas finalmente encontrou a grade de bronze que procurava e deslocou-a para dentro do quarto do Sr. Grathan.

Serafina se sentiu como se fosse entrar numa toca de dragão. No entanto, viu-se em um quarto elegantemente decorado, com papel de parede amarelo, piso de tacos de madeira, um tapete persa, uma pequena lareira e mobília de castanheira. As paredes eram decoradas com gravuras de Van Dyck pendendo de longos ganchos de aço. Ela ficou surpresa, mas não havia nada claramente errado ou fora do lugar no quarto.

Acho que não tem nenhum gato morto, pensou, recordando-se da expressão de Essie.

Mas o quarto tampouco estava totalmente vazio. Uma camisa usada e uma calça amassada estavam dobradas em cima de uma das cadeiras. Havia três malas de couro no chão. O Sr. Grathan podia voltar a qualquer momento, e só esse pensamento já fazia as palmas das suas mãos suarem.

Serafina vasculhou o quarto o mais rápido que pôde, procurando roupas e sapatos manchados de seiva de pinheiro ou marcas de carvão da fogueira. Chegou a pensar que talvez encontrasse até mesmo recipientes incriminatórios da seiva altamente inflamável. Ela considerava que a floresta de pinheiros

Serafina e o Cajado Maligno

não era apenas uma maneira de Uriah e Grathan se esconderem, mas parte do plano para destruir Biltmore. Seu pai lhe havia contado uma vez que não havia nada mais quente do que um incêndio florestal em um arvoredo de pinheiros, que os troncos das árvores na verdade explodiam quando a seiva fervia. Seria a maneira ideal de começar um incêndio dentro de uma casa, mesmo em uma construção planejada para resistir ao fogo.

Como não encontrou o que procurava, Serafina abriu uma das malas de couro e inspecionou lá dentro. Nada além de roupas. Abriu a mala seguinte. Nada ainda. Depois de verificar a terceira, finalmente parou. Olhou em volta do quarto, frustrada.

Não tem nada aqui...

Pelo que pôde encontrar, o Sr. Grathan parecia ser um homem normal, comum. Franziu os lábios e respirou pelo nariz, confusa.

Isso não faz sentido...

Onde estavam os fósforos e os recipientes com seiva de pinheiro? Onde estavam os livros cheios de pentagramas, runas e feitiços malignos? Grathan tinha se empenhado tanto para garantir que ninguém entrasse no quarto, mas o que ele estivera fazendo? Escondendo a porcaria da sua escova de dentes?

Tem que ter alguma coisa aqui...

Ela voltou e inspecionou novamente as malas de couro. Vasculhou com mais cuidado dessa vez, procurando por detalhes ou costuras incomuns que parecessem fora do lugar. E logo encontrou algo. Havia um pequeno compartimento escondido no forro de uma das malas, um fundo falso.

Ora, isso é interessante...

Dentro, ela se deparou com recortes de jornais – alguns rasgados, de anos atrás, outros mais recentes –, mas eram todos artigos sobre assombrações, desaparecimentos misteriosos e assassinatos horripilantes. Muitos dos nomes e cidades nos artigos estavam sublinhados.

O que o senhor anda fazendo, Sr. Grathan?

Junto com os recortes, encontrou um mapa antigo e rasgado dos Estados Unidos. Cada um dos locais mencionados nos vários artigos estava marcado com um círculo e também com o que parecia um pequeno X. Mas então ela percebeu que não eram Xs. Eram pequenas cruzes em pé, como lápides.

Robert Beatty

Seu primeiro pensamento foi o de que ele estava obcecado em pesquisar relatos de fenômenos ocultos e sobrenaturais. Mas depois percebeu que talvez ele não fosse só um pesquisador. Talvez ele fosse *a causa* desses eventos.

Aonde quer que ele fosse, as pessoas morriam.

O coração dela começou a disparar. Examinou os recortes novamente, verificando a data de cada um. A manchete do mais recente dizia: *O Misterioso Desaparecimento de Montgomery Thorne.*

Grathan tinha de fato ido investigar o desaparecimento do Sr. Thorne, mas ele não era um detetive da polícia. Por que então teria ido?

Além do Sr. Thorne, três nomes eram mencionados no artigo, os residentes conhecidos da Mansão Biltmore: George, Edith e Braeden Vanderbilt.

Isso não é bom...

Quase todos os círculos no mapa estavam gastos e esmaecidos, mas havia um que se destacava: o círculo que marcava a localização da Mansão Biltmore. Não havia nenhuma cruz do lado dela.

Depois de ir para todos esses outros lugares, ele veio para cá...

Serafina olhou ao redor do quarto, tentando pensar.

Este quarto está tão vazio, com tão poucas pistas... Mas tem que haver uma maneira...

Ela se levantou e se virou.

Como posso ver o que não pode ser visto?

Percebeu uma ligeira descoloração no chão na frente de uma das cadeiras estofadas. Ficou de quatro e aproximou o nariz daquela área do tapete.

É sujeira de um sapato... Uma marca de arrastado... O Sr. Grathan se sentou nessa cadeira...

Ela se moveu para frente e correu o nariz devagar ao longo do braço da cadeira, sentindo os odores. Primeiro não conseguiu distinguir nada além do tecido em si. Depois captou um cheiro fraco, mas extremamente peculiar.

Eu já senti esse cheiro...

Era o odor de algum tipo de pedra quebradiça. E ela podia sentir o cheiro persistente de metal. Parecia bem familiar. Conseguia visualizá-lo em sua mente, mas não conseguia pensar no nome. Era uma pedra cinza macia, poeirenta, pequena, retangular.

Serafina e o Cajado Maligno

É uma pedra de amolar! É assim que meu pai chama.

Serafina já havia visto seu pai usando uma pedra de amolar na oficina para raspar uma lâmina de aço até que as extremidades brilhantes estivessem afiadas como uma navalha.

Ela engoliu em seco.

Grathan se sentou nessa cadeira e afiou uma arma branca...

Seu peito começou a inchar e desinchar com mais peso, os pulmões precisando de mais ar. Tentou refletir.

Uriah convocou Grathan para vir para cá. Mas Grathan não é apenas um espião...

É um assassino!

Ele não é só um investigador de homicídios.

É um homicida!

Serafina não conseguiu se conter e examinou o quarto de novo, mas já havia vasculhado tudo. Não tinha nenhuma arma para ser encontrada.

Como ele carrega a arma e a esconde?

E, mais importante, quem ele veio matar?

Ela se lembrou que Essie e Rowena haviam contado que Grathan fizera muitas perguntas sobre o Sr. Thorne, Gideão e Braeden. Um já estava morto. O outro era um cão.

Só restava...

Quando ouviu um barulho do lado de fora do quarto, jogou-se no chão e se escondeu embaixo da cama.

Esperou e escutou, o peito puxando ar com força.

Ouviu sons abafados.

Havia algum tipo de comoção no corredor, pessoas falando, um alarme.

Seu peito se encheu de pânico. Farejou o ar procurando cheiro de fumaça, mas não detectou nada.

Rapidamente saiu de baixo da cama rastejando e se dirigiu até a porta. Quando ouviu a voz de Essie, girou correndo a fechadura e saiu do quarto.

– Ah, é a senhorita! – exclamou Essie surpresa. – O que está fazendo aqui?

– É um incêndio? – perguntou Serafina. – O que está acontecendo?

Robert Beatty

— A gente subiu só pra procurar *a senhorita* — respondeu Essie.

— Me procurar? Por quê?

— Alguém disse ao Amo Braeden que a senhorita tinha sido vista nos jardins toda machucada. O amo ficou bastante preocupado e ansioso para saber onde a senhorita estava, e então mandou a gente procurar aqui em cima enquanto ele olhava lá fora.

— Machucada? — Serafina estranhou, perplexa. — Não estou machucada. Quem disse isso a ele?

Naquele momento, ela se lembrou da noite em que pegara um rato na floresta: toda vez que o bicho tentava fugir, o reflexo dela era capturá-lo novamente. Quando caíra da Grande Escadaria, seu reflexo havia assegurado que aterrissasse de pé. Reflexos eram uma força poderosa e útil. Mas também podiam ser usados contra a pessoa. Serafina sabia porque já havia se aproveitado disso. Algumas semanas antes, havia caminhado pelos corredores de Biltmore vestida como uma vítima indefesa em um elegante vestido vermelho. Usara o reflexo do Sr. Thorne contra ele e o atraído para a morte. Mas agora...

Era a vez dela.

Alguém estava no controle, e não era ela.

Se subitamente pensassem que ela havia sumido e estava ferida, quem seria a primeira pessoa de Biltmore a reagir? Quem iria montar no cavalo imediatamente e cavalgar às cegas na escuridão da noite, sozinho, apenas para salvá-la?

Ela se imaginou correndo para os jardins e encontrando o corpo sem vida de Braeden caído no chão, emboscado e esfaqueado até a morte por um homem com uma lâmina superafiada.

Serafina agarrou o braço de Essie.

— Eu vou lá encontrar e trazer Braeden de volta. Mas você precisa fazer uma coisa muito importante. Corra lá embaixo o mais rápido que conseguir e chame o meu pai, o Sr. Olmsted e o Sr. Vanderbilt. Quero que você peça para eles verificarem as plantas da mansão e encontrarem os pontos mais vulneráveis a um incêndio. Vá até esses lugares e procure seiva de pinheiro no chão e nas paredes, ou qualquer outro tipo de líquido ou material inflamável.

Serafina e o Cajado Maligno

Eles devem colocar guardas para proteger essas áreas. Não deixe ninguém acender uma fogueira, de jeito nenhum.

— Farei isso agora mesmo! — exclamou Essie.

Serafina lançou um último olhar para Essie e depois correu. Ela não se importava com quem a visse ou a escutasse agora. Atravessou freneticamente a casa e correu escada abaixo, a respiração ofegante.

Ao passar voando pelo Saguão de Entrada, ouviu o barulho dos cascos do cavalo de Braeden atravessando o pátio em frente à casa. Ela disparou pela porta da frente justo a tempo de ver o amigo passar galopando. Ele estava com o corpo inclinado para frente em cima do cavalo, demonstrando pressa e... pânico. Serafina nunca o vira galopar tão rápido. Mas ele estava cavalgando precipitadamente na escuridão em direção aos jardins.

— Braeden! — gritou a garota. — Volte! Estou aqui! Estou viva! — Mas ele não escutou.

Serafina correu atrás dele. Quando saiu pela noite, ouviu um rosnado alto e de gelar o sangue, de um cão de caça nas árvores próximas. Uma torrente de pavor tomou conta da sua mente. Parecia que um cão de caça sentinela na floresta tinha avistado Braeden e estava dando o aviso para seus irmãos de presas brancas se juntarem a ele.

Então ela ouviu o rosnado comprido, agudo e uivado, de um coiote solitário. O rosnar de resposta de cem outros coiotes se elevou de todos os lados do terreno em volta de Biltmore.

Um frio na espinha ameaçou paralizá-la. A razão de ser de toda essa mentira e dissimulação não era somente encontrar a Capa Preta e incendiar Biltmore. Agora, eles queriam *Braeden*. O garoto em particular. E logo teriam o melhor amigo de Serafina nas suas garras.

Ela ouviu outro som a distância. Conhecia bem demais o barulho fantasmagórico de quatro cavalos e uma carruagem na estrada de Biltmore.

Eles estavam vindo. Estavam todos vindo.

Então ela avistou movimento adiante na extremidade dos jardins. Inspirou com força. A silhueta preta de uma figura espreitava nas sombras, curvada e furtiva, usando um casaco escuro comprido. Era Grathan. Ele estava empunhando sua bengala como uma arma.

Robert Beatty

— Braedeeen! – gritou Serafina enquanto ele e seu cavalo desapareciam nos vastos jardins de Biltmore, mas o garoto já se encontrava longe demais para escutá-la.

Ao adentrar os jardins atrás de Braeden, Grathan segurou a bengala com as duas mãos e puxou uma adaga comprida, pontiaguda como uma espada. Lá estava ela. A arma que ele vinha escondendo havia finalmente aparecido! Os gumes recentemente afiados da lâmina brilhavam ao luar com um poder reluzente. Empunhando-a na frente de si, Grathan seguiu Braeden descendo o caminho para os jardins. Ele iria matá-lo!

Serafina partiu em disparada com velocidade renovada. E quando finalmente alcançou o caminho, captou uma coisa pelo canto do olho: uma coruja de cara branca planou baixo no pátio e depois desapareceu entre as árvores.

O peito dela se contraiu de medo.

Grathan, os cães de caça, os coiotes, os garanhões, a coruja – todos vinham juntos.

A armadilha estava preparada. E ela e Braeden... eram os ratos.

𝒮𝑒𝓇𝒶𝒻𝒾𝓃𝒶 𝒸𝑜𝓇𝓇𝑒𝓊 𝓅𝑒𝓁𝒶 trilha que Braeden e Grathan tinham ido, mas, quando virou uma curva, teve uma visão inesperada.

Grathan estava parado no meio do caminho, de costas para ela, encarando algo no chão à sua frente. Fosse o que fosse, deixara-o paralisado.

— Não se mexa — alertou, a voz tremendo, quando deu uma rápida olhada em volta e viu a garota.

Serafina não entendeu o que estava acontecendo até ver a cascavel enrolada no meio do caminho na frente dele. Era uma cobra grossa, com aparência perigosa, quase dois metros de comprimento, marrom e com seu característico padrão de listras. Sua horripilante cabeça em formato triangular estava erguida, os olhos amarelos encarando-o de volta, e a língua preta estalando.

Ela se sentiu extremamente confusa. Por que alertara sua oponente?

— Não se mexa, Serafina — pediu Grathan novamente quando a cobra começou a chocalhar.

Foi então que Serafina viu que não havia somente uma cascavel. Havia muitas serpentes, por todos os cantos da trilha e do gramado que os cercavam.

Robert Beatty

Uma das víboras mortais estava enroscada a apenas centímetros de suas pernas desprotegidas, a cabeça se movendo para frente e para trás, como se estivesse calculando o ângulo de ataque.

Grathan segurava a bengala em uma das mãos e a adaga na outra.

Tentou recuar, mas, assim que suas pernas se mexeram, a cascavel mais próxima deu um bote rápido como o estalo de um chicote, deixando dois buracos sangrando na perna dele, com tanta velocidade que Serafina mal viu. Grathan arriscou saltar para longe do bote aterrorizante, mas caiu sentado bem em cima de um segunda cascavel, que arremeteu para frente, a boca escancarada, e enfiou fundo seus dentes na panturrilha do homem. Enquanto ele gritava e tentava se levantar, uma terceira cobra atacou sua coxa. Grathan berrou de dor e novamente caiu cambaleando para trás, soltando a adaga. As outras cobras partiram para cima dele, atacando-o no rosto, no pescoço e no peito. Suas presas bombeavam veneno na corrente sanguínea do homem. Os braços e as pernas de Grathan e seu corpo inteiro tremiam. Serafina não tinha ideia se devia lutar contra as serpentes ou fugir. Não havia nada que ela pudesse fazer além de ficar ali parada, apavorada, e assistir.

Grathan estava deitado na terra agora, o rosto para cima, braços e pernas abertos, as cobras serpenteando em torno dele. O rosto do homem estava escuro e inchado de tanto veneno, mas seus olhos encontravam-se abertos e ele olhava para Serafina.

— Ela… não… é… o… que… parece… — gaguejou com uma voz fraca, rouca, mal conseguindo falar.

— O quê? — perguntou Serafina confusa. — Não estou entendendo.

— Corra! — exclamou, ofegante.

— Do que você está falando! — gritou Serafina. Ela queria chegar mais perto do homem e escutar o que ele tentava dizer, mas precisava manter certa distância das cobras. Ela sabia que estava em perigo, mas precisava de respostas. — Quem é o senhor? De quem está falando?

Mas as pálpebras de Grathan se fecharam e ele se foi. Morreu bem diante dos olhos dela.

Serafina deu um passo para trás, depois outro, horrorizada com o que havia visto.

Serafina e o Cajado Maligno

Serafina havia pensado que Grathan era seu inimigo mortal, o segundo ocupante da carruagem, o assassino e espião de Uriah. Mas, de repente, sentiu uma tristeza estranha. Tinha acabado de acontecer algo que não deveria e era tudo culpa dela. Olhou para o pobre homem morto no chão. Será que ela cometera um engano terrível a respeito dele? Parecia que Grathan estava querendo ajudá-la, como se estivesse tentando lhe contar alguma coisa.

O fecho prateado da Capa Preta estava na sua mão aberta e sem vida. Ela queria pegá-lo, mas as cobras estavam girando em volta do braço dele.

Por mais horrorizada que estivesse pelo que acabara de ver, Serafina tentou dizer a si mesma que o que acontecera era bom, que essas cobras haviam acabado de matar seu inimigo. Tinha acabado! Grathan estava morto.

Então, ela balançou a cabeça e resmungou. Não havia cascavéis nos jardins de Biltmore. As víboras não caçavam em grupo nem atacavam pessoas em trilhas e caminhos num jardim de arbustos como aquele. Elas tinham sido levadas para lá por um poder sobrenatural. Se Grathan fosse o mal, ele deveria ter *controlado* aquelas cobras, não ser morto por elas! O quebra-cabeça não estava *solucionado*. Faltavam peças!

Naquele momento, Serafina ouviu um som de *tique-tique-tique* atrás de si, seguido por um assobio longo e rouco, não um chocalho como o de uma cobra, mas o som estalado de uma coruja.

E, segundos depois, sentiu um ar quente na nuca.

– Eu achei que eu tinha me livrado de você – disse uma voz bem atrás dela.

Serafina se virou, pronta para lutar.

Porém... era Lady Rowena parada a dois passos de distância. O primeiro pensamento de Serafina foi o de que devia ter se enganado quanto ao que ouvira e sentira. Lady Rowena estava diante dela empunhando um graveto, como se fosse se defender com ele. Serafina já estava prestes a lhe perguntar o que diabos estava fazendo lá, quando Rowena falou.

— Tô vendo que... A Negra tá aqui — disse com uma voz estranha. Quando as palavras saíram, Serafina não conseguiu deixar de olhar para o fecho prateado da Capa Preta, que ainda estava na mão inerte de Grathan.

Seguindo seu olhar, os olhos de Rowena se arregalaram. Mas, em seguida, ela sorriu.

— Ah. Obrigada. A gente tinha perdido esse troço aí.

Rowena se moveu em direção ao corpo de Grathan, aparentando indiferença pelo fato de ele estar caído morto no chão e envolto em cascavéis. Andou entre as cobras enquanto elas serpenteavam, levantavam a cabeça e a observavam com os olhos amarelos e ameaçadores, mas as víboras não

Serafina e o Cajado Maligno

chocalharam nem a morderam. Ela se abaixou e pegou o fecho prateado com a maior naturalidade.

— Dá aqui. Isso me pertence — disse encarando o rosto sem vida e inchado de Grathan.

Quando Rowena falou, Serafina percebeu que a adolescente soava diferente de antes. Seu esnobe sotaque inglês parecia ter descambado para um tom popular, ríspido até, como se estivesse cansada do artifício de atuar.

— Lamento que o Detetive Grathan estivesse investigando além da conta — disse Rowena. — E já estava chegando perigosamente perto de contar suas teorias aos Vanderbilt. Acho que essa pobre alma perdida se via como algum tipo de matador de demônios ou caçador de feiticeiros, um guerreiro contra o mal. O idiota achou que ia me matar com uma adaga.

Um uivo alto e repentino irrompeu da floresta, o chamado de um cão de caça, tão perto que Serafina, alarmada, girou na direção do som. Rowena, contudo, não parecia nada perturbada com o uivo.

Quando Serafina tornou a olhar para a inglesinha, o pequeno graveto que Rowena carregava havia se transformado em um cajado de madeira nodosa e retorcida. Naquele momento, Serafina se lembrou do chicote de montaria de Lady Rowena, do palito de cabelo feito de madeira, da sombrinha no terraço sul e do bastão de trilha da floresta. *Combinam com o meu traje!,* ela havia insistido com seu tom metido a besta. Toda vez que via Rowena, a garota estava com roupas diferentes, mas sempre carregando alguma coisa comprida e de madeira.

As peças começavam a se encaixar. Serafina percebeu então que o Detetive Grathan não havia espreitado pelo jardim para matar Braeden com sua adaga, mas sim para matar Rowena. Ele não era um policial como fingia ser, mas alguém envolvido com ocultismo, um caçador do insólito e investigador do sobrenatural. Justamente o que havia encontrado em Biltmore.

— Ali e ali — ordenou Rowena, apontando seu cajado para dois pontos ao longo do caminho do jardim, e as cobras imediatamente a obedeceram.

Afinal, Rowena se virou e olhou para Serafina.

— É, achei que eu tinha me livrado de você — repetiu.

— E quando foi isso, exatamente? — perguntou Serafina, tentando aguentar firme, apesar da confusão e do medo.

— Quando você e o cachorro caíram por cima do corrimão da escada.

— Ainda faltam seis vidas, eu acho – zombou Serafina, os olhos fixos em Rowena.

— Não dei o meu melhor, acredite.

— Na verdade, você parecia bem assustadinha.

— Não banque a convencida – resmungou Rowena. – Eu só fiquei… surpresa. Você é uma criaturinha um pouco mais forte do que aparenta ser. Mas eu não devia ter te subestimado, tendo em vista a sua espécie.

Enquanto falavam, Serafina não conseguiu evitar uma olhada na direção da casa para ter certeza de não haver nenhum sinal de fumaça ou de chamas, mas imediatamente se arrependeu.

— O que que tá procurando? – Rowena perguntou. – Entenda, é tarde demais. Eu já comecei os incêndios. Não tem nada que você possa fazer agora. Sua preciosa casa vai virar cinzas. Eu disse que finalmente ia fazer alguma coisa para deixar o meu pai orgulhoso.

Serafina tentou dar um salto e correr, mas não conseguia mexer os pés. Olhou para o chão. Para seu espanto, cipós de hera estavam crescendo rapidamente em volta dos seus tornozelos e subindo pelas suas pernas.

Antes que pudesse arrancar a maldita planta, ouviu o som de um único cavalo chegando veloz pelo caminho.

A imagem da estátua de bronze que havia em Biltmore de uma cascavel assustando um cavalo passou de relance na sua mente.

Rowena se voltou na direção do som do trote.

Fazendo uma curva, surgiu Braeden em sua montaria.

— Serafina, eu estava procurando você por todo…

— Braeden, corra! – gritou Serafina o mais forte que pôde enquanto Rowena levantava o Cajado Maligno.

As cascavéis deram o bote e enterraram as presas nas pernas do cavalo, que relinchou ao se erguer, empinando e batendo as patas, a cabeça se sacudindo violentamente e os olhos transtornados pelo pânico. Braeden caiu, e houve um terrível som de algo se partindo quando ele atingiu o solo.

Serafina tentou saltar para defender o amigo, mas imediatamente caiu com tudo, os tentáculos da hera prendendo seus pés no chão.

Enquanto ela lutava desesperadamente contra os cipós, uma cobra surgiu na frente do seu rosto, sibilando e chocalhando, preparando o bote. Com um movimento rápido da mão, Serafina deu uma pancada na cabeça da cobra com tanta velocidade que a víbora nem soube o que a atingira. Cascavéis eram rápidas, mas ela era mais. Quando uma segunda cobra atacou, pronta para cravar as presas, Serafina esquivou com um salto no ar, depois lançou-se contra ela e esmagou sua cabeça.

No entanto, ao mesmo tempo em que matava as cobras, a hera crescia em volta das suas pernas, enlaçando-a. Ao tentar arrancar a maldita hera, olhou para cima e avistou colunas espessas de fumaça escura saindo das paredes da casa. A Mansão Biltmore estava pegando fogo!

Serafina viu Braeden se contorcendo para sair do caminho do cavalo, que empinava e batia as patas. O animal não estava só assustado com as cascavéis. De repente, ele passou a querer matar o garoto. A terra tremia cada vez que ele pisoteava o chão com seus imensos cascos pretos calçados com ferraduras, Braeden rolando desesperadamente para um lado e para o outro. Um pisão e Braeden morreria. Não havia nada que ela pudesse fazer para salvá-lo.

Naquele momento, porém, uma onça-parda, um macho escuro e magro, saltou da escuridão e atingiu o cavalo provocando uma colisão selvagem de feras que urravam e pinoteavam. Waysa tinha chegado. O gato-mutante não era grande em comparação com o tamanho enorme do puro-sangue, mas lutava com a velocidade e o vigor de uma onça-parda, movendo-se tão rápido que às vezes não se via nada além de um borrão marrom.

Os cinco cães de caça chegaram correndo para entrar na batalha. Rowena apontou o Cajado Maligno para Braeden, que já tentava se colocar de pé. Os cães o atacaram, derrubando o garoto com facilidade. Partiram para cima dele com as presas de fora, latindo, e o arrastaram pelo chão.

Serafina rosnava e sibilava frustrada, enquanto arrancava as heras que se enroscavam em suas pernas. A chegada de Waysa lhe injetou uma nova dose de esperança. No segundo em que ficou livre, correu na direção do amigo, agarrou um dos cães de caça pelos quadris e o puxou para longe. Quando o cão enraivecido girou e se lançou contra ela com as mandíbulas estalando, Serafina se esquivou e o golpeou na cabeça.

— Pegue o cajado! — Serafina berrou para Braeden, mas ele estava no chão, chutando e gritando, lutando pela própria vida. Um cão de caça abocanhava sua mão direita. Outro, seu pulso esquerdo. E um terceiro prendia sua perna. Eles não estavam só mordendo, ou tentando matá-lo – estavam arrastando-o para longe. Serafina sabia que Braeden mal tinha visto Rowena, muito menos compreendia a complexidade do que estava acontecendo. A própria Serafina havia visto a situação toda, e mesmo assim não entendia. As cobras poderiam atacá-lo. Os cães poderiam rasgar a garganta dele se quisessem, mas... eles estavam arrastando o garoto para fora dali.

Serafina e o Cajado Maligno

Só quando escutou o terrível barulho dos cascos dos quatro garanhões no pátio de Biltmore foi que Serafina começou a entender. Os cães de caça, o Cajado Maligno, os garanhões e a carruagem. Uriah e Rowena a queriam morta. Mas queriam Braeden *vivo*!

Waysa então se jogou para fora dos arbustos na direção de Rowena, que empunhava o cajado. Quando ela apontou a arma para dois dos cães de caça, eles se lançaram violentamente contra a onça. O gato-mutante e os dois cachorros se chocaram numa batalha feroz de caninos que rasgavam e garras que laceravam.

Rowena investiu o cajado em direção à floresta e gritou alguma coisa que Serafina não entendeu. Contudo, sentindo que a adolescente estava chamando mais animais enfeitiçados ao seu comando, Serafina correu em sua direção. A única maneira de conseguir derrotar Rowena era tomar dela o cajado.

Um urso negro gigante apareceu correndo, saindo de trás das árvores. Serafina engoliu em seco, mal conseguindo acreditar nos próprios olhos. Ursos negros normalmente eram criaturas da floresta, tranquilas e pacíficas. Ela não fazia ideia de como poderia lutar contra aquela fera ameaçadora de quase trezentos quilos.

O urso se atirou contra ela com sua bocarra lotada de dentes afiados. Ela se esquivou do primeiro ataque, mas o animal girou com uma agilidade assustadora e investiu novamente, urrando de raiva, batendo nela com patas imensas, os dentes estalando. A garota se esquivou de novo, e mais uma vez, surpreendendo até a si mesma com a velocidade com que podia se mover quando sua vida dependia disso. Serafina sabia que, se o urso a capturasse... Ela ia para um lado e para o outro, por baixo e ao redor, tão perto dele que podia sentir o seu bafo. Mesmo as garras não conseguindo atingi-la, a força dos ombros do animal se chocando contra o seu peito lançava faíscas no interior de suas costelas.

Enquanto ela chutava e gritava e batia e se esquivava do urso, os cães arrastavam o corpo de Braeden para a carruagem com os quatro garanhões negros aguardando o comando de Rowena. Serafina não entendia o que estava acontecendo, mas sabia que precisava ajudá-lo ou iria perdê-lo... para sempre. No entanto, a garota não tinha como salvá-lo. Nem salvar a si mesma!

Rowena e os cães de caça puxaram o corpo de Braeden, agora mole e inconsciente, para dentro da carruagem preta e desapareceram no interior dela. Os garanhões empinaram com relinchos aterrorizantes, como se tivessem sido cutucados com uma dolorosa espora. Lufadas de vapor saíam da boca e das narinas. Os cavalos explodiram em um galope, puxando a carruagem. E, a distância, enormes nuvens de fumaça enchiam o céu.

Serafina se movia com rapidez e rolava, se esquivava e corria, entre os violentos golpes das garras cortantes do urso e as mordidas dos seus dentes fatais; porém, não conseguia escapar.

Viu de relance Waysa ainda lutando com os cães de caça. Rowena podia controlar muitas coisas, mas não o garoto guerreiro. Sua alma ainda era meio humana, o que tornava os gatos-mutantes inimigos particularmente perigosos para Rowena e seu Cajado Maligno.

O urso se lançou para um ataque mortífero. Serafina mergulhou para o lado tentando escapar. Quando ele girou e arremeteu contra ela com um poderoso golpe de pata, a garota saltou para um aclive íngreme. Ursos podiam correr mais rápido do que os seres humanos; assim, ela não ganharia dele na corrida. Eles subiam em árvores com muita rapidez; assim, isso também não era bom. Fingir-se de morta era morte certa. Tampouco tinha ela força ou patas para machucar o urso, ou uma arma para lutar. Tudo o que tinha eram a sua agilidade e a sua mente. Ela correu para dentro dos galhos de um arbusto, pensando que o aclive íngreme e a vegetação densa pudessem lhe dar uma chance de fugir. Mas aquilo não significava nada para o urso feroz. Ele subiu correndo a encosta e se jogou contra a vegetação como se ela nem estivesse lá, urrando e golpeando enquanto avançava.

Serafina sabia que seria massacrada pelo urso de quase todas as maneiras, mas então uma ideia surgiu em sua mente. Ainda havia algumas coisas que podia fazer melhor do que um urso.

Ela girou e correu. Bem como esperava, o urso ficou de quatro e correu atrás dela. Serafina também sabia que só tinha alguns passos antes que a fera a alcançasse e a atacasse por trás. O animal a arrastaria para o chão e a golpearia com os dentes e as garras até que ela estivesse morta. Ouviu o peso dos pés dele correndo e os urros de sua respiração atrás dela. Apavorada, durante a fuga olhou para trás. Lá estava ele, avançando na direção dela a toda a velocidade, os músculos saltando por baixo da pesada pelugem negra. A respiração curta e agitada de Serafina explodia no peito. Ela corria o mais rápido que podia, mas ele a alcançaria em segundos.

Finalmente, ela chegou ao destino que tinha em mente e pulou. *Louvado seja o Sr. Olmsted,* pensou no ar, ao cair. Aterrissou nas pedras britadas do longo, formal e retangular Jardim Italiano, encravado fundo no terreno natural e cercado por um muro de pedra de cerca de três metros e meio.

No momento em que pisou no chão, ela se virou e olhou para cima. O urso não tinha parado. Ele disparou desajeitado por cima do muro e saltou para dentro do Jardim Italiano bem atrás da garota, determinado a capturá-la e matá-la. Serafina saiu cambaleando do caminho justo na hora em que a imensa figura atingiu o chão com um estrondoso baque, fazendo a terra tremer. Imediatamente, ele a atacou com um movimento poderoso da pata, depois investiu contra ela com as mandíbulas salivando. Serafina escalou uma estátua de mármore branco de uma deusa grega perto do muro do jardim, se equilibrou no topo da cabeça da estátua e então saltou.

— Não é um Jardim Italiano, Sr. Olmsted — disse, enquanto aterrissava na ponta do muro, agarrando-se nele com as mãos e os pés. — É um fosso para ursos.

O urso urrou e correu para frente com o objetivo de segui-la, porém, quando tentou escalar a estátua, as patas agitadas e o peso imenso quebraram a deusa grega em pedaços, e a fera caiu. O urso se pôs de pé, olhou para Serafina no alto e urrou novamente, mas não conseguiu escalar o muro de pedra. O urso até conseguiu pular para *dentro* do jardim emparedado, mas não para *fora* dele.

Ela havia vencido a batalha. Havia escapado do urso.

Antes que o urso encontrasse um caminho para sair dali pelo outro lado, Serafina correu ao longo da beirada superior do muro e desapareceu no meio dos arbustos. Deixando o Jardim Italiano para trás, disparou em direção à estrada. Mas estava vazia. A carruagem já partira havia muito tempo. A mente de Serafina estava completamente confusa desde o momento em que a adolescente tinha aparecido. Quem era Rowena? E onde estava Uriah?

Ela olhou na direção dos telhados de Biltmore a distância, e seu coração se encheu de pavor. Fumaça escura e névoa eram despejadas sobre o cume do morro, embaçando a vista da casa. Era como se as torres e os telhados tivessem sido cobertos por um encanto do macabro feiticeiro. Os incêndios provocados por Rowena estavam bem ativos! Serafina queria correr para a casa e berrar por ajuda, mas não podia. Ela precisava ter fé em Essie e ir salvar Braeden.

Serafina e o Cajado Maligno

Forçando-se ao máximo a avançar, desceu a estrada correndo na direção em que Rowena havia levado o seu amigo. Mas, ao mesmo tempo em que corria, sabia que seria inútil. Os garanhões puxando a carruagem eram rápidos demais. Nunca os alcançaria. Podia ouvir o som dos cascos desaparecendo lentamente a distância.

Mais uma vez, ela precisava de muito mais velocidade do que suas duas malditas pernas podiam lhe dar. Conforme corria pela estrada e o medo do urso começava a se dissipar, pôs-se a pensar que não conseguia acreditar como fora tão boba por não saber que Rowena não era quem fingia ser. Sentia-se brava e decepcionada consigo mesma. Ela era uma burra. Era uma fraca. Uma lerda. Parecia que seus pés pesavam uma tonelada, como se ela estivesse se arrastando.

Mas, de alguma maneira, ela precisava salvar Braeden!

Eu quero ser mais rápida, pensou, frustrada, enquanto corria. *Eu quero ser mais forte! Eu quer ser mais feroz!*

As palavras de Waysa voltaram à sua mente. *Quando você enxergar o que quer ser, então vai encontrar uma maneira de chegar lá.*

Serafina tinha visualizado sua mãe na forma de onça muitas e muitas vezes, e aquilo nunca lhe fizera bem, mas, enquanto corria desesperadamente pela estrada para alcançar a carruagem levando seu amigo embora, lampejos de lembranças surgiam aos poucos em sua cabeça.

Lembrou-se de Uriah dizendo *Encontrem A Negra!*, enquanto oferecia um pedaço de tecido aos cães de caça.

Lembrou-se das mechas pretas que Essie havia cortado do seu cabelo.

À medida que corria atrás da carruagem, podia sentir seus pés batendo no chão e seus pulmões arfando por mais ar.

Lembrou-se de ver o reflexo dos seus olhos amarelos no espelho.

Lembrou-se de Rowena falando *A Negra tá aqui*, depois dirigindo os olhos para a mão de Grathan só após Serafina olhar para lá.

Uma emoção feroz tomou conta dela. A garota tinha que correr e correr e continuar correndo, levando todo o seu desespero e a sua dor para os músculos, fazendo o peito saltar, inundando os pulmões de ar, fazendo o sangue circular pelo coração, e levando força às pernas.

Serafina tinha tentado visualizar a mãe o tempo todo, mas percebeu que não era a sua mãe que precisava enxergar.

Sentiu sua velocidade duplicando, e depois triplicando, a musculatura ondulando com um repentino vigor. Saltou para fora da estrada e arrancou por um atalho no meio da floresta. Pulou numa ravina e explodiu em aceleração renovada do outro lado.

Quando dobrou uma curva, viu a carruagem a distância, puxada por garanhões desenfreados, os ombros e quadris se unindo e se avolumando à medida que seus cascos esmagavam o chão. As ferraduras de aço lançavam raios de faíscas sob as patas conforme galopavam.

Ela se viu alcançando-os. Ouviu-se rugindo. Sentiu seus caninos afiados e compridos. Sentiu suas garras rasgando a vegetação rasteira. A poderosa força dos pulmões bombeavam toneladas de ar.

E, mesmo correndo a toda a velocidade, os olhos e ouvidos sentiam tudo em volta, atrás e na frente.

Ela viu lampejos de cinza e marrom vindo na sua direção pela direita e pela esquerda. Eram corredores velozes. Rabos compridos. O brilho de dentes batendo. Dezenas de coiotes a perseguiam, tentando alcançá-la.

Serafina queria se virar e lutar, mas sabia que, se fizesse isso, perderia a carruagem. Perderia Braeden. Assim, continuou correndo a toda pela floresta. Dois dos coiotes deram um mergulho e a morderam nos braços. Depois um terceiro mordeu seu quadril, segurando-a com os dentes. Ela vacilou, recuperou o equilíbrio e continuou correndo, mas logo outro coiote a pegou.

De repente, o vislumbre de algo castanho surgiu do lado dela, e meia dúzia de coiotes desmoronaram, ganindo de dor e medo, muitos sangrando enquanto caíam. A mãe de Serafina corria ao lado dela, lutando para ultrapassar, abrindo caminho. Sua mãe estava de volta! A onça saltou para cima do coiote mais próximo, enterrou as garras nele e o derrubou como uma frágil bicicleta quicando e dando cambalhotas. Serafina continuou correndo, avançando, ganhando velocidade agora. Sua mãe reapareceu e derrubou outro coiote, e depois outro. Logo, Serafina e a mãe estavam correndo lado a lado sem oponentes, duas gatas-mutantes a toda a velocidade rasgando a floresta, os coiotes já bem para trás.

Serafina e o Cajado Maligno

Justo na hora em que a carruagem cruzou uma ponte de pedra, Serafina saltou nas costas de um dos quatro garanhões, as patas rasgando a pele dos outros três enquanto tentava empinar e lutar contra ela. Eles dobravam os pescoços nos seus arreios de couro e investiam contra Serafina com dentes potentes, mas não eram páreo para seus caninos de sabre e suas garras afiadas como lâminas. Em pânico, lutando e se debatendo, os quatro garanhões acabaram por perder o controle. A carruagem saiu da estrada e capotou, Serafina e os cavalos ainda se enfrentando, até que finalmente a carruagem colidiu contra o fundo de uma ravina.

Ela só podia se tornar o que pudesse enxergar.

E finalmente havia visualizado.

Encontrem A Negra!, Uriah havia dito aos seus cães. Mas não era a Capa Preta que ele estava procurando.

Era *ela*.

Ele sabia que Serafina travaria o seu caminho.

Ela percebeu, enquanto saltava para cima das costas dos garanhões e caía na ravina, que seu pai não havia sido uma onça-parda como a mãe.

Ele havia sido uma *pantera-negra*.

E agora ela também era.

Tudo ficou claro na sua mente. Sua mãe e seu pai haviam lutado com Uriah doze anos antes. Seu pai havia sido *A Pantera-Negra*, o guerreiro líder da floresta que por muito pouco não derrotara Uriah e cujos descendentes Uriah jamais poderia deixar crescer.

Mas agora a filha dele – a nova Pantera-Negra – veio se apossar do que era seu por direito.

E seu nome era Serafina.

45

Usando as garras, Serafina foi se liberando dos destroços provocados pela capotagem. Saltou para cima de uma grande pedra com facilidade e vasculhou os pedaços da carruagem destruída, procurando desesperadamente por Braeden.

Ficou aliviada quando o viu se arrastar para fora dos escombros, ferido e desorientado. Quando ele ergueu a cabeça e viu Serafina, os olhos se arregalaram de surpresa. Ficou perplexo por um instante, mas logo a amiga percebeu, pela sua expressão, que ele a havia reconhecido. Braeden sorriu, pois sabia exatamente quem Serafina era.

No entanto, o garoto não perdeu tempo falando ou se aproximando dela. Imediatamente cavou os destroços e encontrou o Cajado Maligno.

— Braeden, me dê isso! — ordenou Rowena, a voz perturbada, enquanto saía com dificuldade de baixo da carruagem despedaçada. — Não precisamos brigar. Como você disse, somos amigos. Junte-se a mim, e tudo isso acaba.

Braeden segurou as extremidades do cajado e bateu com ele no joelho, mas não o quebrou. Nem sequer entortou.

Serafina e o Cajado Maligno

– Você não é forte o suficiente para destruir o cajado – disse Rowena, andando na direção dele e lentamente estendendo a mão. – Dê para mim, Braeden, só isso, e vamos trabalhar juntos. Vou mostrar como se usa. Vamos combinar seus poderes com os meus, e vamos controlar tudo nessas montanhas. Ninguém vai conseguir nos deter, nem mesmo os gatos-mutantes.

Braeden olhava para ela em silêncio.

– Eles não são a sua gente, Braeden. E você sabe disso – continuou Rowena. – Não sente a atração de que eu estou falando? Você veio aqui para essas montanhas dois anos atrás e está procurando algo desde aquela época, mas não vai encontrar o lar que você procura em Biltmore. – O lábio de Rowena se projetou um pouco. – Lá não tem nada além de... seres humanos.

Finalmente, Braeden se virou. Parecia que ele ia simplesmente se afastar dela.

– Braeden, estou avisando pela última vez... – ameaçou Rowena, a voz se elevando.

Naquele momento, Braeden parou. Agora parecia que ia se virar na direção dela, mas ele abaixou o braço e depois arremessou com toda a força o cajado para o céu.

Rowena franziu a testa, parecendo tão perturbada quanto perplexa pela ação de Braeden.

– Ah, tolinho... Você sabe que ele já, já vai voltar aqui para baixo – disse ela, sorrindo de modo debochado.

Mas Braeden apenas sorriu de volta e deu um assobio longo.

– Tem certeza? – desafiou.

Naquele momento, algo apareceu voando rápido pelo céu escuro.

– O que é isso?!? – vociferou ela, surpresa. – O que você tá fazendo?

– É só uma amiga minha – disse Braeden. – E está livre!

O falcão-peregrino chegou voando alto, mas logo se inclinou e mergulhou. Alcançou o Cajado Maligno e o capturou no ar com suas garras. Depois, batendo as asas majestosamente, Kess deu impulso para cima. A ave parecia flutuar, quase sem esforço, no céu iluminado pelo luar.

– Traga aquela ave de volta para cá agora mesmo, Braeden! – gritou Rowena. – Sabe o que você fez?

— Sim, eu acho que sei — respondeu Braeden, concordando com a cabeça enquanto desviava o olhar do falcão e encarava Rowena. — Eu quero deixar isso muito claro: nunca vou me juntar a você, Rowena. Jamais!

— Você vai se arrepender — soltou Rowena.

Porém, enquanto o cajado ficava cada vez mais distante nas garras do falcão, dois dos cães de caça saíram lentamente dentre as árvores, os corações não mais tomados pelo seu poder controlador. Os cães avançaram na direção de Rowena, as cabeças baixas e os olhos cheios de ameaça enquanto mostravam os dentes e rosnavam.

— Não! — ela ordenou, encarando-os de modo inseguro, estendendo as mãos na direção deles. — Não! Parem! Saiam daqui!

Mas os cães não saíram. E não pararam.

— Vocês estão livres agora! Vão embora! — ela gritou.

Donos dos seus próprios desejos, eles continuaram a avançar na direção dela. Sem dúvida estavam livres.

Os cães pularam em cima de Rowena. Os gritos da garota viraram berros. Ela se debateu e lutou. Um mordeu sua canela. O outro a coxa. Serafina saltou para dentro da batalha para ajudar os cães a acabar com ela. Mas, naquele instante, houve um borrão de visão e som, e Rowena simplesmente desapareceu.

Uma coruja bateu as asas no céu. Serafina parou surpresa, em choque pelo que tinha acabado de ver.

De repente, lembrou-se da primeira noite em que vira Uriah na floresta. Ela havia suposto que a coruja era conhecida dele, seus olhos e ouvidos na floresta, mas era a própria Rowena! Exatamente naquela noite ele havia lhe passado o cajado que mudava de forma.

E agora Rowena estava voando na direção do falcão-peregrino.

Serafina pensou que era estranho que Kess não estivesse voando alto e rápido como um falcão faria. Ela estava voando baixo e devagar, pela extensão do Rio French Broad, ao longo da beira dos penhascos escarpados. Será que o peso do cajado era demais para Kess carregar, ou será que a ave tinha algo mais em mente?

Naquele momento Serafina viu algo que gelou seu coração. O homem de barba grisalha com o casaco comprido e surrado emergiu dentre as árvores

Serafina e o Cajado Maligno

no topo de um distante morro rochoso. Ela podia ver sua silhueta negra ao luar. Serafina sentiu os pelos da nuca se arrepiarem, o ar enchendo seu peito. Era Uriah. Afinal ele havia chegado. O feiticeiro olhou para o falcão-peregrino carregando seu Cajado Maligno para longe e a coruja branca o perseguindo.

Imediatamente, Serafina entendeu.

Ela explodiu em uma corrida, *galopando* o mais rápido que podia pela floresta na direção dos despenhadeiros que corriam ao longo do rio. A garota sabia exatamente o que Uriah faria em seguida e onde ela precisava estar quando acontecesse.

Waysa lhe havia dito que Uriah aprendera as magias negras durante suas viagens ao Velho Mundo. E ela se lembrava de ter pensado que o chamado de Uriah para a coruja algumas noites antes não transmitia somente um previsível sentido de aliança, mas também um amor. Um amor sombrio e tenebroso. E agora ela vira Rowena se transformar em uma coruja, exatamente como Uriah. Rowena não era apenas o demônio que ele mandara para Biltmore a fim de encontrar a fraqueza da mansão. Ela não era somente a aprendiz do feiticeiro e a detentora do Cajado Maligno.

Rowena era a *filha* dele.

Serafina passou como um raio pela floresta, subindo o morro, direto e reto para o despenhadeiro pedregoso de trinta metros de altura onde Uriah se encontrava. Enquanto sua figura preta disparava invisível pela noite, ela mantinha os olhos fixos no feiticeiro ardiloso. Como esperava, o homem desapareceu com um borrão assustador e *puf*, se transformou numa coruja. Voou na direção de Rowena e Kess. Era o reflexo que ela estava esperando, que Uriah não conseguisse evitar o ímpeto de lutar ao lado da filha e recuperar o cajado roubado. Serafina sabia que não conseguiria derrotar Uriah quando ele estivesse na forma humana e capaz de usar as mãos para lançar seus feitiços. Mas, conforme ele voava rio abaixo ao longo das beiras recortadas dos penhascos na perseguição ao falcão, ela corria como nunca, os olhos amarelos fixos em Uriah. A aceleração das suas poderosas pernas a impelia com velocidade pelo terreno. Vendo a beira do precipício à frente, ela ganhou impulso com uma última explosão de vigor.

E então saltou.

Serafina e o Cajado Maligno

Seu cálculo foi perfeito. Ela planou a dez metros da beira do precipício. Enquanto flutuava no ar, puxou a pata para trás, e então bateu com um golpe potente em Uriah, que estava em pleno voo. As garras mortais rasgaram o pássaro numa explosão de penas. A coruja ferida girou dando cambalhotas.

Ela havia conseguido.

Havia derrotado o feiticeiro.

Havia aniquilado o inimigo.

Seu peito se encheu de alívio e felicidade, mas então o impulso do salto deu lugar a uma sensação diferente: queda livre. Serafina se viu sendo puxada para o solo, despencando a uma velocidade apavorante. Quando girou a coluna e se endireitou, viu de relance um Braeden sem fôlego alcançando o penhasco e olhando aterrorizado ao perceber que a amiga havia pulado do despenhadeiro.

A garota caía e caía. Trinta metros era alto demais até para *ela* sobreviver, aterrissando de pé ou não. Restava uma única esperança: que o salto alcançasse a distância necessária: o leito do rio.

Serafina atingiu a água, que explodiu em volta. Sentiu o grande baque, e depois foi absorvida. Seu enorme corpo negro mergulhou profundamente na correnteza escura do rio. A força das corredeiras imediatamente começou a arrastar Serafina para longe.

Sabendo o que precisava fazer, entrou em ação. Nadou até a superfície envolta num turbilhão de bolhas, inspirou profundamente, balançou os bigodes e partiu com tudo em direção à margem, usando sua longa cauda para orientar o sentido.

Avistou o corpo de penas brancas e ensanguentado de Uriah flutuando no rio. Ela queria morder a coruja, esmagá-la, garantir que estivesse morta, morta, morta, mas a correnteza levou a ave embora antes que pudesse pegá-la. Ela teria que se satisfazer com a destruição que provocara.

Serafina nadou para fora das corredeiras e alcançou a margem rochosa. Waysa, em forma de onça-parda, chegou atabalhoado pela beira do rio para encontrá-la, seus passos vigorosos deixando claro que ele estava bem satisfeito consigo mesmo, como se estivesse falando: *Eu sabia que aquela aula de natação salvaria a sua vida um dia.*

Os dois gatos-mutantes rapidamente subiram correndo o caminho no sentido inverso para chegar ao topo do penhasco, onde Braeden os esperava. Ele sorriu aliviado quando viu Serafina, mas então apontou algo.

Serafina olhou ao longe. Rowena, ainda na forma de coruja, atacava o falcão-peregrino com suas garras, batendo no corpo de Kess, um golpe atrás do outro. Serafina não sabia se Rowena tinha visto o pai morrer, mas havia uma renovada ferocidade nos ataques.

Normalmente, um falcão viraria as garras para cima com a finalidade de se proteger de alguma investida; porém, como carregava o cajado, Kess não tinha como. Por isso, levava as estocadas e continuava voando o melhor que podia. Mas a coruja parecia incansável, golpeando sem parar. Afinal Rowena agarrou o Cajado Maligno e tentou arrancá-lo. As duas aves de rapina ficaram entrelaçadas uma à outra, arranhando e berrando, despencando pelo ar, lutando enquanto caíam. Repentinamente, porém, o falcão voou para o alto de novo, impulsionando-se com movimentos vigorosos em direção às nuvens, arrastando o cajado e a coruja junto.

— O que a Kess está fazendo? – perguntou Braeden, olhando para o céu.

Kess voava cada vez mais alto, ignorando as garras da coruja, que a arranhavam, o bico, que a mordia, e as asas, que batiam nela.

As duas aves subiram tanto que desapareceram, até mesmo aos olhos de Serafina.

— O que aconteceu? – perguntou Braeden, perplexo. – Para onde elas foram?

Mas a garota não sabia responder.

Serafina podia ouvir as duas aves lutando alto no céu. Ouviu os guinchos e barulhos de assobio da coruja, e o *kac-kac-kac* comprido do falcão, e então tudo ficou silencioso.

Ela examinou o céu e inspirou. Um dos pássaros finalmente surgiu. Voava sozinho, carregando o Cajado Maligno nas garras. O coração de Serafina encolheu quando ela viu que era a coruja. Era Rowena. Serafina continuou olhando, mas não havia nem sinal de Kess. Parecia que o falcão tinha perdido a batalha.

Serafina e o Cajado Maligno

A coruja voava na direção deles agora. Serafina se apavorou ao pensar no que aconteceria a seguir. Uma vez que Rowena se transformasse de volta, poderia usar o cajado para começar a batalha toda de novo, instigando Deus sabe quais tipos de animais a atacarem Serafina e seus aliados. E estava muito claro que Uriah havia instruído bem a filha. Ele podia não ter levado muita fé nela, mas Rowena havia se tornado uma jovem e poderosa feiticeira por conta própria.

— O que... aconteceu?!? — perguntou Braeden olhando em volta, a voz desesperada e confusa. — A Kess está morta? Rowena matou a Kess?

Serafina achou que sim. Mas então avistou um ponto minúsculo no céu, dezenas de metros acima da floresta. Era Kess, voando forte, muito mais alto do que uma coruja jamais conseguiria. Serafina se perguntou o que ela estava fazendo tão lá em cima. Nesse momento Kess se inclinou numa pirueta e...

47

Serafina assistiu a Kess dar um mergulho no céu em direção a uma desavisada Rowena. O falcão juntou as asas perto do corpo e disparou como um míssil pelo ar, numa descida impressionante, movendo-se mais rápido do que qualquer coisa que Serafina jamais vira na vida.

– Lá está ela! – Braeden falou ofegante no último segundo, na hora em que Kess surgiu cortando o horizonte.

O falcão atingiu a coruja com tanta força que voou pena para todos os lados. Serafina pôde sentir o impacto no próprio peito, como duas pedras colidindo uma contra a outra em pleno ar. Em seguida, Kess deu a volta e acertou Rowena com as garras em um segundo ataque. Uma nova explosão de penas brancas de coruja rodopiou no ar. A coruja, surpreendida, deu cambalhotas já sem vida em direção ao chão, soltando o cajado que caía girando por cerca de trinta metros. Então o falcão deu um novo impulso para baixo e o agarrou em pleno voo.

Serafina observou o corpo da coruja se estabacar entre as copas das árvores do outro lado do rio. Depois do que acabara de acontecer, parecia que

Serafina e o Cajado Maligno

Rowena tinha que estar morta, mas Serafina esperou, para ter certeza se a coruja conseguiria voar de novo, o que não aconteceu.

— Olhe! — exclamou Braeden, apontando para o céu.

Era Kess. O falcão vinha na direção deles, num rasante preciso. Serafina pôde ver sua máscara preta e seu estufado peito branco com listras negras. Ela estava manchada com o sangue da inimiga, mas parecia saudável e empoderada. Deu um grito, um alegre *kac-kac-kac*, quando passou bem em cima da cabeça deles, ainda carregando o Cajado Maligno.

Kess voou passando pela beira do penhasco e por cima do rio. Batendo algumas vezes as asas pontudas, elevou-se mais ainda.

Braeden assobiou para ela com ar vitorioso. Primeiro, Serafina achou que ele a estava chamando de volta para trazer o cajado, mas depois ela percebeu que não era isso. O garoto estava se despedindo dela.

— Adeus, Kess — Braeden disse com delicadeza. O sonho dele de que Kess um dia voasse para o mundo novamente estava se tornando realidade. — Boa viagem, minha amiga.

Serafina observou enquanto o falcão voava atravessando o vale do grande rio, e depois subia e seguia por cima da floresta em direção aos picos das montanhas. Kess bateu as asas e inclinou o rabo, e, alguns minutos depois, desapareceu, planando por cima do Monte Pisgah a trinta quilômetros de distância.

Diferente das aves da noite e das aves do dia, Kess voava e caçava tanto de dia quanto de noite. Ela era uma peregrina, o que significava que era uma grande viajante dos céus. Podia voar para onde e quando quisesse.

Esta noite ela seguiria as cordilheiras rochosas das montanhas do sul e o brilho das estrelas, e encontraria o caminho para o sul, continuando sua longa jornada às florestas do Peru. Ao longo do caminho, poderia deixar o Cajado Maligno cair em um vulcão ardente ou usá-lo para construir um ninho em um penhasco nas nuvens andinas. Mas, o que quer que decidisse fazer com ele, seria o fim do cajado.

— No início eu não consegui entender por que Kess estava voando tão baixo ao longo do rio — disse Braeden. — Mas depois lembrei que os falcões-peregrinos algumas vezes caçam em pares, um cooperando com o outro para derrubar suas presas. Ela devia saber que você estava do lado dela, Serafina.

Serafina inspirou profundamente, levando todo o ar que pôde para os pulmões, e sentiu o coração se expandindo de prazer e esperança.

Ergueu a cabeça e farejou. Não havia cheiro de fumaça pairando pela floresta. Quando olhou em direção à mansão ao longe, não viu o brilho das chamas se elevando de suas paredes e telhados. Provavelmente Essie avisara ao Sr. Vanderbilt e aos outros a tempo de conseguirem controlar os incêndios antes que a casa fosse muito danificada. Essie tinha conseguido! Biltmore estava salva.

Tudo tinha terminado.

Serafina e seus aliados haviam vencido.

Seus inimigos finalmente estavam mortos.

Sua mãe emergiu dos arbustos, sangrando e mancando pela batalha com os coiotes. Mas ela os havia derrotado e os havia expulsado do lugar que mais uma vez era o seu território. Carregava a inquieta meia-irmã de Serafina pelo cangote, enquanto o meio-irmão andava ao seu lado. Os dois filhotes estavam enlameados, sujos e manchados de sangue seco, mas firmes, fortes e vivos.

Aliviada e exausta, Serafina finalmente se deitou no chão para descansar, dobrando o corpo preto, comprido e magro na grama. Sua mãe colocou a oncinha no chão e se aproximou. Serafina podia ver o amor e a admiração nos olhos da mãe. Ela se roçou na filha e ronronou de felicidade e orgulho. Serafina afinal conseguira. Afinal se tornara uma autêntica gata-mutante. Waysa se sentou ao seu lado, dando batidas alegres nela com as patas, como se dissesse: *Eu sempre soube que você conseguiria!* Os gatos-mutantes estavam unidos. E vieram para ficar.

Serafina olhou em volta, primeiro para as árvores, depois para o rio caudaloso e os destroços da carruagem, e tentou compreender tudo o que tinha acontecido. Lembrou-se de ter ficado profundamente frustrada por suas limitações, pelo que podia e não podia fazer naquele ponto particular da própria existência. Percebia agora que sua vida não se resumia apenas a quem ela era, mas a quem ela se tornaria.

Serafina e o Cajado Maligno

Olhou para Braeden, que sorriu e se deitou no chão ao seu lado e dos demais gatos-mutantes. Obviamente sentia-se inteiramente à vontade com eles, seus amigos e parentes de coração.

Por fim, o garoto inclinou as costas contra o longo corpo da pantera. Limpou o sangue de um corte na boca; depois fechou os olhos, inclinou a cabeça para trás e a pousou no pelo preto e grosso.

– Não sei quanto a você, Serafina – disse com um sorriso –, mas acho que estamos ficando muito bons nisso.

Ela não conseguiu retribuir o sorriso, mas sentiu uma alegria agradável e poderosa no coração, abanou o rabo e olhou para a Mansão Biltmore e as montanhas distantes. Finalmente tinha conseguido. Finalmente tinha visualizado e enxergado o que queria ser.

E se transformado.

48

Na manhã seguinte, quando Serafina despertou na oficina em sua forma humana e caminhou para fora, ao ar livre, olhou para o outro lado das montanhas e chegou a uma conclusão: fora através da escuridão da noite mais negra que ela viera a amar o brilho do sol nascendo.

Naquela manhã, o Sr. Vanderbilt e seu amigo Braeden montaram uma equipe de trabalho com quase cem homens dos estábulos da propriedade, das fazendas e dos campos, e foram todos até o local das jaulas dos animais. Serafina e o pai os acompanharam.

A tropa de homens e cavalos não encontrou dificuldades no caminho.

Quando atingiram a floresta de pinheiros, o Sr. Vanderbilt e os demais cavaleiros desmontaram e seguiram a pé.

Encontraram os animais ainda enjaulados, mas o acampamento havia sido abandonado e a fogueira estava fria, nada além de cinzas. Serafina não conseguiu deixar de esquadrinhar a floresta, procurando qualquer evidência de que Uriah pudesse de algum modo ter sobrevivido à batalha da noite anterior, mas não encontrou nada. Ele parecia ter realmente sucumbido.

Serafina e o Cajado Maligno

Braeden se ajoelhou na frente de uma das jaulas, destrancou a porta e ajudou a raposa vermelha a rastejar para fora. Reconhecendo-o, a raposa imediatamente se aproximou e subiu no seu colo. Braeden a segurou nos braços e a tranquilizou, acariciando-a.

— Está tudo bem agora, amiga — disse ao afagá-la. Após alguns minutos, a raposa pareceu fortalecida, tanto no corpo quanto no espírito, e correu de volta para a floresta.

Braeden foi até o cativeiro seguinte e livrou um castor de sua prisão. À medida que abria as jaulas, alguns dos animais imediatamente corriam para a floresta. Já outros precisavam dos seus cuidados. Ele se ajoelhava perto deles e os abraçava até se sentirem confiantes o suficiente para seguirem sozinhos. Libertou os guaxinins e os linces, as lontras e os veados, os cisnes e os gansos, as doninhas e os lobos.

Serafina se encheu de alegria ao ver todos aqueles animais correndo livres e sadios.

— Aguentem firme — ela lhes dizia em um sussurro.

À medida que Braeden libertava os animais, um a um, o pai de Serafina e o pessoal da equipe usavam pés de cabra, alicates e martelos para partir e destruir as jaulas de modo que nunca mais pudessem ser usadas. Nunca mais!

No final do dia, ao retornarem para Biltmore no meio dos carvalhos e castanheiras, dos ulmeiros e abetos, Serafina sentiu que a natureza e o espírito da floresta que atravessavam haviam se transformado.

Esquilos-voadores corriam para baixo e para cima nos troncos e planavam de uma árvore para outra. Lontras brincavam nos córregos. Os animais estavam em festa!

— Olhe para cima, Serafina! — gritou Braeden, todo animado, agarrando o braço da amiga.

A garota olhou e encontrou milhares de pássaros, bandos e mais bandos de aves inundando o azul luminoso dos céus. Havia grupos de gansos voando em esquadrilhas em formato de V, cisnes e patos formavam longas filas e nuvens de picoteiros-americanos, cardeais e gaios enfeitavam a paisagem.

Robert Beatty

— Não é maravilhoso, Serafina? — admirou-se Braeden. — Eu estou tão feliz que você está aqui para apreciar esta cena comigo... eu nunca seria capaz de descrevê-la. Algum dia na vida você pensou em ver algo parecido?

Serafina ficou observando os pássaros ao lado de Braeden e sorriu.

Serafina estava sentada numa cadeira dourada estofada com tecido vermelho e padronagem de estampa Damask, na frente de uma penteadeira e de um espelho em estilo francês no Quarto Luís XV, no segundo andar da Mansão Biltmore. A luz jorrava no belo aposento em formato oval, com suas paredes brancas curvas, cortinados vermelhos e piso de madeira castanho-dourada. Essie estava de pé atrás dela, escovando seu longo e sedoso cabelo preto.

— Não sei o que aconteceu com o seu cabelo, senhorita, mas está lindo — disse Essie enquanto o escovava.

— Obrigada — agradeceu Serafina, olhando-se no espelho. Todos os vestígios de castanho haviam desaparecido. E já não estava mais listrado e desgrenhado como antes, tal qual a camuflagem pontilhada de um filhote, mas liso, brilhoso e inteiramente negro.

Seus ombros e pescoço limpos e à mostra ainda exibiam as cicatrizes, a dentada que sofrera no pescoço quando destruíra a Capa Preta, as mordidas dos cães de caça nos braços e na parte de cima dos ombros, e um novo

Robert Beatty

corte que sofrera lutando com Rowena e seus animais: um longo arranhão na bochecha, logo abaixo do olho. A aparência dos machucados não a aborrecia. Eram cicatrizes de batalhas disputadas e batalhas vencidas.

No entanto, ela ainda tinha uma preocupação.

— Como está a Sra. Vanderbilt? — perguntou.

— Ela fica adoentadinha uns dias, mas depois se recupera. Ninguém está esperando nada dela este ano, mas sabe como é, né? Adora dar presente de Natal pra *todos* os filhos dos empregados da propriedade. Ela até tem me mandado, e também às outras moças daqui, pra lá e pra cá, pra comprar presentes de todo tipo. Nós duas passamos a manhã inteirinha embrulhando e colocando eles embaixo da árvore.

— Você deve estar ansiosa pela festa de Natal hoje à noite — disse Serafina, sorrindo. Era bom ouvir que talvez a Sra. Vanderbilt estivesse se sentindo melhor.

— Ah, estou sim, senhorita. Mal posso esperar. Mas depois de toda aquela confusão da noite passada, espero que hoje tudo fique mais calmo e que o Bom Velhinho só olhe pra Biltmore pelo telhado e continue voando.

— Obrigada novamente por tudo o que você fez, Essie — agradeceu Serafina. — Você salvou a vida de uma porção de gente, e também salvou a casa.

— Devia ter visto o olhar no rosto do Sr. Vanderbilt quando contei pra ele tudo o que a senhorita tinha dito. Nunca vi ele agir tão rápido! Chamou seu pai e os outros funcionários, os convidados e todas as empregadas e o pessoal da cozinha. A gente percorreu todos os lugares do porão e das despensas e dos estábulos… e foi exatamente como a senhorita falou, tinha resina de pinheiro e querosene já pegando fogo. Alguém tinha acendido aquilo tudo. Foi tão apavorante! Seu pai disse que alguém tinha cortado os fios das caixas de alarme e por isso ele mesmo fez soar o alarme. Depois ele fez tudo quanto é mangueira jorrar água, o que foi uma coisa impressionante de se ver. O Sr. Vanderbilt montou uma brigada pra passar os baldes bem rápido. Todo mundo colaborou e trabalhou, e a gente apagou aqueles incêndios num instantinho. Mas podia ter sido o apocalipse!

Serafina sorriu ao ouvir Essie contando a história.

— Tem razão — ela concordou. — Podia ter sido uma catástrofe. Mas não foi. Você nos salvou, sabia?

Serafina e o Cajado Maligno

— Não fui eu. Foi *todo mundo*, todo mundo trabalhando junto. Temos uma equipe e tanto, não acha?

Serafina concordou com um gesto da cabeça.

— Mas e quanto à senhorita? — perguntou Essie. — Uma porção de coisas estranhas aconteceram na noite passada.

— Coisas estranhas?

— Ah, todos os gatos estavam miando, e os coiotes uivando, e os cavalos se agitando. Barulho, gritos no meio da noite, balbúrdia de todo tipo. Alguém realmente destroçou uma carruagem lá na ponte, e em mil pedacinhos.

— Sério? — despistou Serafina.

— Eu ouvi dizer que o Sr. Vanderbilt andou espionando aquele esquisito do Sr. Grathan. Parece que ele é uma espécie de figura sombria que circula por todo lado, investigando histórias sobrenaturais de fantasmas e coisas do gênero. Era um completo charlatão, sabia? Maggie e eu achamos que ele e aquela inglesinha tentaram fugir na carruagem juntos, é isso o que a gente acha. Ninguém viu nem um fio de cabelo de nenhum dos dois desde a noite passada, e aposto que a gente não vai ver nunca mais!

— Acho que você tem razão — concordou Serafina.

Porém, lá no fundo, ela sentiu uma pontada de tristeza pelo pobre do Sr. Grathan. Lembrou-se das cicatrizes no rosto dele. Não diferiam muito das que ela exibia. Só eram em número muito maior. O Sr. Grathan tinha sido um caçador de demônios, exatamente como ela. Mas dessa vez o demônio tinha acabado com ele. Serafina percebeu que cometera um erro de juízo em relação tanto ao Sr. Grathan quanto a Rowena, de formas inversas, em parte por causa de sua aparência e modo de vestir, e prometeu ser muito mais cautelosa de uma próxima vez.

— Sabe de uma coisa? — disse Essie, inclinando-se e falando em um tom baixo e conspiratório. — A senhorita não vai acreditar, mas Maggie disse que olhou pela janela na noite passada e viu uma pantera-negra circulando aqui no terreno.

— E você acreditou nela?

— Claro. Eu também já vi, anos atrás.

— Você viu? — Serafina perguntou, surpresa.

— Eu só tinha uns cinco ou seis anos na época, mas me lembro como se fosse ontem. Uma das lembranças mais vivas que já tive na vida. Eu estava andando pela estrada com a minha vó e o meu vô, e uma enorme pantera-negra cruzou a estrada justo na nossa frente. Era um macho, e ele parou, se virou e encarou a gente. Tinha olhos amarelos, os mais lindos que eu já vi. Mas eu fiquei com medo. Achei que aquela pantera ia comer a gente, claro, e provavelmente ia mesmo, se não fosse pelo meu vô. Eu queria fugir correndo e já estaria a meio caminho da China, mas meu vô agarrou meu ombro e me segurou no lugar e a gente só ficou encarando aquele bichão. A onça encarou a gente de volta, olhos vivos como se estivesse entendendo tudo, tipo eu e a senhorita. E depois deu meia-volta e foi embora. Meu vô disse que esses bichos são muito raros, que só pode existir uma pantera-negra de cada vez. Então, Maggie viu uma ontem à noite, acho que um desses bichos voltou pras nossas terras. Eu não queria ser comida, claro, mas é óbvio que eu ia adorar ver de perto.

Enquanto Essie contava a história, as lágrimas rolavam pelas bochechas de Serafina, e depois ela começou a soluçar. Essie tinha visto o pai dela.

— Ai, senhorita, desculpe — pediu Essie. — O que foi que eu disse? Não queria assustar! A onça não vai mais machucar a gente. A senhorita é uma criatura tão sensível, não é?

Serafina olhou para Essie no espelho, balançou a cabeça, respirou fundo e limpou os olhos.

— Não estou com medo — disse.

— Não ligue praquela balbúrdia da noite passada. Tenho certeza que não foi nada. Meu vô diria que era só o velho da floresta fazendo das suas de novo, nada pra preocupar.

Serafina sorriu, concordou e assoou o nariz em um lenço de seda pura que estava na mesa.

— Não fica triste. A gente vai arrumar seu cabelo bem bonito pra hoje à noite — disse Essie enquanto se postava atrás de Serafina e já trabalhava no cabelo dela. — A gente tem um bom tempo agora. Quer que eu faça um penteado elegante como o da Consuelo Vanderbilt na outra noite? Tá superpopular ultimamente.

Serafina e o Cajado Maligno

Serafina sorriu e o imaginou na própria cabeça, mas depois disse:

– Na verdade, tenho outra ideia. – E então explicou para Essie o que desejava.

Serafina adorava conversar com Essie e passar um tempo com ela. Trazia uma sensação reconfortante que a deixava tranquila. Porém, viu que a expressão da criada havia se transformado, talvez ao pensar nos acontecimentos inexplicáveis e nos sons estranhos que ouvira à noite.

– A senhorita acredita em… espírito e fantasma? – Essie lhe perguntou.

– Eu acredito em *tudo* – Serafina respondeu muito séria, lembrando-se das coisas que tinha visto.

– Eu também – disse Essie enquanto penteava o cabelo de Serafina.

– Essie, você se lembra de quando nos conhecemos, algum tempo atrás, e você estava determinada a ser a aia de uma dama, de uma das convidadas da Sra. V.? – perguntou Serafina.

– Bem, é verdade – disse Essie. – Mas, sabe o que eu penso?

– O quê?

– Em noites especiais como esta, pelo menos, penso que sou a *sua* aia particular, senhorita.

– Acho que você é, sim. – Serafina assentiu e sorriu, e estendeu a mão para tocar nas mãos de Essie. – Mas sabe o que eu quero mais do que isso, Essie? Quero ser sua amiga.

– Ah, para com isso – reclamou Essie –, vou começar a chorar se a gente continuar assim!

Naquele momento, ouviu-se uma leve batida à porta.

– Ué, quem pode ser? – estranhou Essie enquanto se encaminhava para atender. – Será que eles não sabem que nós estamos ocupadas… – Quando Essie abriu a porta e viu o jovem amo parado ali, perdeu a fala.

Serafina se levantou e se aproximou de Braeden, ao passo que uma Essie em choque retrocedia silenciosamente para o interior do cômodo.

Braeden carregava duas grandes caixas brancas amarradas com fitas verdes e vermelhas.

– O que é isso? – perguntou Serafina, estudando as caixas, diante de um sorridente Braeden.

Robert Beatty

— Um presente de Natal para cada uma de vocês — respondeu Braeden ao entregar a primeira caixa para ela. — Abra.

— Verdade?!? — exclamou Serafina.

Mas não esperou pela resposta. Dentro da caixa, encontrou um deslumbrante vestido de baile de inverno, de cetim creme.

— É lindo, Braeden! — disse Serafina, maravilhada. — Obrigada.

— Essie, um para você, também — continuou ele, entregando a segunda caixa para ela. — É para compensar a dívida de Serafina com você.

— Ah, meu Deus, olha só pra isso! — exclamou Essie, iluminando-se ao abrir a caixa e ver o vestido que havia dentro.

— Os dois são lindos — atestou Serafina, observando a aia.

Braeden deu mais um passo para se aproximar delas e falou em um tom ironicamente conspiratório.

— Bom, contando comigo, minha tia e Essie, este é o terceiro vestido que já te demos, Serafina. Talvez a senhorita possa tentar ser um pouquinho mais cuidadosa e não arruinar o vestido esta noite!

— Vou fazer o possível — disse Serafina, sorrindo, e deu um abraço em Braeden, enquanto Essie limpava as lágrimas de alegria.

Enquanto Serafina e Braeden atravessavam juntos a casa para a festa de Natal, Braeden a fez passar por diversos corredores até o Salão de Fumo. Era um refúgio ricamente decorado, com poltronas de veludo azul-marinho, um bonito papel de parede azul e estantes com livros encadernados em couro e folheados a ouro, para onde os cavalheiros se retiravam após o jantar para fumarem charutos e conversarem em particular. A sala estava vazia no momento, mas Serafina podia perceber que Braeden havia ido até lá com um propósito específico.

— Quero lhe mostrar uma coisa... suspeito que você vai achar interessantíssimo — disse, pegando-a pelo braço e levando-a para a sala. — Um dos jardineiros encontrou algo na mata. Ele não sabia o que fazer, então deu para o taxidermista.

Quando Serafina entrou... Sobre a cornija da lareira em mármore esculpido, estava pousado um animal empalhado num suporte. Havia vários animais empalhados na casa; assim, não seria algo extraordinário. Contudo, o bicho em questão não era apenas um faisão ou uma tetraz. Era uma coruja branca!

Tinha garras afiadas e cravadas num bastão retorcido e as asas viradas para cima como se tivesse sido apanhada desprevenida. A coruja parecia ter uma expressão tipicamente assustada.

– Oooh – soltou Serafina, admirando a ave. Ela não tinha certeza se era macho ou fêmea, não sabia nem mesmo como diferenciar um do outro, mas concluiu que parecia com uma velha conhecida e rival. Fez um cumprimento com a cabeça, lento e solene.

– Boa noite, Rowena. Me desculpe, me perdoe... *Lady* Rowena.

– Bem – disse Braeden –, minha tia Edith pediu que fizéssemos com que ela se sentisse em casa.

Serafina sorriu e olhou para a coruja.

– Rowena, você terá sempre um lar aqui em Biltmore.

Serafina estava contente que ela, Braeden e seus outros aliados tivessem derrotado a adolescente, mas a verdade é que, de certa forma, o pai de Rowena havia desvirtuado o coração da filha de modo tão perverso quanto o cajado havia desvirtuado as mentes daqueles pobres animais. Serafina não conseguiu deixar de imaginar o que teria acontecido se Rowena tivesse ignorado sua necessidade de impressionar o pai, se tivesse virado as costas para a vingança paterna e trilhado um caminho diferente.

Após examinar a coruja por uns minutos, Serafina perguntou a Braeden:

– O jardineiro só encontrou *uma* coruja?

– Infelizmente, sim – respondeu ele. – Mas pedi que ele juntasse alguns homens, retornasse lá e continuasse a procurar, tanto na floresta de pinheiros quanto ao longo do rio, por via das dúvidas.

– Ótimo – disse Serafina. – Eu me sentiria muito melhor se tivéssemos duas corujas na lareira em vez de apenas uma.

Os dois deixaram o cômodo e se dirigiram para o Salão de Banquetes.

Antes de entrar, Braeden fez uma pausa na porta e olhou para Serafina.

Ela fitou o brilho suave das velas que iluminavam o imponente salão para a festa de Natal. Damas resplandecentes em seus longos vestidos de baile, assim como cavalheiros elegantes em trajes formais se misturavam no salão, conversando e rindo agradavelmente, tomando champanhe em longas flûtes de cristal. Junto com os animados hóspedes, a maioria dos criados da casa

Serafina e o Cajado Maligno

também estava lá, todos sentindo um contentamento descontraído, e com uma aparência inteiramente diferente, vestindo suas melhores roupas de sair, as formalidades do trabalho postas de lado para uma noite tão especial.

Muitos dos filhos dos criados rodeavam a árvore de Natal, esperando eufóricos para abrir os presentes. Serafina se lembrava de quando era uma menininha, enroscada como uma bola de meia na escuridão do fundo da escada do porão, escutando o falatório e os burburinhos da festa de Natal no andar de cima, ansiando por ver e compartilhar as faces sorridentes das outras crianças. E lá estava Serafina esta noite, seu primeiro Natal no andar superior. Por mais familiar que tudo aquilo fosse para ela – e estranho e desconhecido também –, essa era a sociedade onde vivia. Essa era a casa dela. Essas eram as pessoas que faziam parte de sua vida, seus semelhantes, tão distantes e tão próximos.

De pé na porta, com Braeden, Serafina podia ver seu reflexo em um dos espelhos da parede. Era hipnotizante ver os dois refletidos. Braeden usava um traje formal, gravata branca e luvas brancas, que eram habituais para um jovem cavalheiro da sua posição. Seus arranhões e hematomas haviam sido tratados, e o cabelo estava cuidadosamente penteado. Seu rosto estava iluminado de felicidade e seus olhos castanhos refletiam o brilho do salão.

Serafina usava o lindo vestido de cetim creme-dourado com que Braeden lhe havia presenteado, um magnífico corpete trançado e bordado com pérolas e a longa cauda em cascata. Como era de praxe para uma jovem dama, usava luvas de ópera de cetim combinando, e sapatos lustrosos adornando os pés. Porém, ao contrário das demais moças do salão, que usavam o cabelo preso em penteados rebuscados e cachos perfeitamente anelados, ela preferira deixar seu sedoso cabelo negro cair longo e liso sobre os ombros, e os olhos estavam amarelos como os de uma onça.

Algumas noites antes, Braeden a havia convidado para um jantar, e ela dissera que ainda não estava pronta para aquilo, mas agora ele fazia a mesma pergunta de novo.

— Pronta? – perguntou ele suavemente.

— Estou – Serafina respondeu, e ambos entraram juntos no salão.

Serafina passara todos os Natais de sua vida na escuridão do porão. Quando entrou no grandioso salão, este reluzia com a chama suave de centenas de velas, banhando os rostos e os sorrisos de todos os presentes com um matiz dourado. Os vestidos com fios prateados das mulheres pareciam cintilar iluminados pela árvore de Natal. Tudo no salão havia sido decorado com azevinho, visco e bico-de-papagaio. Meias infantis pendiam das cornijas das lareiras que crepitavam.

Um grupo de lenhadores usara uma carroça e uma junta de cavalos de tração belgas para puxar o impressionante pinheiro de dez metros de altura até a porta frontal de Biltmore. Depois, uma equipe de homens, inclusive seu pai, trabalharam juntos com cordas, roldanas e estacas para erguer a gigantesca árvore no Salão de Banquetes. Ali, ela fora decorada durante dias a fio tanto por criados quanto por hóspedes, que precisaram usar escadas, enfeitando-a com fitas de veludo, esferas cintilantes e adornos magníficos até seu brilho preencher o salão inteiro. Agora, ao redor da árvore, havia uma pilha de presentes de Natal para os filhos dos empregados da propriedade: bonecas e bolas,

Serafina e o Cajado Maligno

cornetas e sinos, trens e bicicletas, harpas e tambores, carrinhos e canivetes, além de outros brinquedos de tudo quanto é tipo.

Serafina e Braeden se dirigiram até a árvore e ali se postaram. Observaram com um sorriso quando o Sr. Vanderbilt pediu a atenção de todos e o salão ficou em silêncio.

— Boa noite a todos, muito boa noite e... Feliz Natal!

— Feliz Natal!!! — todo mundo gritou de volta.

— Como sabem — continuou o Sr. Vanderbilt —, aqui em Biltmore temos orgulho de nos manter atualizados com os últimos avanços da ciência e da tecnologia. E hoje, no Natal de 1899, gostaria de apresentar aos senhores o que pode de fato vir a se tornar a invenção mais importante do século.

Com um olhar travesso, ele acenou chamando uma dúzia de criadas sorridentes, incluindo Essie, carregando cestas cheias de bengalas doces de Natal, que foram distribuídas não só para as crianças, mas também para os adultos. Eram listradas de um magnífico espiral vermelho e branco, o que provocou vivas e risadas altas de delírio por parte de todos que estavam no salão e jamais haviam visto a guloseima daquela forma.

À medida que a noite avançava, os criados traziam à mesa variados tipos de alimentos: presunto e peru assado, molhos e frutas silvestres — toda a abundância da propriedade. Para a sobremesa, serviram pudim de ameixa e bolos elegantes, sorvetes das leiterias da propriedade e tortas de maçãs dos pomares.

Logo, o Sr. Vanderbilt convenceu o Sr. Olmsted a reunir as crianças em torno da lareira e ler um famoso poema que começava assim: "Era véspera de Natal, e nada na casa se movia, nenhuma criatura, nem mesmo um camundongo..."

Serafina e Braeden se juntaram com as outras crianças e escutaram o poema com máxima atenção.

Ela adorou a parte que dizia "nem mesmo um camundongo". Sentira isso muitas vezes ao fazer a ronda de Biltmore à noite. E também adorou o verso "A lua no colo da recém-caída neve..." O autor do poema havia afinal encontrado uma maneira de usar palavras do dia para captar a beleza da noite.

No meio da história, Serafina olhou em torno e pegou o pai a encarando. Lembrou-se de como ele a havia encontrado na floresta quando ela era bem pequena. Tudo o que ele sempre quisera na vida fora ter uma família, fora que ela fosse a filha dele, e naquela noite ele estava pleno de uma felicidade e um sentimento de alívio como ela jamais vira.

Serafina se levantou e caminhou até o pai.

— Pelo menos não tinha salada hoje, Pa.

— E nenhum novo talher para aprender a usar, graças a Deus — acrescentou ele, piscando um olho, e a tomou nos braços.

Alguns minutinhos depois, Serafina ouviu, por acaso, o Sr. Vanderbilt, o Sr. Olmsted e o chefe dos lenhadores, o Sr. Schenck, reunidos em volta da lareira conversando sobre a Escola de Silvicultura de Biltmore, que eles iam montar. O pai contou a ela que se tratava da primeira escola do tipo no país, para compartilhar o conhecimento de recuperação, criação e desenvolvimento de florestas. Pelo que ela podia perceber, parecia que os homens de Biltmore estavam iniciando grandes projetos para o futuro da nação.

— Agradeço muitíssimo, Frederick — o Sr. Vanderbilt disse calorosamente para o Sr. Olmsted. — Que estupendo presente de Natal foi ir até a Clareira do Posseiro com você hoje de manhã e ver todo o trabalho que vem fazendo. Devo dizer que é muito eficiente para guardar segredos! Eu não tinha ideia de que você e sua equipe haviam feito tamanho progresso. Vocês plantaram a clareira toda! É algo maravilhoso!

— Foi um prazer, George — disse o Sr. Olmsted com um largo sorriso sob a barba grisalha. A cilada que ela percebera nos olhos do Sr. Olmsted dias antes era um presente de Natal surpresa que planejara para o velho amigo.

E, vendo seu rosto sorridente, Serafina percebia agora que a seriedade que sentira no Sr. Olmsted desde sua chegada não era um plano nefasto, mas a compreensão de um homem idoso de que só lhe restava pouco tempo na Terra para concluir sua obra. E ele estava determinado a cumprir sua promessa ao Sr. Vanderbilt, de criar para o amigo uma propriedade e uma floresta que as pessoas apreciariam por gerações. A expressão que Serafina viu nas rugas em volta de seus olhos e boca era a percepção de que ele provavelmente tinha ido para seu local favorito no planeta pela última vez na vida, que esse seria seu último Natal em Biltmore, e um dos seus últimos anos em um mundo que tanto amava.

Serafina e o Cajado Maligno

Quando Serafina se afastou dos homens ao redor da lareira, a Sra. Vanderbilt se aproximou dela e, com um sorriso, entregou-lhe um singelo presente, embrulhado com um laço vermelho.

– Você se esqueceu de abrir o seu, Serafina – disse a Sra. Vanderbilt delicadamente.

– Para mim? – perguntou Serafina, surpresa. Ela então rasgou o papel de presente e ergueu a tampa de uma pequena caixa de madeira. Lá dentro, encontrou uma miniatura em porcelana, lindamente colorida, de uma bela onça-pintada. Era um dos próprios felinos de Biltmore.

– Obrigada, Sra. Vanderbilt – agradeceu, erguendo o olhar enquanto limpava uma lágrima do cantinho do olho. – Prometo que terei o maior cuidado com ele.

– É só minha forma de agradecer por tudo o que você tem feito – disse a Sra. Vanderbilt.

Esperando não estar sendo atirada demais, Serafina perguntou:

– Como a senhora tem passado, Sra. Vanderbilt?

– Não precisa se preocupar comigo – ela respondeu, tocando-a delicadamente no ombro. – Vou ficar bem. – No entanto, ao mesmo tempo em que ouvia as palavras, Serafina tinha a sensação de que havia algo que a Sra. Vanderbilt não estava contando.

No final da noite, Serafina ficou ao lado de Braeden perto da árvore de Natal. Ela podia sentir que tudo estava certo e em paz entre os dois.

– Feliz Natal, Braeden – desejou Serafina.

– Feliz Natal para você também, Serafina – retribuiu o amigo. – Fico contente por finalmente estarmos em casa.

Depois de alguns segundos, sua curiosidade foi mais forte do que ela, e Serafina fez a pergunta que martelava a sua mente.

– Sabe o que você fez pelo Gideão e pela Kess… – começou ela. – Sempre foi assim?

– Sempre adorei os animais, minha vida inteira – ele respondeu –, mas… não sei… Quando eu era pequeno, encontrei uma cotovia com uma perna quebrada. Dei comida e tomei conta dela. Alguns dias depois, a perna sarou e o passarinho voou. Achei que aquilo era normal… Mas, quando ajudei o falcão-peregrino e depois Gideão, comecei a notar... que talvez eu fosse diferente. A asa da Kess supostamente não teria cura.

— Mas teve — disse Serafina, olhando para ele. — Preciso te perguntar uma outra coisa, Braeden. Acha que isso pode funcionar com as pessoas?

— Não tenho certeza.

Ela se calou por um momento e afinal fez a pergunta que pretendia.

— Você acha que pode ajudar a sua tia Edith?

— Não acho que seja alguma coisa que eu possa curar — ele respondeu.

— Entendi — disse Serafina, tristonha, abaixando a cabeça.

Mas então Braeden sorriu.

— Meu tio acabou de me contar que minha tia não está doente. Ela está esperando um bebê.

Serafina o encarou, surpresa. Uma onda de susto e de alívio a atingiu em cheio. A Sra. Vanderbilt ia ficar bem — mais do que bem. Ela ia ter um filho! Era uma notícia maravilhosa.

Ainda assim, ao mesmo tempo que sorria, Serafina podia ver que Braeden pensava sobre a sua pergunta anterior, sobre tudo o que acontecera com Rowena, Gideão e o falcão.

— Honestamente — disse ele —, não consigo entender de verdade o poder que eu tenho.

Serafina sorriu.

— Nenhum de nós consegue.

Serafina estava deitada na sacada do Quarto Luís XV da Mansão Biltmore, balançando a cauda e olhando ao longe para o gramado aberto da esplanada, enquanto a lua se elevava, lançando sua luz prateada sobre as copas das árvores distantes. Ninguém podia vê-la ali, pois era negra como a própria noite. As pessoas do dia estavam na casa, ao seu entorno, dormindo profundamente em suas camas.

Serafina podia ver a silhueta dos lobos cortando o luar numa colina distante. Eles estavam retornando. E na primavera os passarinhos canoros regressariam, assim como faziam havia um milhão de anos. A magia negra lançada sobre a floresta tinha sido quebrada. O Cajado Maligno não existia mais.

Uma bela mariposa-luna verde esvoaçou com suas longas caudas fluindo atrás de si. Ela a observou voar pela sacada e depois se dirigir aos jardins. Era um período tardio no ano para as mariposas-luna, mas todas as criaturas estavam voltando para casa.

No quarto atrás de Serafina, a Sra. Vanderbilt e o bebê na sua barriga dormiam. Serafina conseguia sentir a calma e as batidas regulares do coração de ambos. Ela não sabia por que a senhora havia decidido dormir naquela noite no quarto que planejavam arrumar para a criança. Era como se ela e seu bebê estivessem ansiosos, à espera do dia em que se conheceriam.

Serafina levou o olhar além do gramado da esplanada até os topos das colinas, buscando formas incomuns no meio da névoa, ou uma silhueta entre as árvores, ou a passagem silenciosa de uma coruja.

Ela observava e escutava. Era a sentinela negra da noite.

Não sabia quando, ou em que forma, mas sabia que um dia mais demônios chegariam.

Jurou ficar alerta.

Jurou estar pronta.

Pois a noite era o domínio de Serafina, somente dela.

Apenas alguns dias antes, pensou ter que optar entre um caminho ou outro, entre a floresta e a casa, entre as montanhas e os jardins.

No entanto, agora sabia que não precisava decidir se era uma criatura da noite ou do dia, se era uma gata-mutante ou um ser humano, selvagem ou domesticada. Serafina era todas essas coisas. Podia ser o que quisesse. Como o falcão-peregrino que voa tanto à noite quanto de dia, ela faria o que bem entendesse. A C.O.R. e a Guardiã. A Menina e a Pantera. Ela era todas essas coisas e ainda mais.

Porém, logo quando começou a sentir uma paz doce que só a escuridão era capaz de lhe proporcionar e de fazer fluir para dentro de sua alma, viu uma figura com uma capa preta se movimentar no meio das árvores ao longe. Não conseguiu distinguir a identidade da figura, não conseguiu nem mesmo ter certeza de que fosse inteiramente humana, mas, o que quer que fosse, parou, virou-se e a encarou com olhos cintilantes.

O coração de Serafina disparou ao trocar olhares com a tal figura. Podia sentir os músculos começando a ficar tensos, os pulmões se inchando de ar.

Ao se erguer nas quatro patas, Serafina olhou para trás a fim de verificar se a Sra. Vanderbilt estava segura no quarto de dormir.

Serafina e o Cajado Maligno

Entretanto, quando se voltou para olhar uma vez mais a figura a distância, esta desaparecera.

Um Convite para Conhecer Biltmore

Se quiser ver e experimentar o mundo de Serafina, convido você e a sua família a visitarem a Mansão Biltmore, um maravilhoso lugar da vida real encravado no meio das montanhas cobertas de florestas de Asheville, Carolina do Norte. Minha família e eu moramos perto e venho explorando o lugar há anos.

A história é de ficção, mas fiz o máximo possível para descrever a casa e outros detalhes históricos com precisão. Quando visitarem Biltmore, poderão apreciar o Jardim de Inverno iluminado pelo sol, a magnífica Grande Escadaria, a espetacular Biblioteca do Sr. Vanderbilt, além de todos os demais cômodos mencionados no livro. Você vai caminhar pela propriedade, exatamente como fizeram Serafina, Braeden e Lady Rowena. Se vierem na época de Natal, ficarão impressionados com a gigantesca árvore de Natal no Salão de Banquetes. E, se souberem em qual dos 250 cômodos de Biltmore procurar, vocês poderão até localizar uma certa coruja branca sobre a cornija de uma lareira.

Serafina e o Cajado Maligno

Também posso garantir, por experiência própria, que o sótão escuro, as portas escondidas e as passagens secretas descritas no livro são verdadeiras. Elas não estão disponíveis para os visitantes (afinal de contas, são *secretas!*), mas talvez você consiga localizar uma ou duas!

Aqui e ali na história, usei licença poética para manter o ritmo (imaginei que você não gostaria de ler uma enciclopédia), mas no geral tentei me manter fiel ao espírito e aos detalhes da mansão.

Se você gosta de vida ao ar livre, deve explorar as florestas e as montanhas que circundam Asheville. Passando pelos Craggy Gardens, pode se aventurar até a montanha mais alta da região leste dos Estados Unidos, exatamente como fez Serafina durante sua jornada. Pode ver as mesmas cachoeiras e nadar nos mesmos rios.

Muitos personagens descritos na história são pessoas da vida real, como George e Edith Vanderbilt, a governanta Emily Rand King e Frederick Law Olmsted, o pai da arquitetura paisagística no meu país. Até mesmo Cedric, o cão são-bernardo, existiu.

Meu objetivo ao descrever o Sr. Olmsted da maneira como fiz, inclusive mostrando-o plantando árvores, foi captar o espírito da visão original de Olmsted e de George Vanderbilt de reconstruir e proteger a floresta que circunda Biltmore, o que se tornaria o nascedouro da preservação florestal nos Estados Unidos. A conversa que descrevi entre os dois foi inspirada nas cartas particulares de Olmsted. Porém, eu usei uma licença poética para levá-lo a fazer uma visita a Biltmore em 1899, alguns anos depois de ele se aposentar.

Se eu tivesse mais espaço, gostaria também de ter retratado os papéis de Gifford Pinchot e Carl Schenck, além de outros. Anos mais tarde, depois que George Vanderbilt faleceu de forma inesperada, sua esposa, Edith, cumpriu o sonho do marido em relação à floresta, ao vender a maior parte do terreno reflorestado para o Governo, de forma a mantê-lo protegido por uma fundação pública. Ela se tornou o que hoje é a Floresta Nacional de Pisgah, uma das primeiras e mais belas florestas nacionais norte-americanas.

Sempre que vejo a beleza ímpar da Mansão Biltmore, seus jardins e terrenos, não consigo deixar de admirar a visão e o poder do espírito humano quando ele aspira a um propósito nobre.

Agradecimentos

Em primeiro lugar, eu gostaria de agradecer a vocês, leitores, por ajudarem a divulgar *Serafina e a Capa Preta*. É por causa do seu apoio ao Livro 1 que tive a oportunidade de continuar com a história de Serafina.

Meus profundos agradecimentos a Laura Schreiber e Emily Meehan, minhas editoras na Disney Hyperion, pela perspicácia a respeito de narrativas de ficção e o compromisso com *Serafina*. E agradeço ao restante da maravilhosa equipe da Disney Hyperion em Nova York e LA.

Agradeço aos meus leitores beta, incluindo os professores e alunos de nível intermediário da Carolina Day School, as senhoras do LLL Book Club e todos os meus demais primeiros leitores.

Gostaria também de agradecer aos editores freelancer que forneceram valiosos feedbacks sobre o original, inclusive Jodie Renner, Sam Severn, Jenny Bowman, Kira Freed, Sheila Trask, Dianne Purdie, John Harten Misty Stiles e outros.

Obrigado à Dra. Bridget Anderson, especialista no dialeto local daquela região na virada do século. Tendo sempre apreciado as diferentes maneiras como as pessoas falam em nosso diversificado país, agradeço à sua assistência por me ajudar a honrar as tradições da fala dos habitantes das montanhas no sul do país.

Obrigado à minha equipe local de *Serafina*, incluindo Scott Fowler e Lydia Carrington, na Brucemont Communications, Robin McCollough, por auxiliar na divulgação, Paul Bonesteel e a talentosa equipe da Bonesteel Films, e todos os demais em Asheville que ajudaram a tornar o livro um sucesso.

Agradeço a Deborah Sloan e M. J. Rose, que me ajudaram na divulgação. E também ao meu agente Bill Contardi e minha agente de direitos para o exterior, Marianne Merola, da Brandt & Hochman, de Nova York. E ainda a Egmont UK e meus outros editores estrangeiros.

Também gostaria de agradecer à gentil e prestativa equipe da Barnes & Noble de Asheville e de toda a região sul, e à Malaprop's Bookstore, e todas as outras livrarias no país inteiro, pessoas que acreditaram em mim, me apoiaram e foram anfitriãs tão afáveis. E meus agradecimentos a todos os professores e bibliotecários no país inteiro que usaram *Serafina e a Capa Preta* em suas aulas, e que trabalham incansavelmente todos os dias para inspirar a leitura nos mais jovens.

Agradeço a meus amigos Dini Pickering, Chase Pickering e Ryan Cecil, familiares da quarta e quinta geração de George Vanderbilt. Sinto-me honrado por seu apoio e incentivo. E agradeço a todos os membros da equipe e à administração da Biltmore Company, principalmente Ellen Rickman, Tim Rosebrock e Kathleen Mosher.

Finalmente, gostaria de agradecer à minha família, incluindo meus dois irmãos e meus parentes Jankowski, mas, em especial, à minha esposa e às minhas três filhas, que não apenas inspiraram esta história, mas ajudaram a criá-la, desenvolvê-la e trazê-la ao mundo. Nas palavras de W.H. Auden, vocês são meu trabalho semanal e meu descanso de domingo, meu dia, minha noite, minha voz, minha canção.